W0297264

LES PAINS ET LES POISSONS DE FAUSTINO

DU MÊME AUTEUR
CHEZ LE MÊME ÉDITEUR

Et si Dieu me parlait, 1989
Livre complet sur la vie de Faustino. Il a été traduit dans de nombreuses langues. C'est à la suite de ce livre que le P. Salaverri a reçu plus de 1000 lettres de 40 pays différents et édité « Les Pains et les Poissons de Faustino ».

José María SALAVERRI

LES PAINS ET LES POISSONS DE FAUSTINO

Collection LUMIÈRE
Série *Témoins de la lumière*

Sarment
ÉDITIONS DU JUBILÉ

© Éditions du Jubilé, 2003
ISBN : 2866793706
Traduit de l'espagnol par André Vernhes, sm
Réalisation couverture : © Studio Poirier
Tableau de Ricardo Lloréns

Introduction

« Des pains et des poissons. » Ce sont cinq pains et deux poissons qu'un gamin offrit un jour à Jésus pour rassasier cinq mille personnes. La générosité candide du jeune enfant plut au Seigneur et le miracle eut lieu.

Faustino Pérez-Manglano (1946-1963) a entendu l'appel du Seigneur et il lui a offert généreusement son grand désir d'être missionnaire. Il est mort avant d'avoir atteint dix-sept ans, sans avoir pu réaliser son projet. Mais le Seigneur est en train de réaliser aujourd'hui avec Faustino ce désir qu'il a lui-même mis jadis dans son cœur: depuis le Ciel, Faustino est missionnaire, il évangélise. Ces pages le montrent.

« Évangéliser – a dit Jean-Paul II – c'est annoncer la proximité de Dieu avec l'homme en Jésus-Christ. » Faustino évangélise car sa vie montre qu'une telle proximité est possible et réelle. Tout en menant la vie normale d'un jeune de son âge, sa relation avec le Christ, avec Marie, est d'une étonnante simplicité. Il nous montre que, effectivement, le Seigneur et sa mère sont sur notre chemin.

Insensiblement, la vie de Faustino nous rappelle des vérités chrétiennes de premier ordre, souvent laissées de côté: le Christ est le Vivant;

Marie est une mère merveilleuse et proche ; Dieu appelle chacun à réaliser une mission personnelle ; les autres existent et sont des fils de Dieu et nos frères ; la vie mérite d'être vécue ; il faut dire oui au bien ; penser aux autres plus qu'à soi est source de joie ; être chrétien est une joie ; la prière est un exercice d'amitié ; la communion est une merveilleuse rencontre avec le Seigneur ; la souffrance, unie à celle du Christ est rédemptrice ; nous sommes destinés à une vie qui ne finira pas ; la communion des saints est une réalité...

Celui ou celle qui se projette dans le miroir de la vie simple et transparente de Faustino sentira jaillir en lui (elle) des aspirations à la pureté, au dépassement, à la bonté, à l'amour... vers le meilleur en chacun. Les témoignages recueillis dans ce livre le montrent.

« Mille témoignages sur Faustino » : c'est le sous-titre que j'ai pensé donner au livre. En fait le chiffre des témoignages reçus va au-delà de mille, mais ici, pour éviter les redites, nous nous sommes limités à beaucoup moins : les plus parlants ou les plus représentatifs. Ils viennent de personnes de tout âge et de toute condition, et de lieux parfois les plus inattendus : une quarantaine de pays sont représentés. Cela montre que le message de Faustino a une portée universelle et qu'il touche beaucoup plus de gens encore que ces lecteurs qui ont fait l'effort de prendre de quoi écrire pour relater ce qu'ils ont ressenti. Nous les remercions de leur témoignage qu'ils partagent fraternellement, à travers ce livre, avec d'autres lecteurs. Ce qu'ils nous disent montre bien le travail que fait Faustino dans les cœurs.

J'ai écrit un jour que Faustino « a besoin de mains ». Pour pouvoir être missionnaire, Faustino a besoin de notre aide ; il a besoin de mains qui rejoignent d'autres mains, pour pouvoir toucher plus de cœurs. Il nous arrive de ne pas savoir comment prendre notre part à cette nouvelle évangélisation à laquelle nous convoque Jean-Paul II. Ces pages nous disent qu'il y a une façon toute simple de le faire : « offrir Faustino », le faire connaître, demandant au Seigneur de faire en sorte que la semence qu'il porte soit féconde chez d'autres.

José María Salaverri

Remarque :

Les mots *saint* ou *miracle* sont employés dans leur sens large, sans prétendre préjuger du jugement final de l'Église.

Petite vie de Faustino

Pour ceux qui n'ont pas lu *Et si Dieu me parlait!**, le livre qui raconte la vie de Faustino, ce « résumé » sera utile.

Faustino s'est posé tout simplement cette question : « Et si Dieu me parlait… ! »

Aujourd'hui, nous croyons opportun de prolonger cette question et de nous l'appliquer à nous : Et si Dieu nous parlait, par Faustino ? Et si Dieu parlait aux jeunes par Faustino ?

Les nombreux témoignages rapportés dans « Les Pains et les Poissons de Faustino » sont la réponse. Laissons-nous toucher par ce relais de Dieu qu'est Faustino.

Plusieurs raisons nous y invitent. Nous pouvons en donner quatre :

- 1963-2003 : 40e anniversaire de sa mort/naissance à l'autre vie !
- Récent rassemblement de 180 jeunes (JFM) à Valencia, chez Faustino !
- Groupes de jeunes se référant à Faustino choisi comme guide aujourd'hui !
- Sa cause de béatification introduite à Rome : Faustino pourrait bientôt être proclamé « saint » c'est à dire un guide/modèle « officiel » pour les jeunes de notre temps !

Olivier Glaize – André Vernhes

---

*José María SALAVERRI, *Et si Dieu me parlait !*, Éditions du Jubilé, 1989.

NB : *La petite vie de Faustino ci-après s'inspire largement des différents écrits de José María Salaverri sur Faustino.*

4 août 1946

Faustino est né le 4 août 1946, à Valence, en Espagne. Il sera l'aîné de quatre enfants. Ses parents se sont mariés un an auparavant. Son père est médecin.

En 1946, la plupart des Espagnols, qui ont été victimes du cauchemar de la guerre civile de 1936-1939, et qui ont échappé, non sans peine, à la guerre mondiale, n'aspirent qu'à vivre en paix et à pouvoir travailler. Mais le régime franquiste, régime de type fasciste, est condamné par l'ONU la même année : les frontières se ferment et entraînent une période de récession.

Les premières années de la vie de Faustino sont des années sans histoire. Il reçoit de ses parents une éducation chrétienne, et surtout le sens de la loyauté. On disait de lui qu'« il était tout sourire » et que « partout où il allait, il apportait la paix ».

À 6 ans, il intègre le collège marianiste Notre-Dame d'El Pilar de Valence. En apparence, Faustino est un jeune comme tant d'autres : il aime le sport – le football le passionnait –, la natation, la montagne… Il aime le cinéma, un beau film, la télévision, lire des romans… Il aime l'amitié.

Sa première retraite spirituelle

C'est à 13 ans qu'il fait sa première retraite spirituelle. Ces retraites permettaient aux élèves du collège de vivre un temps fort de quelques jours dans un lieu calme : chaque journée était ponctuée de temps de prière, de conférences, de temps de silence et de temps de détente. C'est au cours de cette retraite que Faustino raconte à son aumônier sa promesse :

« J'ai promis à la Vierge Marie de réciter le chapelet tous les jours. Je le récite par petits bouts, en particulier quand je vais seul au collège... Mais en vacances, comme nous nous amusons beaucoup, j'ai du mal à tenir ma promesse. Je tiens mes comptes, et j'essaye peu à peu de me rattraper. »

Son aumônier, surpris par cette promesse un peu folle pour un jeune de son âge, lui suggère de continuer à réciter le chapelet chaque jour quand il le peut, mais de ne pas se tracasser s'il n'a pas pu le faire.

C'est après cette première retraite que, dans une rédaction qu'il fait sur l'« effort », il écrit : *« Le plus grand effort de ma vie, je l'ai fait lors de la retraite, quand j'ai essayé de changer complètement ma vie ».* Faustino ne veut pas se contenter de ce qu'il vit, il veut aller plus loin...

La première page de son journal

À 14 ans, plus précisément, le 14 septembre 1960, influencé par la lecture d'un roman, lui vient l'idée d'écrire son journal. C'est dans ce journal, le 14 novembre 1960, qu'il parle pour la première fois d'une douleur qui annonce sa maladie. Pendant une année, il note surtout ce qu'il fait. Par exemple : *« J'ai récité le chapelet. J'ai communié pendant la récréation. J'ai eu une interro en sciences naturelles et j'ai bien répondu. J'ai parlé pendant 10 minutes avec le Christ, aussi bien du match nul Saragosse-Valence, que des missions. »* 17.10.60

Plus tard, il y écrira des réflexions plus personnelles.

« Et si Dieu me parlait »

Au début du mois d'octobre, il intègre une fraternité de jeunes (un groupe de jeunes de son aumônerie qui prend le temps de réfléchir et de prier ensemble une fois par semaine).

Le 22 octobre 1960 est une date importante dans l'histoire de Faustino. Les personnes de son entourage ne s'en rendront pas compte : il continue de vivre avec le même naturel et avec la même spontanéité que par le passé. Mais en lisant son journal, on découvre que Faustino a pris une décision très importante. Voici ce qu'il écrit, juste après avoir rencontré son aumônier pendant une retraite : *« Nous avons parlé de pas mal de choses, mais il en est une qui m'a frappé : quelle vocation vais-je choisir ? Médecin ? Chimiste ? Ou peut-être serai-je prêtre ? Cette dernière possibilité est celle qui m'a le plus impressionné : Dieu m'a-t-il choisi ? Il me le dira... La journée et les quelques heures qui me restent de ma retraite, je vais garder un silence complet... Et si Dieu me parlait!* »

C'est aussi durant cette retraite qu'il écrit comme résolution: « *Je vais essayer "l'ascèse du oui": dire oui a tout ce qui est bien.* »

Plus tard, lorsqu'on lui demandera quand il a ressenti l'appel du Seigneur, il dira que c'est le soir même, pendant le repas en silence:

« *Pendant le souper, je l'ai vu très clair: le Seigneur me veut religieux marianiste.* »

À partir de cette date, son amitié avec le Seigneur grandit de jour en jour. Cette relation si étroite et fréquente avec le Christ se transforme en amitié simple et profonde. Pour lui, Jésus est quelqu'un de proche, un ami avec lequel on peut parler de tout, même de foot! Voici quelques extraits de son journal qui montrent bien que, pour Faustino, le Christ est quelqu'un de tout proche:

« *Qu'on est bien en compagnie du Christ!* » *21.10.60*

« *Aide-moi, Jésus, à être apôtre. Que je ne garde rien pour moi. Que mon amour pour Toi je le donne aux autres...* » *22.06.61*

« *On m'a apporté la communion. Que c'est merveilleux de recevoir le corps du Christ!* » *28.01.61*

« *Le Christ est ici, à côté de moi, en moi...* » *24.01.62*

« Comme il fait bon ici, tout près du Christ ! » 25.01.62

« Je suis très content. Aujourd'hui, premier vendredi du mois de mai, c'est un grand jour pour moi. J'ai ressenti l'appel divin comme peu de fois auparavant. Uni à Marie et à Jésus, j'étais débordant de joie. Je suis très heureux. Combien je dois remercier Dieu ! Comme c'est beau et merveilleux de vivre près du Christ ! » 4.05.62

« C'est merveilleux de penser que je serai toute ma vie au service de Jésus et de Marie. Je serai un pêcheur d'âmes. » 22.06.62

« Qu'importe de ne pas être compris, si tu es pleinement heureux avec le Christ. » 18.1.63

« Je me rends compte qu'on doit devenir un saint. On ne peut pas être chrétien à moitié. [...] Que ceux qui me voient, puissent voir en moi le Christ. » 20.1.63

« Nous devons être des apôtres par l'exemple : il faudrait que notre seule présence attire les autres vers le Christ. » 22.1.63

Et cette joie de vivre avec le Christ ne l'empêche pas, bien au contraire, d'aimer le foot, la montagne, la lecture, les amis et les amies.

La maladie

Le 29 novembre 1960, il tombe malade. Après des examens médicaux, les médecins finissent par diagnostiquer la maladie de Hodgkin, maladie incurable à l'époque. On ne lui dit rien. Pourquoi lui parler? Après tout on peut toujours espérer une erreur de diagnostic ou la découverte d'un nouveau traitement? En attendant, on lui applique un traitement énergique, mais épuisant. Depuis le mois de février, il ne peut plus retourner en classe. Mais il consacre beaucoup de temps à son travail scolaire : il ne veut pas perdre son année. Il ne se plaint jamais, mais dans son journal on découvre qu'il a eu des moments très difficiles : *« Tout l'après-midi, j'avais mal sans arrêt. » (6.02.61). « À 8 heures, j'ai demandé à maman de me faire des massages pour pouvoir m'endormir sans trop de douleur. À 10 heures, je me suis réveillé, et nous sommes allés à la Croix Rouge. Là, on m'a fait deux radiographies. Quand nous sommes revenus à la maison à midi, j'avais envie de pleurer. J'avais très mal, et le moral au plus bas. » (27.11.61)*

Le début des vacances d'été est l'occasion pour lui de faire un pèlerinage à Lourdes avec sa maman. Il va mieux : le traitement semble faire son effet. Il passe le mois d'août chez des amis de la famille : il se lie d'amitié avec des garçons et des filles de son âge avec qui il s'amuse ; il pêche et randonne en montagne. La seule chose qu'il ne peut pas faire avec ses amis à cause de sa maladie, c'est se baigner. Il ne s'en plaint pas : il se contente de ce qu'il peut faire et écrit qu'il est heureux et que tout est « merveilleux » : c'est le mot préféré de Faustino.

À la rentrée, il s'adonne totalement aux études. Il participe à toutes les activités. Il apprécie les séances de ciné-forum organisées dans son collège. Il visionne entre autre *« Les Quatre cents coups »*. *« Avec ce film, nous apprécions les avantages que représentent pour nous nos parents et notre collège »* écrit-il. Bien qu'il ne puisse plus faire de sport, il tient à accompagner ses camarades lorsqu'ils ont des compétitions.

Le sens de l'autre

En janvier 1962, Faustino écrit dans son journal une anecdote qui montre le souci qu'il a de l'autre, du prochain: *« Ce garçon a quatorze ans. Il vit dans une mansarde, il ne peut presque pas manger, il travaille huit heures par jour. Ce que nous a dit frère Manuel m'a frappé. »*

Nous ne savons même pas le nom de ce nouvel ami qui fait son entrée dans le cœur de Faustino. Avec un autre camarade, il prend rendez-vous avec lui, l'aide de son mieux, lui apporte ce dont il a besoin… *« Nous allons acheter une chemise pour ce garçon, sinon, on va l'expulser du bar où il travaille. »*

Un an plus tard, quelques notes rapides griffonnées sur un agenda nous apprennent que ce contact dure toujours: *« Lundi 14-01-63: collecte pour ce garçon »*. *« Mardi 15: paquet de linge »*. *« Jeudi 17: denrées alimentaires, du linge, quelques paquets et des médicaments »*.

Quand il est malade et que sa maman veut le veiller la nuit, il lui dit : « *Maman va dormir. Ce n'est pas juste que tu doives souffrir pour moi. La maladie, elle est à moi. C'est donc juste que j'en souffre les conséquences, mais pas toi.* » Et, un jour où l'on peut lire la souffrance sur son visage, il répond à celui qui lui demandait s'il avait mal :

« Ça dépend du point de vue…
— …?
— Oui, oui… quand je pense qu'en ce moment, beaucoup d'autres souffrent plus que moi, je ne peux pas me plaindre. »

Faustino ne pense pas à lui… Il a le souci des autres. Très tôt, il s'intéresse aux injustices ; dans son journal, il écrit : « *Pour bon nombre de chrétiens, Dieu est un problème. Ils veulent qu'Il ne les gêne pas, qu'Il ne les dérange pas. En Suède : 2 % assistent aux offices religieux. Dans la plupart des pays d'Europe : 5 %… Les 2/3 de l'humanité n'ont pas assez de ressources pour se nourrir. Avec la somme destinée à l'armement et aux préparatifs de guerre, les grandes nations pourraient résoudre tous ces problèmes.* » Lui, n'attend pas, indigné, que les grandes nations résolvent le problème ; il commence par ce qu'il trouve tout près de lui : « ce garçon ».

Son cheminement spirituel ne le renferme pas sur lui-même, bien au contraire : « *Être au service des autres est une de mes résolutions et je veux la mettre en pratique. Je serai très serviable avec tous ceux que je rencontrerai. Je les aiderai et je leur rendrai des services.* » 22.06.61. « *Il faut commencer à travailler en éliminant en nous-mêmes tout ce que le Christ n'approuverait pas. Ensuite travailler dans mon milieu, à la maison, à l'école, avec mes camarades de classe, dans la ville, dans le monde entier.* » 25.01.62

Mais il ne relâche pas ses efforts pour vivre à 100 % sa vie chrétienne : « *Aujourd'hui l'Église a besoin de témoins. Nous devons être les témoins du Christ : montrer qu'au vingtième siècle on peut vivre une sainteté aussi grande que pendant les premiers siècles de l'Église.* » 26.01.62

Dans ce cheminement, Marie tient une très grande place : « *Marie, je veux être ton apôtre. Il nous faut gagner le monde pour Toi. Comme le Père Chaminade, nous devons te considérer comme notre Guide, et Jésus, ton Fils, comme notre Modèle. Aide-moi, Mère, à t'aimer davantage et de mieux en mieux.* » 16.05.62

Sa dernière année

À 15 ans, il écrit dans son journal, à la date du 22 juin 1962 : « *Aujourd'hui, il y a vingt mois que Dieu m'a dit de le suivre. C'est merveilleux de penser que je serai toute ma vie au service de Jésus et de Marie. Je serai un pêcheur d'âmes. J'ai bien réfléchi, et j'aimerais partir comme religieux marianiste en Amérique du Sud, où il manque tant de bras pour sauver les âmes.* » Faustino a de la suite dans les idées : il n'oublie pas la décision prise vingt mois plus tôt.

Pendant les vacances de Pâques, Faustino fait un camp de cinq jours en montagne. De longues marches à pied et les nuits sous la tente sont au programme. Pour quelqu'un qui a été alité et affaibli par la maladie pendant de nombreux mois, cela demande du courage : *« Nous sommes revenus du camp d'Olba. Cinq jours. Ça a été formidable. J'ai mûri. Je me suis heurté à la vie dure et je me suis endurci. Tout n'est pas confort : c'est une vraie leçon que j'ai tirée de ces journées. Le Christ m'a aidé et j'ai fait mieux que je ne pensais. » 28.04.62*

Malgré sa maladie, les parents de Faustino acceptent qu'il participe à un camp d'été de vingt jours. Dans une lettre datée du 22 août 1962, Faustino résume ainsi les vingt jours de camp d'été qu'il vient de vivre avec les camarades de son collège :

« J'ai beaucoup aimé le voyage. Tout m'a plu, mais comme je suis d'un naturel tranquille et aime la campagne, je n'ai rien trouvé de comparable à Planchouet (Alpes suisses)... Il y a eu quelques oublis surtout en ce qui concerne la méditation et le chapelet. La messe, la communion, la prière du matin et celle de 3 heures, je ne les ai jamais manquées. Mais je crois que ces jours m'ont aidé à renoncer davantage à moi-même pour les autres. J'ai essayé d'être le plus serviable possible. »

Ces compagnons disaient de lui qu'il était toujours prêt à rendre service. Un de ses camarades explique : « J'ai été son compagnon sous la tente et dans le car. Il était toujours le même, ne se fâchait jamais, et il était toujours prêt à se dévouer, à se contenter du moins bon pourvu que les autres soient à leur aise… Après les vingt jours de camp pendant lesquels j'ai dormi et mangé avec lui, je n'ai pu lui découvrir un seul défaut. »

Le 20 janvier 1963, il écrit dans son journal: *« Je veux souffrir pour le Christ, qui a tant souffert pour moi. Je dois devenir un saint. Par ma vie, je dois donner témoignage du Christ. » 20.1.63*

Et trois jours après: *« Je dois être un véritable chrétien. Pour y parvenir, je dois limer peu à peu mes imperfections. Être un bon chrétien n'est pas très facile. C'est même beaucoup plus difficile que nous ne l'imaginons; Marie, aide-moi à devenir un autre Christ. »*

Aggravation de sa maladie

Le 23 janvier 1963, il doit s'aliter. Il ne se relèvera plus. Les traitements ne réagissent plus: les médecins sont désarmés et savent qu'il n'y a plus d'espoir de guérison. Quelques jours plus tard, le 4 février 1963, son aumônier décide de lui parler de la gravité de sa maladie.

« Faustino, j'ai une chose très importante à dire: ta maladie est incurable.

— Je voyais bien, dit Faustino, que les médecins ne savaient plus où donner de la tête.

— Serais-tu disposé à mourir si Dieu le voulait?
— Qu'en pensez-vous, Père, est-ce que je suis assez préparé pour mourir?
— Oui, bien sûr, Faustino.
— Alors... Ça ne fait rien. »

Ses yeux laissèrent perler quelques larmes qu'il s'efforça de contenir.

« Que se passe-t-il Faustino?
— Pour moi, Père, cela ne fait rien. La seule chose que je regrette, c'est pour papa et maman. Ils vont avoir de la peine. »

Le 11 février 1963, il écrit:

« *Avant-hier, samedi, ce fut un jour de très grand bonheur pour moi. J'ai reçu le sacrement des malades. J'ai renouvelé pour un mois mes promesses de membre de Fraternité. Aujourd'hui, c'est la fête de Notre-Dame de Lourdes. Que notre merveilleuse Mère du Ciel nous aide tous à devenir meilleurs. Aide-moi, Mère, à offrir ces petits ennuis pour les besoins du monde.* »

3 mars 1963

Dans l'après-midi, son aumônier vient voir Faustino qui semble beaucoup souffrir:

« Comment vas-tu?
— Bien
— Offres-tu tes souffrances?
— Oui, Père, pour toutes les âmes. »

Quelques instants plus tard :

« Père, savez-vous si ce soir le match de Valence sera télévisé ?... suis-je bête : je ne vais pas pouvoir le suivre ! Je suis trop fatigué ! »

Faustino est au plus mal, sa relation avec le Seigneur est de plus en plus importante, mais tout cela ne l'empêche pas d'apprécier les plaisirs de la vie, de se passionner toujours autant pour le foot. Sur sa table de nuit traîne un papier sur lequel on peut lire sa sélection nationale de football pour le match du soir !

Le soir, son aumônier est de retour :

« Tu iras bientôt au ciel, Faustino.
— Je le sais : je vais très mal. »

Faustino tremble :

— Non, Père, c'est le corps : il y a tellement longtemps que je ne peux plus dormir... Mais au-dedans, je suis en paix ! »

Il reste seul.

Vers 23 heures, sa maman vient le voir :

« Mais maman, tu es encore debout !... Va te coucher, maman, tu as besoin de te reposer.
— Il n'est pas si tard, lui répond sa maman, ne t'en fais pas. »

Un quart d'heure plus tard,
il appelle sa maman.
Au moment de redresser
son pauvre corps endolori,
il retombe tout à coup,
et, sans cri,
sans geste,
tranquillement,
doucement,
il reste inanimé
dans les bras de sa mère.

Il était 23 h 20.

Depuis le 3 mars 1963

Lorsque, 40 ans plus tard, on demande à la maman de Faustino quel est le souvenir qu'elle garde de lui, elle répond : « Lorsque l'on a perdu un être cher, on devrait être triste : pour Faustino, c'était différent. Mon mari disait : "On va penser que nous sommes fous. Un de nos enfants est mort et nous ne sommes même pas tristes." C'est cela, nous avons vécu le départ de Faustino avec beaucoup de sérénité... on pourrait même dire de joie... L'entrée au Ciel de son enfant est quelque chose de merveilleux, et nous étions heureux pour Faustino. Pour nous, Faustino ne nous a jamais quittés. Il est resté toujours présent dans notre vie. Je suis émue que de nombreux jeunes prennent mon Faustino comme modèle. Je souhaite que du Ciel il les accompagne dans le chemin de leur vie. »

Faustino a écrit dans son journal :

« Je suis très heureux.
Je ne sais pas ce qui m'arrive,
mais, Dieu soit loué,
je n'ai pas connu le malheur
et je suis toujours heureux.
On sent quelque chose au-dedans de soi.
Un si grand amour pour Lui
qui m'a toujours conduit par la main. [...]
Je te remercie, Seigneur,
pour le bien-être intérieur si merveilleux
que Tu me donnes.
Je T'en suis très reconnaissant. »

Ces lignes, écrites alors qu'il est au plus mal, sont un résumé de sa vie. Faustino a eu une courte vie, mais il avait trouvé le secret du bonheur.

PREMIÈRE PARTIE

LA NOUVELLE VIE DE FAUSTINO PEREZ-MANGLANO

« Il y a là un gamin avec cinq pains d'orge et deux poissons ; mais qu'est-ce que cela pour tant de monde ? »

Jean 6, 9

CHAPITRE 1

VENDREDI DE LA DEUXIÈME SEMAINE DE PÂQUES

Un appel de Valence

À la fin du mois de mars 1986, j'étais à Rome, avec mes occupations ordinaires de supérieur général des marianistes.

— « On vous appelle d'Espagne, l'archevêché de Valence. »

Ce n'était pas une surprise. Le vendredi 11 avril j'avais rendez-vous à Valence. Don Miguel Roca Cabanellas, archevêque de Valence, devait présider l'Eucharistie qui clôturerait la translation des restes de Faustino Pérez-Manglano Magro, du cimetière Central de la ville dans une niche de la chapelle du Collège Notre-Dame del Pilar. Tout cela suivait les instructions expresses de l'archevêque, comme étape précédant la démarche du procès de béatification de Faustino.

— « L'archevêque désire connaître les lectures que vous choisissez pour l'Eucharistie de la translation. Il doit préparer l'homélie… »

Je n'avais même pas pensé à la possibilité de choisir des lectures particulières pour la cérémonie de cette translation. D'autre part, j'ai toujours été convaincu que les lectures liturgiques du jour conviennent. Pour cette raison j'ai répondu :

— « À mon avis, celles du jour, celles qui sont prévues… En général elles vont bien. »

Après cet entretien téléphonique, je ressentis une certaine crainte mêlée d'une grande curiosité : Qu'avais-je fait là ? N'avais-je pas été trop insouciant ? Qu'est-ce qui va être prévu ce vendredi de la deuxième semaine de Pâques ? Au moment de consulter le lectionnaire, je n'en crus pas mes yeux. Je comptais bien que les lectures conviendraient, mais… pas à ce point ! Cela me parut incroyable. À travers ces lectures, le Seigneur semblait répondre aux deux préoccupations, aux deux questions qui hantaient mon esprit depuis le moment où avait été prise la décision de commencer le procès de béatification de Faustino. Qu'a donc fait de spécial ce Faustino pour qu'on envisage de le proclamer saint ? N'est-ce pas tenter Dieu que de m'engager dans un procès de ce type ?

Le sage conseil de Gamaliel

Comme je l'ai dit, sur le plan liturgique, le 11 avril 1986 était le vendredi de la deuxième semaine de Pâques. La première lecture – Actes des Apôtres, chapitre 5, versets 34 à 42 – retrace l'intervention devant le Sanhédrin, de Gamaliel, pharisien bien connu. Le Sanhédrin, Conseil supérieur des Juifs, avait interdit à Pierre et aux apôtres de prêcher le nom de Jésus. Comme ils n'ont pas obéi, voilà qu'on les arrête. Pierre fait observer au Grand-Prêtre qu'il vaut mieux obéir à Dieu qu'aux hommes. Et il se met à parler avec assurance de Jésus ressuscité, devant toute l'Assemblée : « Nous sommes témoins de ce qui est arrivé ! » Saint Luc nous dit que, « en entendant cela, leur colère n'en devint que plus forte et ils essayèrent de les tuer ». C'est alors que Gamaliel demande la parole – et c'est là que commence la lecture du jour. En un discours plein de bon sens, Gamaliel essaye de calmer ses compagnons du Conseil. S'appuyant sur plusieurs exemples historiques, il les prie de ne pas faire d'impair et de ne pas se préoccuper : « Car si cette idée ou cette œuvre vient des hommes, elle se détruira elle-même ; mais si vraiment elle vient de Dieu, vous n'arriverez pas à la détruire. »

Voilà une règle de conduite pleine de sagesse pour tout ce qui a trait à Dieu : « Ce qui vient de Dieu ira de l'avant ; ce qui vient des hommes disparaîtra ». Que de fois depuis la mort de Faustino me suis-je demandé si c'était vraiment la volonté de Dieu que de promouvoir une chose aussi compliquée qu'une cause de béatification ! Et voilà que l'on allait rentrer dans ce procès à la fois si désiré et si appréhendé. Je m'étais dit tant de fois : « Il existe tellement de saints, des grands, y compris des personnes qui sont plus saints devant Dieu que d'autres, et qui ne seront jamais canonisés par l'Église. Ne vaudrait-il pas mieux laisser Faustino parmi les saints anonymes du 1er novembre ? » La circonstance particulière me rassurait cette fois-ci : j'avais demandé à plusieurs reprises que l'on étudie la possibilité d'introduire la cause de Faustino et j'avais toujours eu une réponse négative. Mais cette fois-ci – qui allait être décisive –, l'initiative n'était pas venue de moi.

De toute façon, la lecture de Gamaliel eut l'effet d'un rayon lumineux qui dissipa tous les doutes. Si elle vient de Dieu, la cause avancera; sinon elle restera au point mort. Je me dis ceci: « En fin de compte, la cause est entre de bonnes mains: elle est entre les mains de Dieu. Lui sait. »

Qu'est-ce que cela pour tant de monde?

L'Évangile me réservait une deuxième surprise. Pris au chapitre 6 de l'évangéliste saint Jean (Jn 6, 1-15), il relate la multiplication des pains. Une multitude a suivi Jésus et lui, assis sur le versant de la montagne, regarde tous ces hommes et ces femmes. Ils ont faim. Le Seigneur suggère à Philippe d'acheter du pain pour cette foule. Philippe exprime son embarras: deux cents deniers ne suffiraient pas pour en donner un petit morceau à chacun! Un gamin qui a dû entendre la conversation s'approche d'André: il ne possède pas deux cents deniers, mais il donne ses cinq pains et ses deux poissons. Enfant candide, riche en désirs et pauvre en moyens! On comprend la réaction d'André: Qu'est-ce que cela pour tant de monde? Mais, pour Jésus, la générosité du gamin avec les pains et les poissons suffit – et il y aura même des restes: il accepte cette offrande et donne à manger à la foule.

Que de fois je me suis posé la question: mais qu'a donc fait de spécial Faustino dans sa vie pour que cela conduise à un procès de béatification? Il a été jeune comme tous, joyeux, enthousiaste, amateur de football, de sport, de cinéma, de télévision, lecteur infatigable, attaché à ses études : … rien de l'autre monde. Il aimait le Christ, la Vierge, et il est clair qu'il avait un ardent désir de mettre toutes ses énergies de jeune au service du Maître ; un désir profond et sincère d'être marianiste, prêtre et missionnaire. Comme le gamin de l'évangile de Jean, Faustino se sentait heureux de pouvoir offrir au Christ le peu qu'il avait. Très peu, pratiquement rien : seulement des désirs, des espoirs. Mais n'est-ce pas cela qu'à ce moment précis de la vie – l'adolescence – on est amené à offrir ? D'autre part, je me disais en moi-même : « Qu'a fait Faustino comparé à tant de missionnaires qui ont passé des années en des secteurs difficiles, qui ont souffert de privations, de persécutions, de maladies… ? » Ils sont admirables et méritent bien d'être proclamés saints, mais est-ce bien sensé de faire avancer le procès de béatification d'un jeune de seize ans et demi ? La lecture de cet Évangile me rassura. Jésus a « canonisé » la générosité du jeune qui donna à manger à la foule avec ses cinq pains et ses deux poissons. Il en va de même avec Faustino. Du Ciel, avec son exemple et son message, il accomplit un travail missionnaire plus profond que s'il avait pu réaliser ses rêves sur la Terre.

Un témoignage personnel

Dans son homélie du 11 avril, monseigneur Miguel Roca, quelque peu ému, commenta ces deux lectures. Dans ce livre, nous expliquerons un peu le *pourquoi* et le *comment* du procès de béatification de Faustino. Nous nous réjouirons de voir combien cette « immense envie de le servir le mieux possible, allant jusqu'au désir de mourir pour Lui si c'était nécessaire » – comme le notait Faustino dans son journal intime – a été comme les pains et les poissons du gamin de l'Évangile : nourriture et espérance pour tant de personnes anonymes et assoiffées de Dieu.

Les pages qui suivent seront souvent écrites à la première personne. Je n'ai pas fait ainsi dans les autres livres que j'ai écrits sur Faustino. Ici, il m'a semblé qu'il était bon de donner un témoignage plus clair et plus direct. J'ai connu Faustino et je n'ai cessé d'admirer son itinéraire spirituel en ce monde. Et aujourd'hui, j'observe avec joie sur la Terre les signes de son travail missionnaire depuis le Ciel. Je tiens à en témoigner avec tous, et je me permets de faire mienne une phrase de saint Jean dans sa première lettre : « Je vous écris ceci pour que notre joie soit complète ».

Grâce à Faustino, j'ai reçu une bonne leçon de pastorale. L'oubli de soi, le don total du peu que l'on est et que l'on a, le désir de sainteté, en un mot : l'amour... est plus important pour le Royaume de Dieu que les programmes, les plans, les techniques, l'argent, le pouvoir. Tout cela appartient à l'ordre des moyens, des instruments ; sans l'amour du Christ, cela revient à « un cuivre qui résonne ou une cymbale qui retentit » comme dit saint Paul. Dieu fait davantage avec les cinq pains et les deux poissons du gamin qu'avec les deux cents deniers – hypothétiques – de Philippe. Avec cela il y avait à peine de quoi donner un petit morceau à chacun ; avec le peu de pain et de poisson, il y a eu douze corbeilles de restes.

CHAPITRE 2

3 MARS : DERNIER ET PREMIER JOUR

3 mars 1963 : dernier jour de l'étape terrestre de la vie de Faustino, mais premier jour de sa vie éternelle. Jour du passage. Jour important dans la biographie personnelle de chacun : c'est le passage de la vie dans le temps à la vie mystérieuse dans l'éternité. Ce passage, Faustino l'a vécu en toute conscience et habité par l'espérance.

C'était un dimanche. À 11 h 20 du soir, Faustino s'éteignit calmement dans les bras de sa mère qui essayait de le redresser dans son lit. Des bras de sa mère de la Terre, il est passé dans les bras pleins d'amour du Père du Ciel. À ce moment, Faustino a entamé sa vie éternelle. Au début de ce livre qui cherche à retracer l'aventure de Faustino après sa mort, il est bon de relater plus en détail ses derniers moments sur cette Terre. Cela éclairera ce que nous dirons par la suite.

« Dire oui à tout ce qui est bien »

À quatorze ans, Faustino avait décidé de « dire oui à tout ce qui est bien ». Une telle résolution, fruit d'une générosité enthousiaste d'adolescent, semble facile quand tout va bien. Mais quand les choses vont de travers, que dire? Quand arrive le malheur, la maladie, la souffrance... que dire? La maladie est-elle bonne en soi? Évidemment non! Mais le chrétien sait qu'en tout mal il y a un bien possible, caché et mystérieux: « Tout concourt au bien de ceux qui aiment Dieu », écrit Paul.

En pleine adolescence si prometteuse pour lui, Faustino a buté sur la maladie. Mais il a eu le mérite de l'affronter et de l'assumer. Il l'a assumée dans une double direction: disant oui à la vie, ce qui veut dire luttant de toutes ses forces contre le mal. Il mettra en action tous les moyens qu'on lui propose pour triompher. En même temps, assumer la maladie signifiait ne pas se résigner, ne pas se laisser abattre par elle. Un jour, au début de ses ennuis de santé, il écrit dans son journal: « Il faut que je fasse un sérieux examen de conscience, car ça fait longtemps que je ne me suis pas confessé. La maladie me fait négliger mes devoirs... » Il va réagir. Nous en avons ici un exemple: « Maman, au lit! Que moi je souffre, c'est normal, car la maladie elle est à moi – dit-il à sa mère qui vient le veiller la nuit –. Mais que tu aies à souffrir pour moi..., non, ce n'est pas juste. Maman, s'il te plaît, va dormir! »

Il souffre: « Comment vas-tu, Faustino? » Sa réponse est toujours la même: « Bien ». Mais à la vue de son visage, je me permets d'insister: « Voyons, tu as beaucoup mal? » — « Je ne sais pas... Ça dépend comment on voit les choses. » Et devant mon étonnement, d'ajouter: « Oui, père. Quand je pense que en ce moment d'autres souffrent plus que moi, je ne peux pas me plaindre... »

Une telle réponse, donnée le plus naturellement du monde, laisse muet d'admiration. Quand nous souffrons, nous pensons si peu à la souffrance des autres!... Où Faustino puise-t-il ce courage, cette force?

« Depuis le ciel il faut que tu les consoles »

Le 23 janvier 1963, au retour de sa dernière retraite, il avait dû s'aliter. Il ne se lèvera plus. Il ne réagit déjà plus aux traitements et les médecins sont désarmés. Que faire avec Faustino? L'informer clairement? Essayer de lui cacher la vérité avec de faux espoirs, faisant en sorte qu'il meure sans se rendre compte? Ses parents pensent : « Notre fils est capable de recevoir la vérité dans la paix, mais s'il vous plaît, père, dites-le lui vous-même. Pour nous, c'est trop difficile. »

Le 4 février, je me préparai à faire la démarche. Je l'ai relaté dans la biographie de Faustino que j'ai écrite. Une année auparavant, presque jour pour jour, le 22 février, il avait écrit dans son journal : « Salut, Jésus. Tu sais que chaque jour je t'aime davantage, que chaque jour je suis plus convaincu que je suis capable de tous les sacrifices, y compris celui de la mort, pour ton amour. » La mort était alors une possibilité encore lointaine pour lui. Qu'allait-il dire maintenant?

« Faustino, j'ai une chose très importante à te dire. Ta maladie est incurable.

Il me regarda un moment en silence. Puis :

— J'avais bien l'impression que les médecins ne savaient plus où donner de la tête.

Faustino était intelligent et il se rendait parfaitement compte que ce défilé de médecins pour les consultations, qui le visitaient si souvent, cela n'indiquait rien de bon. Maintenant il comprend tout.

— Qu'en pensez-vous, père, est-ce que je suis assez préparé pour mourir?

— Oui, Faustino, oui.

Il me regarde un moment en silence, puis il répond :

— Alors... ça ne fait rien.

Mais ses yeux laissèrent perler quelques larmes qu'il s'efforça de contenir.

— Que se passe-t-il, Faustino?

— Pour moi, père, ça ne fait rien. La seule chose que je regrette, c'est pour papa et maman. Ils vont avoir de la peine!

C'était bien là le Faustino de toujours, pensant aux autres avant de penser à lui. À ce moment-là il me vint une idée. Sans tellement réfléchir, je lui dis :

— Faustino, comme tu vas aller au Ciel, depuis là-haut il faudra que tu les consoles.

Cette idée sembla le rassurer :

— Bien sûr, père, je le ferai. Ça va de soi! »

Nous avons continué à parler et il m'a fait part aussi de son regret de ne pas pouvoir être marianiste...

Un jour de très grand bonheur pour moi

« Avant hier, samedi, ce fut un jour de très grand bonheur pour moi. J'ai reçu le sacrement des malades. C'est merveilleux de l'avoir reçu en pleine conscience. J'ai renouvelé pour un mois mes promesses de membre de Fraternité. Aujourd'hui, c'est la fête de Notre-Dame de Lourdes. Que notre merveilleuse Mère du Ciel nous aide tous à devenir meilleurs. Aide-moi, mère, à continuer à offrir ces petits ennuis pour les besoins du monde. »

Il écrit cela le 11 février 1963. Ce même jour, après avoir appris le décès d'une personne amie de la famille, Faustino dit à sa mère : « Maman, il faut aller au Ciel tout droit ». Il continue sa vie de malade, paisiblement, gentil avec tous, sans que rien ne soit vu au tragique. Quand il va un peu mieux, il lit ; il communie chaque jour, il prie, il sourit...

Sur sa table de nuit, une feuille avec des citations qu'il a relevées, sur *Camino* de Josemaría Escrivá de Balaguer – maintenant bienheureux. Toutes ces citations se rapportent à la souffrance. « Maman, qu'on ne perde pas cette feuille. Je voudrais bien l'avoir toujours sous la main. » Au verso, écrit aussi de sa main, « sa » sélection nationale de football. Il y a aussi un Christ dessiné par le frère Raphaël María Arnáiz – aujourd'hui bienheureux – avec une méditation écrite par lui sur la souffrance. Après la signature de Raphaël, Faustino a ajouté la sienne. Il est prêt pour le moment où le Seigneur viendra. Il a sa lampe allumée.

« On va téléviser le match de Valence ? »

J'ai encore un agenda de cette année avec une liste de « missions pour le Ciel » que je m'étais proposé de donner à Faustino avant sa naissance au Ciel. Le meilleur moment pour cela m'a paru être le dimanche 3 mars. J'étais libre ce jour-là et le médecin lui donnait encore trois ou quatre jours de vie. Le matin, je lui portai la communion. On le voyait souffrir. Je lui demandai comment il allait ; sa réponse, comme toujours : « Bien ». Après avoir communié, je lui demandai s'il offrait ses souffrances :

« Oui, père, pour tous.
— Pour quelqu'un en particulier?
— Pour tous, pour toutes les âmes… »

Un peu après, il me fit une demande qui me déconcerta quelque peu : « Père, savez-vous si ce soir le match de Valence va être télévisé? » J'allais répondre que je ne le savais pas, mais pratiquement sans me laisser le temps de répondre, avec un sourire en coin, il ajouta : « Mais que je suis bête ! Je ne vais pas pouvoir le suivre… Je suis si fatigué ! »

Puis il ajouta : « Père, je ne peux pas prier » — « Peu importe, Faustino. Offre ce que tu souffres. Ça suffit. »

J'ai beaucoup pensé à ce mélange de divin et d'humain ce jour-là. Faustino désireux de voir un match de sa chère équipe de Valence C.F. On pourrait penser à un « caprice » déplacé en un tel moment. Pour moi c'est très significatif. Un saint n'est pas « déconnecté » de la vie ; l'amour de Dieu ne l'empêche pas d'apprécier les plaisirs simples de la vie terrestre. Saint Jean de la Croix, dans sa dernière maladie, eut un jour envie d'asperges… Et on en a trouvés ! Dans une même situation, sainte Thérèse de l'Enfant Jésus rêvait d'un gâteau au chocolat. Et le bon saint François, moribond, fait écrire à son amie Jacoba de Settesoli : « Je te prie de m'apporter un drap pour envelopper mon corps à ma sépulture. Et je te demande aussi que, si tu le peux, tu m'apportes de ce gâteau que tu me donnais quand j'étais malade à Rome ». La brave Jacoba arriva à temps avec à la fois le gâteau et le suaire. Pour Faustino, un jeune de notre temps, la fantaisie c'était un match de football. Notre nature s'accroche à la vie : nous sommes faits pour vivre.

Missions pour le Ciel

Le soir je l'ai trouvé avec un sourire faible, exprimant à la fois la joie et la souffrance. Il souffrait beaucoup. Il serrait dans sa main droite une grande médaille de la Vierge que sa mère lui avait laissée.

Finalement, seuls lui et moi, nous avons parlé du Ciel. Doucement car il se fatiguait. « Tu iras bientôt au Ciel, Faustino. » — « Je le sais, je vais très mal. » Il tremblait ; surtout les bras.

« Qu'est-ce qui t'arrive, Faustino? Tu es énervé?

— Non, père. C'est le corps. Il y a tellement longtemps que je ne peux plus dormir... Mais au dedans, je suis en paix! »

J'éprouvai une grande admiration pour de telles paroles. Il avait toujours rayonné la paix, mais maintenant plus que jamais.

« Faustino, je veux te demander un service.

— Dites toujours, père.

— Je voudrais te charger de quelques missions pour le Ciel. Tu t'en occuperas?

— Bien sûr. »

Avec Faustino, on pouvait parler de Jésus, de la Vierge, du Ciel comme on parle de la famille, de la maison, de quelque chose de familier et de proche. Il avait une foi simple et profonde. Je lui ai donné la première mission de ma liste. Quelque chose que je rends public pour la première fois. Je lui demandai de saluer la Vierge de ma part lorsqu'il la rencontrerait et de lui dire que je l'aimais beaucoup.

« Oui, père, bien sûr.

Je lui demandai, à lui qui avait un si grand désir de devenir marianiste, de trouver un remplaçant. Que depuis le Ciel, il s'occupe des vocations religieuses, sacerdotales…

— Oui, père, évidemment!

Qu'il n'oublie pas de consoler ses parents une fois arrivé au Ciel. Encore une fois, la même réponse: "Oui, père". Il me regardait avec le visage de quelqu'un qui souffre, illuminé par un sourire de temps en temps.

— Finalement, Faustino, je veux te dire un secret. Sûrement que l'année prochaine je vais être envoyé en Amérique du Sud. Il faut que tu m'aides depuis le Ciel.

— Oui, père, bien sûr. »

Quand j'y pense maintenant, ces « oui, père », me semblent être un merveilleux acte de foi en un des dogmes les plus porteurs d'espérance dans le christianisme et malheureusement si oublié aujourd'hui, y compris par ceux qui se disent chrétiens: « Je crois en la vie éternelle ». Et en même temps, cette conversation me semblait profondément humaine: Faustino assumait lucidement – regardant bien en face – un moment clé de sa propre existence : l'heure de sa mort. Thérèse de Lisieux disait, peu de jours avant de mourir : « Je ne meurs pas, j'entre dans la Vie. » Et le bienheureux Jakob Gapp écrivait quelques heures avant d'être exécuté par les nazis : « Ce soir à 7 heures, j'irai chez mon cher Sauveur, que j'ai toujours aimé avec ferveur. Je suis pleinement heureux. » Avec d'autres mots, d'une autre façon, Faustino dit la même chose.

Nous nous sommes quittés jusqu'au lendemain : je devais venir lui apporter la communion. Nous avions convenu que, après avoir communié, il lirait une formule de vœux privés comme marianiste. Il accepta la proposition avec grande joie. Malgré la dégradation progressive de son organisme, il était plein d'espérance et heureux. Un autre marianiste, don José Luis, était venu aussi lui rendre visite. Au moment de le quitter, nous lui avons fait baiser la médaille de la Vierge. En sortant, nous avons spontanément fait le même commentaire admiratif de son dernier sourire : il était transfiguré.

« Et à l'heure de notre mort »

Faustino avait prié beaucoup de chapelets dans sa vie. Il avait répété des centaines de fois, peut-être sans lui donner beaucoup d'importance : « Priez pour nous, pécheurs, maintenant et à l'heure de notre mort… » Cette « heure » était maintenant arrivée, et Marie était bien là, fidèle au rendez-vous.

Le temps passait et Faustino serrait dans sa main la médaille de la Vierge :

« Maman, je suis en train de mourir.

— Patience, Faustino !

— Oui, maman. Je suis patient, mais ça devient plus difficile...

— Donne un baiser à la Vierge.

Son visage s'éclaire :

— Oui, maman... Si tu savais... Elle m'aide tellement ! »

Quelques heures plus tard, il s'éteignait doucement dans les bras de sa mère.

Faustino a tenu sa promesse

À onze heures et demi, le téléphone sonne. Un ami de la famille vient me chercher. Dans l'appartement familial ont commencé à venir d'autres membres de la famille, des amis, d'autres marianistes... Il fut enseveli avec les vêtements habituels. Son visage rayonnait la paix. Pas de tristesse chez les visiteurs. Souffrance oui, mais paix. Une nuit tout à fait extraordinaire ! Bien des années plus tard, la personne qui était venue me chercher me disait : « Vous vous rappelez ? Je suis déjà bien âgé. J'en ai vu mourir beaucoup, mais ce qui s'est passé cette nuit-là a été quelque chose d'unique. » Je n'oublierai jamais une observation faite par son père quand nous regardions Faustino mort : « On va penser que nous sommes fous. Un de nos enfants est mort et nous ne sommes même pas tristes. »

En commençant sa nouvelle vie, Faustino avait tenu sa promesse.

CHAPITRE 3

C'EST ÇA LA SAINTETÉ ?

Ce soir-là est resté gravé dans ma mémoire, dans mon cœur. C'était le sommet de l'aventure spirituelle d'un jeune que j'avais eu le bonheur de pouvoir suivre pendant six ans. Une question me venait toujours à l'esprit : c'est ça la sainteté ?

« Il se passe quelque chose à l'intérieur »

Une question me trottait dans la tête les mois qui suivirent la mort de Faustino : est-ce bien ça la sainteté ? Il était clair que chez Faustino, il y avait une vie spirituelle très profonde, mais en même temps très simple et spontanée. Avec un naturel qui n'est pas courant, il « comprenait » Dieu et les choses de Dieu. Il s'agissait, pourrait-on dire d'une « compréhension amoureuse », quelque chose qui, de temps en temps le saisissait de l'intérieur, quelque chose qu'il avait du mal à identifier, qui le dépassait, qu'il ne savait pas exprimer avec des paroles, mais qui le remplissait d'un bonheur indescriptible. Dans son journal – qui n'a rien d'extraordinaire, on peut le dire – on perçoit de temps en temps ce mystérieux « je ne sais quoi qui est seulement balbutié », pour parler avec des mots de saint Jean de la Croix. Ces lignes, venant du plus intime de lui-même, le 27 mars 1962, sont peut-être celles qui décrivent le mieux cette vie en Dieu :

« Je suis très heureux. Je ne sais pas ce qui m'arrive, mais grâce à Dieu, je ne connais pas le malheur et je suis toujours heureux. Il se passe quelque chose à l'intérieur. Un amour si énorme vers Lui qui m'a toujours tant porté dans sa main, qui ne m'a pas laissé tomber une seule fois dans le péché mortel. Je ne sais pas ce qu'on appelle les problèmes. Merci, ô Christ, de me donner ce bien-être intérieur si merveilleux. Je t'en suis très reconnaissant. »

Situons cela dans son contexte : il est malade et il souffre. Mais il irradie de bonheur : parce qu'il se passe « quelque chose » en lui, un amour énorme vers le Christ qui l'enveloppe totalement. Ce ne sont pas seulement des « mots » chez lui. Certes, il y a des gens qui ont une grande facilité pour écrire avec profusion de très beaux textes. Dans le cas de Faustino, au contraire, ça lui coûte d'exprimer ce qu'il ressent. Mais à travers son journal, surtout à partir d'octobre 1961, on peut trouver quelques uns de ces moments que nous pourrions qualifier de « transfigurés ».

Et ce ne sont pas là les seuls moments. J'ai été impressionné lorsque, pour sa dernière retraite, il est venu me demander des précisions sur la prière : « Qu'en pensez-vous, père ? Quand nous parlons, maman et moi, j'ai l'impression que le Christ est avec nous. Est-ce que c'est aussi une prière? » Je lui ai dit que oui, bien sûr. Je n'ai pas ajouté que c'était là une prière extraordinaire. Ou encore lors de cette même retraite, lorsque j'ai demandé à tous « À quel moment de la journée t'es-tu senti le plus proche de Dieu? », il a répondu: « Pendant l'heure d'adoration. J'étais plongé en Dieu. » Faustino, surtout à la fin de sa vie, vivait « plongé en Dieu », sans cesser d'être un jeune avec toutes les caractéristiques de son âge. Plongé en Dieu certes, mais avec les pieds solidement posés sur terre.

N'est-ce pas naturel, logique que cette fameuse question me soit venue à l'esprit: c'est bien ça la sainteté?

Devenir saint

Curieusement, la feuille des résolutions qu'il rédige à la fin de cette retraite de janvier 1963, contient trois petits paragraphes. Dans le premier, il détaille les aspects de sa vie qu'il veut améliorer, à commencer par celui-ci, très riche de sens: « Accepter par amour toutes les souffrances. » Le second dit ceci: « Parvenir à la sainteté. Voir chez tous les hommes des enfants de Dieu, à commencer par mes frères, mais chez tous ». Le troisième: « Être saint, c'est aimer Dieu, et c'est plus facile avec la Vierge ». Pourquoi une telle résolution en ce moment terminal de sa vie? Je ne sais pas. Je n'ai pas fait de suggestion dans ce sens. Depuis longtemps, je m'étais rendu compte que Faustino découvrait seul ce qu'il convenait de faire à chaque instant; depuis longtemps, il était guidé « d'en haut ». Par conséquent, j'avais décidé d'être un simple témoin de l'œuvre du Seigneur en lui.

Quelques jours plus tard, je lui rendis visite ; il était couché :

« Tu te souviens de tes résolutions, Faustino?

— Oui, père : Devenir saint.

— Bien, mais tu y réussis?

Avec un sourire, il me répond :

— Je suis là, cloué au lit. Je crois que c'est une bonne méthode, n'est-ce pas? »

Une telle réponse, pour un adolescent de 16 ans, révèle une profonde sagesse spirituelle, et une compréhension du mystère de la Croix qui n'est pas ordinaire. Les apôtres ont eu du mal à comprendre ce mystère. « Ne fallait-il pas que le Christ endurât ces souffrances pour entrer dans sa gloire? », dit Jésus aux disciples d'Emmaüs. Tout jeune, Faustino avait déjà une sensibilité particulière pour entrer dans le mystère de la Croix. Cela, et à plus forte raison à un âge si précoce, ne peut se faire sans l'action du Saint-Esprit... et sans la finesse de la sensibilité spirituelle de Faustino.

C'est donc normal que, à la mort de Faustino, je me sois posé la question : « C'est bien ça la sainteté? »

Un « saint » au collège ?

Parvenus à ce point, peut-être serait-il bon de jeter un coup d'œil en arrière. En septembre 1957, le Collège del Pilar recevait pour la première fois tous ses élèves dans le même bâtiment récemment construit, sur le Paseo de

Valencia al Mar, aujourd'hui avenue Blasco Ibáñez. Toute la partie destinée aux salles de classe était terminée, mais le chantier de la grande chapelle, encore en cours, avançait lentement. Pour comble de malheur, ce chantier fut encore retardé en raison de la grande inondation qui, un mois plus tard, le 13 octobre, ravagea tout Valence et transforma le collège en une île pendant quelques heures. Je venais d'être nommé directeur du collège.

Finalement, le 21 décembre 1959, la chapelle reçut la bénédiction et l'autel la consécration. Comme souvenir, chacun reçut une reproduction de la Vierge del Pilar, de Nasio Bayarri, placée au-dessus du maître autel. Faustino conserva cette image et il écrivit ces paroles au dos : « Reçue lors de l'examen de physique du premier trimestre, à 4h30, en me rendant à la 4e heure de cours (22/12/59) ».

La chapelle était d'un style qui se voulait moderne, mais très peu inspiré : elle était trop froide ; elle était en forme de croix grecque, les bras latéraux se terminant en demi-cercles destinés à recevoir des autels latéraux. Il n'y avait pas d'argent pour les réaliser, et par ailleurs on ne semblait pas pressé de le faire. Au cours de la construction de la chapelle, je me disais en moi-même et je l'ai confié au Seigneur : « La chapelle sur la gauche sera pour le père Guillaume-Joseph Chaminade (fondateur des marianistes) quand il sera béatifié ; celle de droite pour le premier membre de la communauté éducative – professeur ou élève – qui deviendra saint. »

Tout cela peut ne paraître qu'une belle utopie. Mais si nous réfléchissons un peu, que doit viser une œuvre d'éducation catholique? Elle doit contribuer à former des « chrétiens », c'est-à-dire quelques « saints » et beaucoup de « bons pécheurs ». Cette dernière affirmation risque de choquer: ne vaudrait-il pas mieux former beaucoup de saints? Soyons réalistes: qu'entend-on par « bons pécheurs »? Des personnes qui ont le sens de Dieu, et donc le sens du péché. Le grand malheur de notre monde d'aujourd'hui c'est d'avoir perdu le sens du péché. Qui se reconnaît pécheur, qui a un authentique sens du péché est tout à fait disposé à comprendre un jour, au moment le plus inattendu de sa vie, l'appel chrétien à la sainteté.

C'est presque trente ans plus tard, en avril 1986, que se fit la translation des restes de Faustino, à cet endroit même. À cette occasion, le Supérieur général des Marianistes adressa ces paroles aux élèves, aux enseignants et aux parents:

« La translation des restes de Faustino à la chapelle du Collège del Pilar, restes de celui qui fut longtemps élève, sera une bénédiction pour tous. Ce sera une présence silencieuse qui veillera sur nous, et un stimulant permanent qui nous rappellera que, dans cette vie, il n'est pas bon de se contenter de peu, mais qu'il est possible – et que nous devons même – tendre à un idéal humain et chrétien élevé pour améliorer le monde. »

En 1959, tout cela était tout à fait imprévisible. Et on comprendra que, en mars 1963, je me sois posé encore cette question avec une certaine appréhension: « Ce Faustino sera-t-il la réponse du Seigneur à mes "rêves"? Et si rapidement? »

Contre-épreuve : le témoignage des « autres »

« C'est ça la sainteté? » Le philosophe français Lavelle est parmi ceux qui ont le mieux étudié ce qu'est la sainteté, me semble-t-il. Dans son livre *Quatre saints*, il a une introduction sur la question qui occupe presque un tiers du livre. Il dit entre autres choses : « Le propre de la sainteté est d'être naturellement invisible, comme le monde spirituel où nous sommes invités à entrer. La sainteté du mendiant ou du roi est difficile à voir sous les traits du mendiant ou du roi. » Ou sous les traits de l'élève, de l'étudiant, du proche.

C'est un peu ce que je pensais en ce mois de mars 1963. Je connaissais Faustino « de l'intérieur » pour ainsi dire, mais, qu'en serait-il des autres, que verraient-ils en lui? Je savais à quel point il avait aimé Dieu et la Sainte Vierge. Mais cela ne suffit pas pour qu'on puisse parler de sainteté... Être saint, c'est aimer Dieu, mais aussi aimer les autres pour Dieu. Il me semblait bien que Faustino avait aussi beaucoup aimé les autres, mais je voulais en avoir la preuve. Pour cela, j'ai fait une petite enquête auprès « des autres » : ses camarades. « Écrivez tout ce que vous voulez, tout ce dont vous vous rappelez sur votre camarade Faustino. »

Ma demande les prit un peu par surprise. L'un d'eux a écrit : « On n'a pas l'habitude de pénétrer beaucoup dans la pensée d'une personne tant qu'elle est vivante. » Un autre : « On se rappelle du mal, mais pas du bien. » Je crois que les camarades de Faustino ont été sincères dans cette réflexion qu'ils ont écrite sur l'ami et le camarade disparu.

Analysant les réponses, je notai que trois aspects se détachaient: le sens du service d'une part; la bonté, la joie, la sympathie, le sourire… d'autre part. Je dois avouer que je m'attendais bien à ce que cela ressorte. Par contre, il ne m'était jamais venu à l'idée qu'un troisième trait serait signalé: il ne critiquait jamais, ne parlait jamais mal de personne. Ce point-là me fit beaucoup réfléchir car cela me semblait insolite chez un jeune adolescent. Et plus insolite encore que ce trait ait attiré l'attention de ses camarades.

« Quand il s'agissait de faire quelque chose pour quelqu'un, un camarade ou toute autre personne, il était le premier. Quand il s'agissait de faire quelque chose de difficile, c'est lui qui nous donnait l'exemple et qui nous entraînait si nous n'étions pas convaincus. » « C'était un jeune serviable; s'il pouvait t'aider, il le faisait. » « Il cherchait toujours à rendre service, mais sans passer pour "poire", comme on dit. » « Toujours prêt à aider qui était dans le besoin. » « Il avait à notre égard une générosité hors du commun. Quand une difficulté se présentait, il cherchait à l'aplanir par tous les moyens. »…

« Toujours très joyeux et très optimiste. » « Il voyait le bon côté des choses. » « Il était très sympathique, aimable et aimé de tous. » « Je ne l'ai jamais vu en colère contre quelqu'un. » « Bien qu'il soit sérieux, il savait s'amuser et être joyeux. » « Il avait toujours un sourire en réponse à toute parole qu'on pouvait lui adresser. » « Il cherchait le bon côté en toute chose. »

« Pour lui, il n'y avait pas des méchants, mais des très bons, bons ou moins bons. Je crois que c'était là un trait caractéristique de sa personnalité. » « Il voyait tout en bien et ne savait pas voir le mal ou la mauvaise intention. » « Ce que j'ai toujours admiré en lui c'est le naturel avec lequel il excusait les gens. » « Il excusait tout le monde: pour lui tout le monde était "bon", même avec les défauts. » « Il ne critiquait personne et ne se disputait pas. » « Une chose bonne chez lui, c'est qu'il voyait toujours le meilleur. Quand on disait quelque chose sur tel ou tel professeur, il disait toujours: "il ne faut pas exagérer!" ou "d'accord, mais dans le fond, c'est un brave homme!" "Il était toujours là pour faire ressortir nos qualités, ce qui parfois me surprenait, car il était le seul à le faire." »

Quelqu'un nuance son propos: « J'ai pu observer aussi qu'il réagissait avec vivacité quand on abordait un sujet touchant des points pas très nets. » « Parfois il était même obstiné pour défendre ses idées. Ce n'était pas, me semble-t-il, pour s'opposer à quiconque, mais parce qu'il croyait que c'était vrai. »

Plusieurs soulignent son humilité: « Un autre trait de son caractère était l'humilité. Ce n'était pas un chrétien fanfaron, mais un authentique chrétien. » « S'il faisait quelque chose en faveur des autres, il ne cherchait jamais à le faire remarquer. »

Trois ou quatre de ceux qui ont été avec lui à « Euro-Camp » relèvent tous ces traits qui caractérisent l'ambiance de ces quinze jours d'échange intense et profond qu'ils ont eu ensemble. « Je me suis rendu compte de tout cela l'été dernier, au camp: il était toujours prêt à tout. » Un autre:

« Dans toute sortie, il y a des contrariétés ; on est amené à changer de plan, d'horaire... Habituellement dans ces cas, nous rouspétions, nous étions de mauvaise humeur, irrités. Lui, pas du tout. » Il trouvait une explication à tout. « Je ne l'ai jamais vu de mauvaise humeur... » Un de ses compagnons résume ainsi : « J'étais à côté de lui sous la tente et dans le bus. Il était toujours égal à lui-même, jamais irrité, toujours prêt à payer de sa personne, à se mettre dans la situation la plus désavantageuse pour que les autres soient mieux. Je crois sincèrement que les défauts de quelqu'un se révèlent particulièrement dans le cadre d'un camp. Je suis obligé de reconnaître que, après avoir dormi et mangé avec lui pendant 20 jours, je n'ai pu trouver en lui aucun défaut. »

Un autre signale ce fait, apparemment paradoxal : « C'était un garçon avec une personnalité sortant de l'ordinaire et forte. Sa fragilité physique faisait qu'on ne le remarquait guère en classe, mais quand il n'était pas là, ça se remarquait bien..., si étrange que cela paraisse. »

C'est ça la sainteté ?

Une lettre de don Marcelino

De toute façon, j'ai pensé qu'il valait la peine de faire connaître aux élèves du collège la personnalité du camarade qui nous avait quittés. J'ai écrit une courte biographie intitulée *Faustino*. Elle était dédiée *« À vous les terminales de 1963, qui avez été tant d'années compagnons de Faustino »*. Ce fut la base, le noyau des biographies ultérieures. On fit un tirage de 500 exemplaires polycopiés, avec photos de qualité moyenne. On le distribua aux aînés du collège et on l'envoya à quelques autres personnes. Les réactions furent enthousiastes.

Quelqu'un en fit parvenir un exemplaire à don Baldomero Jiménez Duque, spécialiste en théologie spirituelle, alors recteur au séminaire d'Avila. Sa réaction allait dans le sens d'une réponse positive devant mes doutes, et, de plus, elle invitait à le faire savoir :

« Franchement, un exemple passionnant. La présence et l'action de l'Esprit-Saint y sont palpables. Mais d'une façon douce, normale, très assurée, qui fait fi de nos mécanismes psychologiques et de l'influence habituelle qu'a notre environnement sur nous. De ce fait, sa vie est tout à fait accessible et exemplaire.

Faites-la connaître, et par ces éditions populaires qui touchent tous les milieux. Il est aussi particulièrement intéressant comme exemple de vocation. En Espagne, nous allons connaître une crise de vocations sacerdotales et religieuses. Faustino est un stimulant pour susciter des vocations. C'est si simple chez lui, si naturel, et en même temps si surnaturel… »

Parmi toutes les lettres reçues, la plus expressive dans sa brièveté fut celle de l'archevêque de Valence, Monseigneur. Marcelino Olaechea, datée du 16 juillet 1963 :

« Très cher P. Salaverri,

J'ai lu *Faustino* avec beaucoup d'intérêt, au cours d'un voyage. J'approuve totalement celui dont la vie est retracée et aussi l'auteur de la biographie.

Le tableau est peint avec justesse et maîtrise. Je crois que sa diffusion fera un grand bien.

Faustino avait une étoffe de saint, et le tailleur en a fait un excellent costume.

Très bien. Très bien.

Avec toute l'affection de votre cher ami

+ Marcelino

Archevêque de Valence.

Je vais vous retourner le livre, mais si c'était possible, je le garderais volontiers. »

Il l'a gardé, bien sûr. Comme l'archevêque était salésien, j'ai d'autant mieux compris le message de l'étoffe et du tailleur. Saint Dominique Savio, disciple de saint Jean Bosco venait d'être canonisé, il y avait seulement neuf ans. Mgr Olaechea faisait allusion à une anecdote de la vie de Dominique Savio : sa rencontre avec Don Bosco.

— Il y a là un tissu de qualité, lui dit Don Bosco.

— À quoi pourrait-il servir? lui répond le garçon.

— À faire un bon costume pour l'offrir au Seigneur.

— Très bien. Soyez le tailleur et moi je serai le tissu. Faites le costume pour le Seigneur. »

Mgr Olaechea m'encouragea – et il ne fut pas le seul – à écrire une biographie plus complète. C'est ce que j'ai fait. Elle parut sous le simple titre *Faustino*: 99 pages, 25 pesetas.

Mais l'archevêque de Valence n'en resta pas là. Il fut le premier à penser à une éventuelle cause de béatification. « Pourquoi ne faisons-nous pas une image avec une prière pour demander des faveurs? On verra bien ce qui arrive. » Au début de l'année 1964, il approuva une prière, à usage privé, pour « demander des grâces par l'intercession de Faustino ».

En cette année 1964, les Pères du concile Vatican II – entre autres Marcelino Olaechea – sont très pris par le document de la « Constitution sur l'Église ». En juillet 1964, ils reçoivent la quatrième rédaction du document qui va être discuté en septembre, au cours de la troisième session du concile. En octobre, il faut faire encore une cinquième rédaction. Pour finir, le document est approuvé à la quasi unanimité le 19 novembre. Là, dans cette constitution *Lumen Gentium,* un chapitre entier, le cinquième, s'intitule « Appel universel à la sainteté dans l'Église ». Ce chapitre ne suscita guère de polémique. Qui allait contester qu'un chrétien soit appelé à la sainteté?

Cependant, si on avait introduit la cause de Faustino à cette époque, elle serait restée sans suite, comme toutes les causes concernant des enfants ou des adolescents… Pourquoi?

CHAPITRE 4

UN JEUNE PEUT-IL ÊTRE CANONISÉ ?

Dominique Savio, premier jeune déclaré saint sans être martyr

Le 13 juin 1954, le pape Pie XII canonisait un adolescent de 14 ans. Il dit de lui :

« L'enfance est précieuse et riche en énergie religieuse et morale. Ne croyons pas que le jeune âge soit un obstacle sur le chemin de la sainteté. "Il y a des saints parmi les enfants", s'exclama un jour mon prédécesseur Pie X.

À un âge si précoce, on est étonné de découvrir les voies merveilleuses par où passe la grâce. On constate une adhésion constante et sans réserve aux choses du Ciel perçues avec une intensité particulière par la foi de l'enfant ».

Il est à peine croyable que Dominique Savio ait été le premier adolescent non martyr canonisé par l'Église dans toute sa longue histoire de dix-neuf siècles. Sans doute les enfants et adolescents martyrs, et canonisés comme tels, furent nombreux au cours des siècles. Lors des persécutions des premiers temps du christianisme, beaucoup ont été sacrifiés pour leur foi. Tarcisius mourut lapidé en portant la communion aux chrétiens en prison. Pontique fut jeté aux bêtes à Lyon, âgé de 15 ans, en 177. Agnès, emprisonnée à 13 ans en raison de sa foi chrétienne, meurt martyre de la foi et de la virginité, en l'an 304. En 1597, parmi les 26 martyrs du Japon, sacrifiés à Nagasaki, on comptait plusieurs jeunes de 18-19 ans, un adolescent de 15 ans, Thomas Kosaki, et un enfant de 12 ans, Louis Ibaraki. Lorsqu'ils arrivèrent sur la colline où étaient plantées les 26 croix sur lesquelles ils allaient mourir, Louis demanda : « Où est la mienne ? » et il courut l'embrasser. La plupart des martyrs de l'Ouganda, dont vingt-deux ont été canonisés par Paul VI, étaient jeunes. Parmi eux, Kizito avait 15 ans. Il est mort sur le bûcher le 3 juin 1886. Maria Goretti, martyre de la chasteté, meurt à 12 ans en 1902, et elle est canonisée en 1950, en présence de son assassin converti.

Mais avant 1917, un seul jeune de moins de 20 ans qui n'ait pas subi le martyre a été canonisé par l'Église : saint Stanislas de Kostka, âgé de 18 ans. Jeanne d'Arc, morte à 19 ans, était alors seulement bienheureuse.

Il faudra attendre le début du XXe siècle pour que l'Église étudie les causes de futurs saints parmi les enfants et adolescents non martyrs. Dans le langage « technique » de l'Église, on les appelle « *confesseurs* ». Un « *confesseur* » est un saint qui a « confessé » (= professé) sa foi en vivant sa vie chrétienne d'une façon exemplaire. Dominique Savio a eu la chance de connaître un grand saint, Jean Bosco, qui fut son directeur spirituel et qui écrivit sa vie, ce qui aida beaucoup pour faire aboutir son procès de canonisation.

D'autres causes n'ont pas eu la même « chance »; mais à partir de 1954, la canonisation de Dominique ayant eu un effet d'encouragement, beaucoup de causes relatives à des enfants ou à des adolescents ont été présentées à Rome. Devant cette nouveauté, il faut dire que, à Rome, pendant longtemps, on n'a pas su que faire, ou plutôt comment faire...

Perplexité au Vatican

D'un côté, le Concile Vatican II, dans son document sur l'Église, insiste sur le principe que tout chrétien est appelé à la sainteté. Les textes ne peuvent être plus clairs :

« ... tous ceux qui croient au Christ, quel que soit leur état ou leur rang, sont appelés à la plénitude de la vie chrétienne et à la perfection de la charité... » « Tous ceux qui croient au Christ iront en se sanctifiant toujours plus dans les conditions, les charges et les circonstances qui sont celles de leur vie et grâce à elles... »

La conclusion était claire : « Tous les fidèles du Christ sont donc invités et même pressés de poursuivre la sainteté et la perfection de leur état. »

Il est clair que, dans le document, on ne parle pas directement de l'âge, mais cela ne se déduit-il pas de l'expression « quel que soit leur état ou leur rang »? Malgré tout, des doutes persistaient : des enfants et des adolescents ont-ils suffisamment de maturité psychologique et spirituelle pour que l'on puisse parler d'une authentique sainteté? Peut-on leur appliquer les mêmes critères que pour la canonisation des adultes? Car un enfant ou un jeune n'est pas un adulte en miniature... Peut-on parler d'« héroïcité des vertus » à huit, dix ou quinze ans? L'Église a toujours présenté de grandes figures à l'imitation des chrétiens. Peut-on penser que des enfants ou des adolescents puissent être de tels modèles?

Dans le doute, on avait pris l'habitude de laisser de côté de telles causes. En 1963, avec la cause des « petits martyrs de Luçon », la possibilité de canoniser des mineurs s'est faite jour une nouvelle fois. En 1972, de nouvelles difficultés arrêtèrent net l'étude de toutes ces causes à la congrégation du Vatican pour les causes des saints. En 1976, on décida d'examiner officiellement la question. En 1981, au terme d'études très sérieuses, Jean-Paul II donna le feu vert pour toutes ces causes. Et Faustino est arrivé en 1986...

« Il y a des saints parmi les enfants... »

Pie XII – on l'a vu – avait déjà fait allusion à la prophétie de son prédécesseur. En effet, en août 1910, le pape Pie X avait publié un décret permettant la première communion des enfants à partir de l'âge de raison, autour de sept ans. Dans la pratique, on demandait seulement à l'enfant de pouvoir faire la distinction entre le pain ordinaire et le Pain eucharistique, le Corps du Christ. Cinq années plus tôt, le même pape avait insisté sur la communion fréquente, y compris quotidienne. Pour convaincre ceux qui ne voyaient pas d'un bon œil cette précocité de la première communion chez les enfants, Pie X a dit cette parole vraiment prophétique : « Il y aura des saints parmi les enfants. »

Le 26 mars 1917, une fillette française, à la faveur du décret de Pie X, faisait sa première communion à Cannes. Elle avait à peine six ans et s'appelait Anne de Guigné. La Première Guerre mondiale était dans sa phase critique et, deux ans auparavant, son père, militaire, était tombé au front, en Alsace. Anne avait alors quatre ans et la mort de son père changea sa vie. « Si tu veux me consoler, il faut que tu sois gentille », lui avait dit sa mère. Et voilà que, à quatre ans, Anne se convertit. Il s'agit bien d'une authentique conversion : jusqu'alors elle avait été difficile, désagréable, capricieuse. Jésus entre dans sa vie et voilà qu'il se produit une maturité spirituelle extraordinaire. À cinq ans, elle se prépare pour la première communion. L'Évêque de Nice, prévu pour présider la célébration, montre son étonnement de voir figurer sur la liste présentée par les sœurs Auxiliatrices quelques jours plus tôt, une fillette si jeune. Il demande qu'elle soit examinée par un jésuite. Anne lui dit : « J'ai bien six ans moins le quart. » Et la gamine de répondre à toutes les questions avec une telle profondeur et une telle simplicité que tous restent dans l'admiration. Elle mourra le 14 janvier 1922, considérée comme une sainte. Sa biographie fit sensation. En 1932, l'évêque d'Annecy commença le procès diocésain en vue d'une possible béatification. Mais quand l'ensemble du dossier passa à Rome en novembre 1934, le doute commençait à se répandre : est-ce possible qu'un enfant parvienne à l'héroïcité des vertus? Et le procès d'Anne resta bloqué.

En examinant cela avec du recul, ces années d'immobilisme furent providentielles. En 1935, sur la base du procès d'Anne, les meilleurs théologiens de l'époque commencèrent à débattre de la question et à la clarifier. Aujourd'hui, on accepte qu'un enfant puisse accéder à « l'héroïcité des vertus », ce qui bien sûr est un peu différent d'un adulte. Un enfant ou un adolescent doivent rester ce qu'ils sont, sans qu'on veuille en faire des adultes en modèle réduit. Il s'agit d'enfants ou d'adolescents avec les goûts, les attraits, les préoccupations, les activités propres à leur âge. Alors, que leur demande-t-on? Rien de moins que cette « héroïcité des vertus ».

« Héroïcité des vertus »

Je crois que nous avons ici un problème de vocabulaire. « Héroïcité des vertus », « vertus héroïques »: ce sont là des expressions pour adultes; elles impressionnent. En fait, que demande-t-on au candidat à la sainteté? Simplement qu'il ait pratiqué les vertus d'une façon « excellente ». Peut-être un tel mot *« excellent »* serait-il plus adapté pour notre mentalité. Cela revient à dire que le candidat ou la candidate a « mérité » une appréciation d'excellence pour ce qui est de la foi, de l'espérance, de la charité, et aussi pour les vertus morales; qu'il a pratiqué ces vertus radicalement, avec persévérance et continuité, pour l'amour de Dieu, de façon désintéressée aussi, avec naturel et même une certaine facilité, sans en être obsédé, et cela en toutes circonstances, dans la vie ordinaire comme dans les moments difficiles, et en plus avec la joie qui caractérise habituellement la présence de l'Esprit Saint… Mais *à partir de quand et combien de temps ?*

Thierry Lelièvre est un prêtre qui a étudié la question à fond. Voici ce qu'il répondait à un journaliste qui l'interrogeait sur ce point :

« À quel âge peut-on considérer que les vertus "héroïques" peuvent être pratiquées ? L'âge minimum requis par l'Église est celui correspondant à l'usage de la raison : autour de sept ans. Sans l'usage de la raison – qui pour certains se manifeste plus tôt – peut-être pourra-t-on faire un acte héroïque isolé, mais sans la persévérance requise. Pour les enfants, l'âge le plus favorable semble se situer entre huit/neuf ans et jusqu'à douze/treize ans, et cela à condition que l'éducation suive. C'est la conclusion à laquelle m'ont conduit mes recherches en psychologie. La conscience morale se développe à partir de l'âge de raison. Jadis, on pensait que l'âge minimum était quinze ans. Auparavant, on exigeait au moins dix ans de pratique de ces vertus héroïques. Dans le cas d'enfants et d'adolescents, pareille exigence rendait impossible la canonisation : dix ans à compter de l'usage de raison nous conduit à dix-sept ans.

— *On peut donc dire que l'Église est devenue moins exigeante ?*

— Absolument ! On est plus exigeant sur les témoignages, sur l'historicité. Si on a été plus souple sur la durée, c'est parce que d'autres critères équivalents peuvent jouer.

— *Qu'exige-t-on d'un jeune pour qu'il puisse être proclamé saint?*

— Il ne suffit pas qu'il ait été bon, mais qu'il ait pratiqué l'excellence de l'amour. La sainteté qui est demandée aux enfants n'est pas un amour “au rabais”. Ils doivent être fidèles à la volonté de Dieu et accomplir leur devoir avec constance et avec joie, sous l'action de l'Esprit Saint. En général, tous ces jeunes canonisés, béatifiés ou qui sont sur cette voie, ont beaucoup souffert et ont offert ces souffrances au Seigneur. »

Un saint: quelqu'un de tout à fait « normal »

En écrivant tout cela, je pensais à la réaction qu'aurait eue Faustino si on lui avait dit qu'un jour on allait étudier sa vie pour voir s'« il avait pratiqué héroïquement les vertus ». Il aurait ri et peut-être aurait-il fait un geste voulant dire « ça ne doit pas aller très bien dans la tête! » Non, Faustino n'a jamais eu l'impression d'avoir été un héros.

Il y a là une équivoque. Quand on nous parle de héros, nous pensons aussitôt à des personnes qui ont fait des prouesses, des actions spectaculaires: sauver quelqu'un en rentrant dans une maison en flammes; en temps de guerre, défendre une position contre des ennemis en situation supérieure; ou simplement avoir gagné une étape au tour de France ou un marathon au prix d'un effort surhumain… ou quelque chose de ce genre. Il est clair que nous avons des saints qui ont fait des actions de ce type, les martyrs par exemple. Un Maximilien Kolbe qui, en camp de concentration nazi, se propose pour mourir à la place d'un père de famille, fait une action héroïque. Le Père Damien de Veuster qui s'attache aux lépreux abandonnés, dans l'île de Molokai, est bien un authentique héros. Mais même dans de pareils cas, l'important n'est pas dans ces « détails », mais dans une vie quotidienne totalement vouée à Dieu et au prochain. Le reste est une conséquence de cette vie sainte.

Chez le héros, nous voyons l'effort humain prédominer au cours d'une ou de plusieurs actions spectaculaires, ce qui est très méritoire bien sûr. Chez le saint, ce qui prédomine, c'est l'action de Dieu sur la personne et de façon permanente, en tout ce qu'elle fait, y compris les actions les plus normales et les plus insignifiantes. Comme disait saint Paul: « Que vous mangiez, que vous buviez, faites tout pour la gloire de Dieu. » Il s'agit là de quelque chose d'autre. C'est ainsi que l'on voit Faustino trouver son plaisir dans le football et aller jusqu'à parler à Jésus du match nul Saragosse-Valence; et il est tout heureux quand il fait son baptême de l'air… où il considère tout ce qu'il voit comme autant de merveilles de Dieu; il en est de même au camp, où il ne lui coûte pas beaucoup de rendre service pour que les autres soient plus heureux; et il y a encore ceci: quand il souffre, il se souvient spontanément de ceux qui souffrent encore plus, tout simplement parce qu'il s'unit à Jésus sur la Croix, et alors il va jusqu'à ressentir un bonheur intérieur particulier… Les saints sont plus déconcertants que les héros, plus proches de nous aussi.

Les saints n'ont jamais l'impression de faire de grandes choses, et ils ont raison ; c'est Jésus qui les prend par la main, de l'intérieur. Quand on aime et qu'on est aimé, rien ne coûte tellement. Un saint est un amoureux de Dieu, du Christ, de la Vierge. Quand on demandait à Pier Giorgio Frassati – un jeune de 24 ans béatifié par Jean-Paul II – pourquoi il visitait tant les pauvres, il répondait : « Jésus me visite chaque jour dans l'Eucharistie ; je lui rends la visite chez les pauvres. » C'est la logique de la sainteté. En ce sens, il est plus « facile » d'être saint que d'être héros. En effet, pour devenir saint, un chrétien peut être tellement aidé ! C'est la raison pour laquelle le Concile a dit que nous pouvons tous devenir des saints, chacun à sa mesure, dans son style…

Faustino en examen

En réalité, ce qui est important c'est que chaque chrétien parvienne à devenir un « saint du 1er novembre », un saint anonyme. En un mot, il s'agit d'aller au Ciel, même si c'est à la « onzième heure », au dernier moment. Tout simplement parce que notre vie, commencée ici bas, se poursuit dans l'autre monde.

Cependant, l'Église propose quelques chrétiens comme modèles et intercesseurs : ce sont les saints canonisés. Avant de les proposer à notre vénération, elle les soumet à un examen approfondi, appelé procès. Un procès où sont sur le « banc des accusés » non pas des présumés malfaiteurs, mais des présumés saints.

Faustino fait l'objet d'un tel examen en ce moment, ici sur la Terre. Après la translation de ses restes à la chapelle du collège del Pilar, le procès diocésain a été ouvert le 17 octobre 1986. Mgr Miguel Roca, archevêque de Valence a constitué un tribunal. Quelque quarante témoins ont prêté serment de dire la vérité et rien que la vérité sur tout ce qu'ils savent de Faustino. Parmi eux, sa mère et ses sœurs (son père étant décédé), d'autres membres de sa famille, des enseignants, des camarades, des médecins et des infirmières, des amis de la famille. Tous ses écrits ont été recueillis. Deux experts ont étudié la spiritualité du « serviteur de Dieu », titre que l'on donne à quiconque a sa cause introduite. Au bout de quatre ans, le tribunal a considéré que son travail était achevé. Le 14 décembre 1990, Mgr. Roca mettait un terme à la phase diocésaine du procès et envoyait toute la documentation au Vatican, à la Congrégation pour les causes des saints.

À Rome, tous ces documents ont déjà été étudiés et ce que nous appelons la « Positio » est prêt : il s'agit d'un volume de quelque 750 pages qui cherche à prouver, documents à l'appui, cette « héroïcité des vertus » dont nous avons parlé. Tout est prêt pour que, au moment où seront nommés les huit théologiens chargés de donner leur point de vue par écrit, ceux-ci disposent de tous les éléments nécessaires. Comme il y a beaucoup de candidats à la sainteté, Dieu merci, Faustino est dans la file d'attente. S'il y avait un miracle, la cause avancerait plus vite.

Faustino est en position d'attente, mais il est loin d'être inactif. Son rayonnement a largement dépassé les murs de son collège. Comme nous allons le voir, le Seigneur est en train de multiplier ses pains et ses poissons…

DEUXIÈME PARTIE

PAINS ET POISSONS

« Alors, Jésus prit les pains, et, après avoir
rendu grâce, les leur distribua ; il leur
donna aussi du poisson,
autant qu'ils en voulaient. »

Jean 6, 11

NOTE POUR CEUX QUI ABORDENT CETTE DEUXIÈME PARTIE

• Qui franchit le seuil de cette deuxième partie doit savoir qu'il entre dans « un mystère ». Il s'agit avant tout du mystère de la « communion des saints ». C'est un mystère de fraternité, une fraternité qui unit tous les croyants au Christ, et qui ne se limite pas à ce monde, mais qui englobe aussi l'au-delà, le Ciel.

• Par ailleurs, nous allons voir comment beaucoup ont ressenti à un moment de leur vie la réalisation de cette communion. Cette deuxième partie est pleine de témoignages de personnes qui ont découvert Faustino, qui le sentent proche et ami, qui se sont confiées à lui, qui disent avoir reçu quelque faveur matérielle ou spirituelle, qui ont ressenti son soutien dans des circonstances particulières.

• Tout cela, chacun l'a expérimenté et exprimé à sa façon, mais en toute sincérité. Il convient donc de lire ces récits avec une âme simple, et avec respect et reconnaissance.

• À travers ces récits, on peut voir comment Faustino agit. Il est étonnant de constater que le Faustino du Ciel agit de la même façon que le

Faustino de la Terre. Ceux qui l'ont connu personnellement, et aussi ceux qui le connaissent à travers sa biographie, le constateront. Il agit avec sa façon de faire de toujours, sans chercher le spectaculaire, discrètement et simplement, sans faire de bruit.

• Quiconque en vient à connaître Faustino se sent enveloppé dans un climat de paix, de bonté, de désir d'être meilleur, d'aimer davantage Jésus et Marie. Faustino est proche ; il apparaît comme un de plus parmi nous. Il nous fascine de l'extérieur ; il nous convainc et agit de l'intérieur. Et quand il nous obtient une faveur, il donne l'impression de sourire.

• Une remarque pour terminer. Tous les témoignages cités ici, intégralement ou en résumé, sont authentiques. Pour la plupart, nous les avons reçus signés et avec le désir formel exprimé par les auteurs de les faire connaître… Mais, par discrétion, nous ne donnons pas les références complètes des personnes citées. De plus, pour l'un ou l'autre cas particulier – très peu – nous nous sommes permis de changer le nom de l'une ou l'autre personne, ou de l'un ou l'autre lieu, pour éviter une identification qui n'aurait pas été heureuse.

CHAPITRE 1

FAUSTINO, UN AMI AU CIEL

« N'hésite pas, écris à l'auteur »

Lorsque, en 1986, j'ai fini de rédiger la biographie de Faustino *Et si Dieu me parlait!,* quelqu'un m'a dit: « Pourquoi ne mettez-vous pas vos coordonnées à la fin du livre? Vous verrez que beaucoup vont vous écrire. » C'est la raison pour laquelle j'ai rédigé l'appel qui se trouve à la fin de tous les livres de la collection Faustino: « Si cette lecture t'a suggéré quelque réflexion particulière, si elle t'a aidé et que tu veuilles nous préciser dans quelles circonstances, si tu as demandé quelque chose au Seigneur par l'intermédiaire de Faustino, si tu crois avoir reçu une faveur... n'hésite pas, écris à l'auteur. »

Mon ami avait raison: je n'aurais jamais pensé recevoir tant de lettres. Quand j'en reçois une qui m'est inconnue, je me dis: « On écrit à Faustino ». Et en général, je devine juste. Qui écrit? On trouve de tout: des jeunes, des personnes d'âge mûr, des garçons et des filles, des gens très simples comme des gens cultivés, des gens heureux et aussi ceux qui souffrent... Je crois que toutes les catégories sont représentées dans une communion qui dépasse la dimension humaine. C'est un reflet fidèle de la communion des saints.

Au fur et à mesure de la publication de nouveaux livres ou des traductions en diverses langues, les perspectives sont allées s'élargissant. À ce jour, des lettres sont arrivées d'une quarantaine de pays. Dans leur diversité, elles possèdent toutes une caractéristique commune : l'amitié. Une amitié qui ne s'adresse pas particulièrement à l'auteur du livre, mais à Faustino. Séduits par lui, les lecteurs se sont décidés à prendre la plume et à écrire. Ils ont fait cela, même si ce n'est pas facile d'écrire à un inconnu. Et je suis sûr que cette masse énorme de lettres ne représente que la pointe visible d'un immense iceberg de personnes dont Faustino a touché le cœur.

Que dit-on à Faustino? Toutes ces lettres en viennent à parler de la rencontre d'un ami. Certaines le remercient pour telle faveur concrète, mais la plupart disent l'influence que sa rencontre a eue sur leur vie. Faustino est très proche. Personne ne reste indifférent devant la vie simple de ce garçon.

Se faire des amis au Ciel

Peu de ceux qui écrivent réalisent que c'est Jésus lui-même qui nous a recommandé de nous faire des amis au Ciel : « pour qu'un jour ils vous reçoivent dans les demeures éternelles » ajouta-t-il.

C'est précisément pour nous proposer des amis au Ciel que l'Église canonise certains de ses meilleurs enfants. Et elle nous dit : « Faites-vous-en des amis, et ils vous aideront. » De plus, elle nous en propose beaucoup pour que nous puissions choisir, parmi eux, celui qui nous convient, celui avec qui nous nous trouvons le plus en correspondance.

Un ami est un trésor. C'est quelqu'un qui te comprend et que tu comprends ; quelqu'un à qui tu peux montrer le fond de toi-même ; qui t'accepte comme tu es, mais tout en te stimulant pour que tu te dépasses ; toujours disposé à t'aider dans une difficulté ou à te consoler dans un mauvais moment… C'est un peu cela que font nos amis du Ciel ; et c'est un peu cela que fait Faustino, selon les témoignages de tant de gens.

Les saints sont des amis qui nous attendent, qui nous rappellent la patrie future à laquelle nous sommes destinés, où nous serons heureux pour toujours. Mais ils nous rappellent aussi que nous devons faire de ce monde un lieu agréable et heureux pour tous. Un « saint » est quelqu'un qui s'est efforcé de passer en faisant le bien sur la Terre. Chacun en son temps, dans son style et à sa mesure, a apporté sa contribution pour créer un climat plus humain dans le contexte et la société où il a été amené à vivre. Et c'est ainsi que les saints nous invitent à améliorer le monde.

Et Faustino fait tout cela. Ceux qui le connaissent se lient spontanément d'amitié avec lui. Il convient à tous – presque tous. Une émigrante du Salvador à *Edmonton (Canada)* parle de lui comme d'« un gamin si souriant et avec une tête d'espiègle ». « J'ai lu quelque chose dans une revue et ce gamin si sympa a attiré mon attention », dit *María T.* de *Villafranca del Cid.*

Ange, ami, frère...

Certains, affectueusement, le traitent d'*ange.* Dans une lettre très courte, une personne anonyme, d'*Alicante,* dit ceci : « Je suis convaincue, et je veux le faire savoir, que Faustino est un ange du Ciel. Il a apporté une réponse à tout ce que je lui ai demandé. Merci beaucoup. » — « Faustino est devenu l'ange gardien de la famille ; il nous aide et nous protège », nous dit *Marina,* de *Taranto (Italie).*

De *Barcelone,* un prêtre, déjà âgé et avec une grande expérience de la vie, remercie parce que « vous ne nous avez pas relaté la vie d'un gamin qui serait tombé des nuages, angélique dès le berceau. Le saint ne naît pas saint, il le devient. Faustino est allé vers Dieu avec ses matches de football, son Eucharistie, son chapelet, ses petites colères avec ses sœurs aussi, et un appel de Dieu au plus intime de lui-même. Ce sont là les saints qu'il nous faut. Faustino n'effraye personne. »

Un jeune prêtre du *Québec (Canada)* fait une expérience semblable : « Merci de m'avoir fait découvrir ce jeune qui relaye les Stanislas, Jean Berchmans et Louis de Gonzague, lesquels semblent un peu empesés pour la sensibilité actuelle. »

Un ami

« Merci de m'avoir fait connaître mon grand ami Faustino », dit la jeune *Merche.* « Je l'ai introduit dans le « club » de mes amis saints », écrit un chartreux de *Portacoeli (Valence)*, « et j'ai déjà commencé à lui demander quelques "faveurs" pour des jeunes neveux qui sont quelque peu déroutés dans la vie chrétienne, malgré l'éducation reçue... ». Un *jeune français:* « Je viens de lire le livre qui raconte la vie de Faustino. À partir de maintenant, ce sera un ami avec qui j'aime bien dialoguer. » Une *religieuse:* « Faustino est un nouvel ami pour moi et pour ceux et celles à qui j'en ai parlé en France. » Une autre: « Dès que je l'ai connu, une amitié spontanée est née avec lui. » Un religieux de *Majorque:* « Il est bien rentré dans ma vie. Je le considère comme un ami intime et je l'invoque souvent avec confiance. »

« Faustino, mon ami. J'ai appelé, j'ai crié et personne n'a répondu. Je t'ai appelé toi, Faustino, et j'ai reçu amour et amitié... Oui, Faustino est pour moi un allié sur le chemin; quelqu'un qui m'aide dans les moments de joie comme de tristesse: les moments de joie pour rendre les autres joyeux; les moments de tristesse pour me faire retrouver la joie avec un sourire qu'il m'envoie du Ciel. Un véritable frère, authentique, un fils de Dieu. » *Ana Vanessa,* 25 ans.

Depuis le séminaire inter diocésain de *Lille:* « Faustino est pour moi un ami qui m'accompagne chaque jour. Il est plus qu'un frère. Comme sainte Thérèse de l'Enfant Jésus, il me semble qu'il nous montre le chemin de la sainteté. »

Pilar, de *Managua (Nicaragua):* « Faustino est devenu mon meilleur ami. Quand je suis triste, par exemple, je sens qu'il me rend la joie, et je sens qu'il est avec moi dans tous les moments de ma vie... »

Un frère

« Notre frère Faustino est toujours vivant, il est toujours près de nous », écrit une jeune africaine de *Dakar (Sénégal).* « Je ne cesserai jamais de prier pour lui et avec lui, car il est devenu mon frère, et j'ai le devoir de le porter à mes autres frères et sœurs. Le livre *Et si Dieu me parlait!* circule auprès de chaque membre de la famille et bientôt il fera le tour du quartier. »

« Bien que je sois plus âgé que Faustino au moment de sa mort (j'ai 36 ans), je le considère comme un frère aîné sur le plan spirituel », écrit *Bernard C.,* d'*Aix-en-Provence.* « Malgré le temps et l'espace, la communion des saints existe vraiment. »

Et tant d'autres qui ne peuvent rentrer dans ce chapitre!

Une vie passionnante

La vie de Faustino est on ne peut plus simple. Comment est-ce possible que beaucoup disent avoir été passionnés par cette vie? *Suzy,* 21 ans, écrit de *Pointe Noire,* sur l'île de la *Guadeloupe (Antilles);* elle dit l'avoir lu en un jour, sans pouvoir se détacher du livre, car « je voulais connaître la suite à chaque fois ». Comme pour un roman d'aventures.

« J'ai lu et relu *Et si Dieu me parlait! »* écrit une maman française de 41 ans. « Ce livre ne peut laisser personne indifférent. Je me sens honteuse, car je croyais être proche de Dieu. Mais Faustino me fait comprendre que j'ai encore beaucoup à faire. J'aimerais tant avoir le courage et la volonté de cet enfant. Je vous adresse ce courrier pour vous dire combien j'aimerais que mes deux enfants, qui sont formidables, suivent le même chemin. » *H. B., Blaye.*

« Je viens de lire le livre sur Faustino qui m'a complètement bouleversée. L'exemple de ce jeune chrétien est à suivre et l'on aimerait tant que nos enfants aient sa grandeur d'âme ! Il me semble que Faustino fait maintenant partie de ma vie et qu'il m'aidera si je le prie. » *Sabine S. Versailles.*

Comment ils l'ont découvert

Les livres de Faustino ont reçu très peu de publicité commerciale, et pourtant peu à peu ils arrivent à toucher beaucoup de lecteurs. Souvent, après avoir découvert Faustino, on ressent un besoin intérieur de le faire connaître à d'autres. Parfois encore, c'est par un « hasard » providentiel… En voici quelques témoignages.

« J'ai eu la même maladie que lui »

Jean-Luc, français de 30 ans, vient de lire la vie de Faustino. « Cette biographie me touche particulièrement, car j'ai été atteint par la maladie de Hodgkin à l'âge de 16 ans et, avec les traitements médicaux, j'ai pu guérir en moins de six mois. De plus, je traverse depuis un an une crise spirituelle qui m'amène à chercher des réponses à toutes mes questions : l'homme, le sens de la vie, la souffrance, Dieu… Je découvre, par la vie de Faustino comment l'amour dépasse l'échelle humaine… Un témoignage qui donne beaucoup d'espoir face à la souffrance et à la mort. »

Barbara, 23 ans, française, a connu elle aussi une maladie semblable à celle de Faustino, guérie miraculeusement à Lourdes où elle est revenue à la foi : « J'ai lu votre livre en septembre. J'ai l'habitude d'aller aux "Bons Livres" (une librairie chrétienne de Bordeaux) pour acheter des livres de la collection "Jeunesse-Lumière" et de Daniel-Ange que j'aime beaucoup. Je suis tombée sur votre livre par hasard et il m'a plu, alors je l'ai acheté. Je l'ai lu très vite car l'histoire de Faustino m'a passionnée et donné beaucoup de courage. »

Le Cardinal voyage avec Faustino

Lors de la première édition de *Et si Dieu me parlait,* un des premiers exemplaires a été pour le *cardinal Eduardo Pironio.* C'était la veille de Noël. Il m'a répondu brièvement sur une carte de Noël où il avait écrit ces lignes très personnelles : « Et nous, nous avons reconnu et nous avons cru que l'amour de Dieu est parmi nous (1 Jn 4,16). Dans le cœur pauvre et contemplatif de Marie – la Vierge de la Nativité – nous entrevoyons le Don de l'amour du Père. » Et il ajouta :

« Très cher José María :

Ton livre m'est parvenu à temps. Je pars ce soir pour l'Argentine et je cherchais quelque chose à lire dans l'avion. Voilà que je vais voyager avec

“Faustino”. Grand merci ! Et merci pour votre cher marianiste. Merci d’aimer tant Marie… et l’Église.

Affectueusement, avec ma bénédiction

E. Card. Pironio ».

Le cardinal a lu le livre et en est resté impressionné. Il s’est intéressé à son procès de béatification. Au cours de sa dernière maladie, les religieuses qui le soignaient, connaissant son attachement pour Faustino, demandèrent instamment à Faustino la guérison du cher cardinal. Lui, apprenant la chose, sourit sereinement. Il savait que son chemin en ce monde touchait à sa fin. Il était comme Faustino, entre les mains de Dieu.

« Une amie me l’a prêté »

Une religieuse écrit : *« Et si Dieu me parlait !* m’a beaucoup impressionnée. Bien plus que les livres d’exégèse et de théologie que nous lisons pour notre formation personnelle. N’est-ce pas paradoxal que ce soient parfois les livres les plus simples qui pénètrent le plus profond dans notre esprit ? »

Dans la chapelle de Barajas, Madrid

« Me trouvant à la chapelle de l’aéroport de Barajas en attente d’un avion pour *Las Palmas (Canaries)*, je suis tombé sur le feuillet de présentation de Faustino. Cela attira mon attention. Je l’ai lu et suis resté impressionné. Je suis prêtre et je travaille comme aumônier dans un collège de *Las Palmas.* J’ai aussitôt pensé à mes élèves, surtout à ceux qui se préparent à la confirmation…

Je suis en train de faire des démarches pour acquérir des livres… et il faut dire que, aujourd'hui, on croit plus facilement les témoins – les saints – que les maîtres. » *Alfredo Q.*

« Je l'ai trouvé dans une poubelle »

« Je suis veuve depuis 19 ans et je vais vous dire comment j'ai rencontré Faustino. J'ai trouvé le feuillet de présentation dans une poubelle où il avait abouti intact. J'ai vu par là que le Seigneur me le présentait pour que je le découvre et pour que je sois conduite à prier. » *P. S. (Vitoria)*

Certainement ! le Seigneur se sert de tout pour nous inviter discrètement à l'aimer davantage.

Chapitre 2

FAUSTINO A FRAPPÉ À LA PORTE DE LEUR CŒUR

« Comme si Faustino m'adressait la parole... »

Il est impressionnant de voir combien « le livre de Faustino » – c'est ainsi que beaucoup appellent *Et si Dieu me parlait!* – touche si profondément le cœur de la majorité des lecteurs. La vie de Faustino – si simple! – est « appelante »: elle est un appel. Elle éveille en beaucoup de lecteurs, surtout les jeunes, des questions fondamentales sur l'existence humaine: qui suis-je, d'où est-ce que je viens? où est-ce que je vais? quel est le sens de cette vie? pourquoi la souffrance?... Autant de questions qui ne sont pas seulement « religieuses », mais purement humaines. Questions fondamentales de la philosophie! Un jeune dit ceci:

« J'ai lu *Et si Dieu me parlait!* J'avais l'impression de trouver les réponses aux questions que je me posais. Comme si Faustino m'adressait directement la parole. »

Pourquoi? Peut-être parce qu'on est impressionné par cette attitude si spontanément mûre et en même temps si naturelle, d'un adolescent devant la vie et la mort. Faustino qui apprécie la vie, qui en jouit, a une attitude profonde et même sérieuse, en même temps que joyeuse et confiante devant elle. Il donne l'impression de prendre « la vie entre ses mains », conscient que c'est là quelque chose de merveilleux qu'il a reçu, quelque chose dont il se sent personnellement responsable. Et devant la mort, il sait « faire face », non moins confiant et serein, sachant que ce n'est pas « la fin », que la vie continue dans l'au-delà.

De nos jours, nous vivons trop le moment présent, avides de ce qui est immédiat. Le style de Faustino constitue un bon remède. Voici quelques réflexions de personnes de tout âge et de toute condition.

Méditant à 3 heures du matin

Cette lettre est écrite par une étudiante faisant une pause au cours de son travail nocturne. C'est une invitation à penser.

« Il est 3h15 du matin. Ça fait environ une demi-heure que j'ai interrompu mon étude du Droit pénal. Prochainement, le 21 janvier je passerai le partiel dans la matière, parmi les plus difficiles du programme… Je ne voulais pas m'endormir sans lire un peu plus de l'histoire de Faustino. J'ai lu sans m'arrêter jusqu'à la fin.

Je suis vraiment étonnée et émue. J'ai 21 ans et ma vie chrétienne a été assez passive ces dernières années. Grâce à une personne très chère dont j'ai fait la connaissance il y a un peu plus d'un an, et qui m'a offert le livre de Faustino, je suis revenue à une dimension spirituelle de ma vie, mais d'une façon que je n'aurais jamais imaginé... Maintenant, j'ai découvert la marque que Faustino a laissée en moi. J'ai fait durer la lecture, car j'aime lire progressivement, en repensant tranquillement, jour après jour, à chaque passage.

Hier, je me suis fixé un objectif, dont j'ai fait part, par écrit à cette personne devenue mon guide : renoncer une fois pour toutes à dire du mal des gens, perdre cette sale habitude de critiquer les autres, ne plus avoir de mauvaises intentions dans mes opinions. Je lui ai écrit exactement ceci : « Je vais arrêter de juger les autres. Ce que je dois faire c'est *ôter la poutre de mon œil* ».

Aujourd'hui même, il y a quelques minutes, il m'est arrivé quelque chose d'étonnant. J'ai imaginé Faustino demandant à sa mère : « Pourquoi m'aime-t-on tant? » On l'aimait parce qu'il pensait aux autres avant de penser à lui. Mais aussi parce qu'il disait du bien de tous. Il disait du bien de tous ! Cela veut dire qu'il ne critiquait pas. J'ai vraiment reçu là quelque chose de très fort. Je me suis sentie reflétée en Faustino, tout doucement. C'est sûr que je ne peux pas me comparer à lui, mais cela n'empêche que je veux lui ressembler, que je veux suivre son exemple comme je veux suivre celui du Christ. Jésus est mon idéal. Avec des mots d'aujourd'hui, je pourrais dire que je suis une « fan » de Jésus. (J'espère que ce n'est pas manquer de respect.). Bien, ce qui est sûr, c'est que Faustino a eu une influence sur moi d'une façon inconsciente au début. Mais à partir de maintenant, je vais avoir pour objectif de chercher à l'imiter en tout. Oui, en tout. Je vais le lui demander. Je lui avais demandé la force et le courage de continuer à étudier. Et il m'a entendue. Sinon, comment se fait-il que je me couche tous les jours à 3 heures pour me lever à 8 heures? Grande dormeuse comme je suis! C'est lui qui m'aide à vaincre la paresse.

C'est tout. Je suis reconnaissante à plusieurs personnes : à la « personne très chère » qui m'a conduite par ces chemins que j'avais oubliés (en m'offrant le livre) ; à vous qui avez écrit l'histoire de Faustino, et, bien sûr à Faustino lui-même pour avoir vécu et pour avoir vécu en Dieu. MERCI. »

Anonyme (*Grenade*)

« Il aide à vivre cette vie, qui est parfois difficile... »

« J'ai lu très très vite le livre sur Faustino... On m'en avait parlé et j'avais envie de le lire. Il m'intéressait. Je l'ai terminé un matin, assise dans ma voiture, près des grilles du collège où j'enseigne. Et je me suis surprise avec des larmes sur les joues. Connaître quelqu'un comme lui, c'est comme connaître Mère Teresa. Parfois, quand ma foi se fragilise, je pense à l'un et l'autre, et je me dis que oui, Dieu existe, qu'il y a un Ciel, qu'il y a justice et amour.

Vous avez bien fait d'écrire ce livre. Je suis sûre que Dieu l'a voulu : il est tellement vivant. À travers les pages, Faustino vit pour des personnes comme moi qui ne l'ont pas connu de son vivant. Et connaître de telles personnes aide à vivre cette vie, qui est parfois difficile. » *J.J. (Madrid)*

« Je suis allé dans ma chambre et je me suis mis à pleurer... »

« Ce soir, j'ai lu le livre de Faustino et il m'a énormément impressionné. Je vais d'abord dire que je m'appelle F., que j'ai 19 ans, que je fais des études d'ingénieur. Comme je viens de le dire, il m'a fortement impressionné.

J'ai eu une éducation idéale. Mes parents ont été les meilleurs du monde pour moi et l'ambiance familiale a été parfaite pour mon éducation chrétienne. Maintenant, parlons de moi. Je vais être clair. Devant les autres, je suis un garçon normal, et j'irais même jusqu'à dire que je suis bon et aimable (je n'aime pas parler de moi). J'adore faire du sport et pour les études, ça va assez bien. Je vais à la messe le dimanche et tout ça... Mais, je me suis arrêté là. Et voilà que l'impureté m'a envahi... J'ai loué des films pornographiques, j'ai volé des revues dans les kiosques... Bon, toutes ces choses. Je crois que je regrette, sincèrement, mais... Et aujourd'hui, après avoir rapporté un film loué, par hasard, je suis tombé sur le livre de Faustino. Je l'ai lu d'un trait et sincèrement, je suis allé dans ma chambre et je me suis mis à pleurer comme jamais de ma vie. Je me suis rendu compte que je ne pouvais pas continuer ainsi. Je veux changer! Je l'ai demandé à la Vierge de toutes mes forces, pour qu'elle m'aide à surmonter mes problèmes.

Au terme de la lecture de ce livre je me suis trouvé avec une très forte envie de me maîtriser et de ressembler à Faustino. J'ai tout de suite pensé à prier le chapelet chaque jour: cela pourra m'aider… » *F. A. (Seville)*

Ingrid a rencontré Faustino

Ingrid a un premier prénom allemand, mais un second bien espagnol. Elle n'est ni allemande, ni espagnole; elle est chilienne. Donnons-lui la parole:

« Je m'appelle Ingrid, j'ai 14 ans et je vais au *Collège paroissial St. Michel.* On m'a donné les deux livres de Faustino à lire. Au début, je me disais: Quelle barbe, la vie d'un gamin! » Mais après avoir commencé à le lire, je me suis rendue compte que ce n'est pas la vie d'un gamin ordinaire, mais de Faustino. Il m'a impressionnée… J'ai pris Faustino comme modèle de vie et il m'a servi de stimulant. Avant, j'étais une fille apathique qui ne rendait service à personne, mais depuis que j'ai lu ce livre, j'ai changé ma façon d'être… Une autre chose que je fais souvent, c'est de parler avec Jésus. Beaucoup m'ont dit que c'était comme si on se parlait à soi-même, mais moi je sens qu'il y a quelqu'un qui m'écoute… »

Ingrid a pris la décision de faire sa première communion, alors qu'elle n'y attachait aucune importance jusqu'à ce jour. Ses camarades de catéchèse sont tous beaucoup plus jeunes.

« Je suis la "petite vieille" du groupe ; tous les autres ont autour de 9/10 ans. Jusqu'alors j'étais peu motivée. J'étais dans une école ordinaire, comme la plupart des écoles, où on n'avait pas de formation religieuse et je n'avais pas idée de ce que c'était. »

Un jeune déboussolé...

« Je suis un jeune de 15 ans, de X. Je suppose que vous connaissez une si belle ville. Voilà six jours, on m'a fait cadeau du livre *Et si Dieu me parlait!* Je l'ai lu en deux jours et il m'a fait beaucoup réfléchir. Je l'ai lu avec tant d'intérêt que j'ai eu du mal à retenir mes larmes au moment de la mort de Faustino. Je me suis demandé comment il était possible qu'un garçon de 16 ans ait un cœur si bon et soit si aimable. De nos jours, en ce monde dominé par la haine et la violence, je crois qu'il y a peu de jeunes comme Faustino. Et c'est bien triste car il pourrait y en avoir bien plus. Moi-même je pourrais bien commencer à en être un.

Dans ma famille il y a quelques assez bons catholiques et d'autres qui ne le sont pas tellement. Sur mes quatre tantes, trois sont religieuses et j'ai d'autres membres de ma famille plus éloignée qui sont missionnaires ; un vieil oncle a été quarante ans missionnaire en Bolivie.

Par ailleurs, mon père préfère la religion bouddhiste à la religion catholique. Ma mère ne va à la messe que de temps en temps, mais nous oblige à y aller, bien que nous protestions. En fait, je ne trouve pas que la messe ait beaucoup de sens [...] Il y a une question à laquelle personne n'a pu me répondre précisément, car elle est assez difficile : Pourquoi Dieu qui veut la paix et l'amour, permet-il le mal, la faim, le terrorisme, les guerres et les grandes catastrophes qui s'abattent sur le monde aujourd'hui ? N'est-il pas assez puissant pour éviter les mauvaises actions ? Ou bien est-ce qu'il le fait pour former l'homme ? [...]

Mais ma véritable famille sur le plan de la religion est celle de mon oncle André et de ma tante Asun ; ils ont cinq enfants ; ils s'intéressent beaucoup à moi. Je pose des questions à ma tante sur le christianisme et je lui fais part habituellement de mes problèmes de toute sorte, ce que je ne fais pas avec mes parents. Je l'aime beaucoup, car elle est bien et sympathique... C'est eux qui m'ont offert le livre de Faustino... »
P. H.

« Je ne suis pas d'un naturel porté sur la religion... »

Cette lettre d'une femme médecin dans une ville du nord de l'Espagne, rejoint en partie la situation du jeune que nous venons d'évoquer. Beaucoup de choses ne dépendent-elles pas de nous ?

« J'ai lu avec plaisir le livre sur Faustino. Il est agréable et facile à lire, même s'il n'est pas tellement facile à mettre en pratique. Il est admirable qu'il existe de telles personnes, et avec la maladie de surcroît, ça me paraît encore plus admirable. Pour ma part, j'ai toujours pensé que se plaindre est dans la nature des choses. Dans des cas comme celui-ci, je me demande toujours quels sont les facteurs nécessaires pour produire des fruits si remarquables. Ce n'est pas un hasard si de telles personnes existent. Dieu les crée, mais nous sommes responsables de mettre en place les moyens adéquats, pour qu'ils puissent s'épanouir. La sœur de Faustino dit que chez eux, "il n'y a jamais eu d'énervement ni de tragédie". Peut-être avons-nous là une partie du secret : une attitude de confiance face à l'avenir est une bonne disposition pour avancer dans la vie, sans énervement ni tragédie...

Pour ma part, je ne suis pas d'un naturel porté sur la religion, et ma foi est encore en état de gestation, mais "j'espère avec confiance". »

« Quelle bonne leçon nous donne Faustino ! »

Une jeune secrétaire de direction dans une grande entreprise. La lecture de la vie de Faustino a réveillé en son cœur des questions profondes :

« Grand merci pour le livre de Faustino. Je l'ai lu d'un trait (en fait, en deux fois puisque je l'ai commencé hier et je l'ai terminé aujourd'hui..., parce qu'il me fallait dormir !) Quelle vie si...

intense ! Eh bien, ça vaut la peine de vivre. Moi qui me suis si souvent posé des questions sur mon rôle, ma fonction dans la vie, comme si j'attendais toujours quelque chose de vraiment important, de vraiment digne d'intérêt... Quelle bonne leçon nous donne Faustino ! Oui, ce qui est vraiment important et digne d'intérêt, c'est de vivre avec joie ce que Dieu te présente à chaque instant. C'est quelque chose que je suis en train d'apprendre – ça n'a pas été facile, car j'ai des idées personnelles très arrêtées, et quand cette suffisance s'atténue en moi, je ressens une joie profonde inexprimable. Vous ne pouvez pas savoir combien je suis reconnaissante à Dieu d'avoir permis que je le découvre, que je fasse l'expérience de sa présence... »
G.M. (Madrid)

« Désormais, je sais où trouver une énergie nouvelle... »

S. est française, de *Bordeaux*. Étudiante à l'université, elle écrit en Espagnol, et plutôt bien. Elle a lu la biographie de Faustino, qui l'a confirmée dans sa foi. Voici son témoignage.

« Une différence me sépare de Faustino : sa foi ; une foi au-dessus de tout, même de la mort. Il est très important d'avoir des fondements solides pour nous les jeunes, lorsque tout semble partir en ruines. J'ai commencé à conseiller à mes amies de lire la vie de Faustino. Je suis sûre que cela pourra les aider aussi. Avant, j'oubliais la prière et ma vie spirituelle se réduisait à la messe dominicale. Maintenant j'ai envie de prier, de rencontrer les gens et de leur parler de religion. Mais ce que je voudrais le plus, c'est arriver à la joie de Faustino en utilisant ses moyens. Tout paraît si simple, c'est merveilleux.

C'est là le miracle, un miracle de Faustino : il fait comprendre aux jeunes, et aux moins jeunes, qu'il n'est pas difficile de changer sa vie quand on le veut vraiment. Je crois que j'aurai besoin de l'aide de Faustino cette année, parce que jusqu'à présent tout a été facile… Je crois que j'avais besoin d'une force nouvelle et je l'ai trouvée dans le livre de Faustino. Maintenant je sais où est la réponse à toutes mes questions : c'est la prière. C'est si facile et si difficile à la fois. Je veux que cette année soit la première année d'une vie nouvelle, à la fois plus sérieuse et plus joyeuse. »

« Faustino m'a beaucoup appris »

Voici ce qu'écrit une jeune polonaise. Il lui a surtout appris que la vie, sous une apparence parfois ennuyeuse, est une merveille.

« Je m'appelle *Mónica K.*, j'ai 17 ans et j'habite la ville de *Czaplinez.* Je fréquente le lycée de la ville et je suis croyante. Voici ce que je voudrais vous dire.

Déjà à 14 ans, je réfléchissais sur le sens de ma vie, et j'en étais arrivée à trouver qu'elle était ennuyeuse. Toujours la même chose : aller à l'école, faire les devoirs, étudier, etc. Et ainsi tous les jours.

Quand j'ai eu votre livre pour la première fois entre les mains, j'ai compris que, en faisant de la sorte, je ne pouvais apprécier la vie comme Faustino. Faustino m'a beaucoup appris, notamment à croire encore plus en Dieu. J'avais toujours confiance en Dieu certes, mais ce jeune de 17 ans sur le point de mourir m'a appris à croire en Dieu avec plus de force. Je suis en admiration devant la force et le courage de Faustino. C'est actuellement une des personnes pour qui j'ai une grande reconnaissance. Et merci, José María, d'avoir écrit ce livre et de nous avoir ainsi fait connaître une telle personne. »

« Je suis sceptique... et je ne vais pas changer »

Une lettre m'est parvenue sans date, sans signe d'expédition, signée simplement de la lettre R. Comme on le devine elle vient d'un étudiant espagnol qui, à la différence de l'étudiante française citée précédemment, se dit sceptique :

« J'ai appris dans les journaux de l'année dernière qu'on avait l'intention de béatifier un jeune mort il y a quelques années. Vous demandiez que l'on vous confirme les faveurs reçues par son intermédiaire. Le jeune s'appelait Faustino, sans que je me rappelle son nom propre.

Avant tout, je tiens à dire que je me considère comme croyant, non pratiquant, et passablement sceptique pour les questions religieuses. Je crois qu'il doit y avoir un Dieu, avec des noms différents selon les cultures, et avec des façons de pratiquer le culte à ce Dieu qui varient selon les personnes.

Après ce préambule, je vous dirai que je suis étudiant à l'université. L'année dernière en mai et juin, et aussi les mois précédents, au moment des examens, j'ai prié et demandé à Faustino de m'aider pour passer les épreuves. Et voilà que l'année dernière, j'ai réussi sur toutes les matières présentées (chose qui ne m'était jamais arrivée). Cette année, je me suis présenté à d'autres examens et sans demander cette aide dont j'avais pourtant tant besoin, tout simplement parce que je n'y avais pas pensé. Résultats déplorables ! Je me suis aussitôt souvenu de Faustino et avant un autre examen, j'ai de nouveau prié, et voilà que ça s'est passé correctement, si bien que j'espère réussir.

On pourrait considérer que c'est là pur hasard ou des idées à moi, mais comme vous demandiez des témoignages, je vous envoie le mien. Je tiens à dire que je suis très reconnaissant à Faustino et que je vais continuer à me confier à lui, même si mes croyances et mon scepticisme restent intacts. Grand merci. »

Cher R., nous aussi, nous te remercions pour ton témoignage. Nous nous réjouissons de cette faveur que t'a fait Faustino. Peut-être ne liras-tu jamais ces lignes, mais notre désir est que tu parviennes un jour à partager aussi la foi de Faustino.

« Moi qui ai si mauvais caractère... »

Voici une lettre venant d'un village de la campagne belge. Lettre profonde, pleine de simplicité et de fautes d'orthographe, d'une dame âgée qui vient de découvrir Faustino et son sourire :

« J'avais vu le livre de Faustino sur une table au fond de l'église, invitant les jeunes à le lire.

Moi je me disais : "c'est un livre qui n'est pas pour moi, c'est pour les jeunes", et jamais je n'aurais pensé à le lire, mais, la semaine passée, le monsieur qui s'occupe de l'église prend le livre, vient me le donner en disant : "Lis ce livre ; il y a quelques beaux passages dedans."

Et lorsque quelqu'un me donne ou me dit quelque chose, c'est Dieu qui me parle. Alors je l'ai lu de suite. Pour moi, j'ai été émerveillée de ce livre.

Moi qui ai un fichu caractère, jamais contente, fort contrariante et de ce fait qui ne souris pas beaucoup ! Moi qui trouve difficile de voir le bien chez les autres !

Dieu, merci de m'avoir mis le livre d'un jeune dans les mains, afin qu'avec la grâce de Dieu, mon cœur puisse devenir comme celui de Faustino. Merci à Faustino pour sa vie de saint qui sera un exemple de charité pour moi. » *María R.*

Et pour finir, elle demande une prière. Bien sûr, chère María. Le Seigneur t'aidera car tu as accepté avec tant de simplicité la leçon que t'a donnée un jeune garçon.

« J'ai grandi comme une mauvaise herbe... »

Encore une lettre qui nous vient de *Belgique*. *Patricia* qui n'a pas eu la chance de

Faustino le déplore et ressent un peu d'envie par rapport à lui.

« Je viens de lire votre livre sur la vie de Faustino. Je vous avoue qu'au départ, je l'ai acheté par pure curiosité, pour quelques coïncidences : d'abord parce que c'est un frère marianiste qui, voilà deux ans, m'a permis de faire vraiment la connaissance de Jésus, et ensuite parce que je suis née le 3 mars 1963, jour où Faustino est retourné chez le Père éternel (Comme quoi, il faut parfois peu de choses pour vendre un livre !)

Je voudrais vous dire combien j'envie ce Faustino pour les éducateurs qu'il a rencontrés à temps sur son chemin. Je suis loin d'avoir eu cette chance, et j'en ai beaucoup d'amertume. Et à mon âge, même si on a la chance d'avoir rencontré Jésus avec l'aide d'un frère marianiste extraordinaire, on est déjà assez déformée par la vie et prisonnière d'autrui. Il n'est pas facile de trouver des chemins. Je suis frappée par le passage de la page 110 : “Il parlait en bien de tout le monde”. Sans doute est-ce plus facile quand on a été aimé soi-même, quand on n'a pas été continuellement culpabilisé à tort… je ne sais pas… À part ça, je trouve votre bonhomme sympathique et je souhaite que beaucoup d'autres jeunes aient de si bons éducateurs à la vie spirituelle. J'aimerais bien avoir une photo de Faustino.

J'ai grandi après le Concile, comme une mauvaise herbe, sans éducateurs, presque sans religion… Toute ma vie est la sanction d'une “connerie”. C'est difficile pour moi de croire en l'amour de Dieu et en son pardon. Je voudrais pourtant vous dire combien ce frère marianiste rencontré depuis 2 ans a comblé des lacunes dans mon éducation religieuse. Il m'a presque tout appris de Dieu, de Marie, de l'Église…, tout ce que je sais, en tous cas. J'en rends souvent grâce à Dieu pour cela. N'oubliez pas la photo! Merci pour le livre que j'ai beaucoup aimé lire. »

Chère Patricia, toi aussi, tu as eu beaucoup de « chance ». À travers ce marianiste, Jésus t'attendait et toi, tu as su lui dire oui.

« Peut-être après demain pourrai-je avancer sur ce chemin… »

Une très longue lettre de C. que nous reproduisons seulement en partie. Elle a dévoré la vie de Faustino en moins d'un jour. Cela a éveillé chez elle des questions qui viennent de loin.

« Je viens de terminer la lecture de votre livre relatant l'histoire de Faustino. Il me faudrait plutôt dire que j'en commence à peine la lecture. En effet ce livre est d'un genre peu commun à mes yeux. Après sa lecture, il ne peut être rangé parmi les autres, sur un rayon de bibliothèque; il en demande davantage. Une relecture s'impose pour moi, quelqu'un qui reçoit avec beaucoup de difficultés le message dont il est porteur. L'histoire de Faustino n'a aucune fin, elle ne s'achève pas avec ces dernières lignes qu'il écrit sur Marie. Non, ce n'est qu'une introduction, ou peut-être une initiation… Je n'ai pas de réponse à formuler, seulement une multitude d'interrogations qui s'enchevêtrent sans ordre ni priorité, et qui, à la fois, emplissent et brouillent mon esprit. Comment suis-je arrivée à ce livre ? Hasard ? Vous me direz que non... Vous avez devant vous, ou plutôt à travers ces quelques lignes, quelqu'un qui se cherche, comme tant d'autres d'ailleurs. »

« Comme tant d'autres » : comme elle a raison ! Aujourd'hui, il y a tant de jeunes – C. est une jeune assistante sociale – qui cherchent. Faustino est arrivé dans sa vie à l'improviste. Sa lettre est longue. Impossible de la donner en entier. En voici au moins quelques passages encore :

« Je ne puis me dire chrétienne car je n'en suis point digne. J'essaye juste d'en savoir et d'en comprendre un peu plus quant à notre vie, notre destinée, quant au mystère de notre univers. Ainsi, je me préoccupe de moi-même, de mes angoisses et de mes propres sentiments, et, par là même, j'en viens à oublier l'autre, mon voisin, mon frère, mon ami... Je ne voudrais pas en dire plus, tant cela ressemble à une confession ! »

Comme tant d'autres, elle est tombée sur le livre par hasard.

« Ce livre, je l'ai acheté hier soir. Alors que je n'avais ni envie de travailler ni envie d'être seule, je suis sortie avec pour unique but de flâner à travers une masse anonyme de gens et de satisfaire ma paresse à travers un regard vagabond. J'ai pénétré dans cet univers livresque et, pour la première fois, je me suis penchée longuement sur des ouvrages religieux, classés soigneusement dans le coin le plus obscur et le plus retiré du magasin. Aucun de ces titre ni de ces auteurs n'éveillait en moi la moindre image ou pensée, rien que des mots plaqués sur des couvertures toutes plus belles et plus garnies les unes que les autres. Soudain Faustino est apparu, et je me suis rappelée qu'une de mes amies m'en avait parlé... »

Quand son amie, croyante, lui en avait parlé, elle n'avait pas eu envie de lire le livre, mais cette fois-ci elle l'acheta.

« Je l'ai lu seulement aujourd'hui, un peu malgré moi. Oui, malgré moi j'ai dévoré ces pages, peut-être dans le but de me faire avancer, avancer dans ma foi, une foi que je ne peux prétendre avoir, ce serait trop facile, mais dans une foi encore abstraite et lointaine. En lisant ce livre, j'ai revu des images de mon passé... »

Elle évoque son enfance, sa première éducation protestante, les personnes rencontrées. Son malaise : « La foi était pour moi quelque chose d'interdit ». La rencontre avec cette amie catholique convaincue et collègue sur le plan professionnel ; le travail avec des personnes marginalisées qui constitue une sorte de défi ; et finalement Faustino :

« Aujourd'hui, Faustino m'apprend la simplicité ; peut-être y arriverai-je demain. Ce sera seulement après demain que je pourrai m'avancer sur le chemin que Faustino m'a tracé et qu'il m'invite à suivre. Peut-être qu'alors, lorsque moi-même je refléterai un peu de cette simplicité, je pourrai en apprendre davantage sur l'extraordinaire vie de Faustino. Merci de m'avoir lue jusqu'au bout. »

Merci à toi, C. d'avoir partagé avec nous tes interrogations. Nous souhaitons que tu parviennes bientôt à ce lumineux « après-demain » de simplicité.

« Un échelon de plus vers la spiritualité »

De *Marín (Pontevedra), Alfonso G.* (84 ans) nous écrit ceci :

« La lecture de la biographie de Faustino ne fut pas pour moi une découverte, mais un appui important, une aide, un échelon de plus dans l'échelle que j'utilise depuis quelque temps pour accéder à la spiritualité, à la foi, à Dieu.

Je suis tombé sur le livre par hasard (?) alors que j'en cherchais un autre. J'ai eu l'idée de l'acheter. Il faut que je remercie le "hasard" ou le guide qui m'a conduit à cet endroit, et finalement à la lecture du livre et à toute l'émotion qui a suivi. »

Et il termine par ces lignes auxquelles souscrirait l'immense majorité de ceux qui ont connu la vie de Faustino :

« Je tiens à m'ajouter à la liste de ceux qui expriment leur reconnaissance pour avoir pu tenir ce trésor entre les mains, et de ceux qui admirent Faustino, prient avec lui et par lui. »

CHAPITRE 3

SUR LE CHEMIN DE LA VIE, ILS ONT RENCONTRÉ FAUSTINO

Voici maintenant ce qu'on pourrait appeler des « lettres de conversion ». Conversion au sens très large qui va d'un changement de vie à un regain de force dans la foi et l'espérance.

« Faustino m'a guéri de la haine... »

Tout le monde connaît les terribles haines tribales que l'on trouve en Afrique centrale pour les raisons les plus diverses... Du *Togo* voici un témoignage impressionnant et plein d'espérance :

« Je suis ancien élève du collège Chaminade. J'y ai suivi la scolarité de la 6e à la terminale D. Je m'appelle *Tchalim*... Un de mes amis m'a prêté le livre *Et si Dieu me parlait!* Je l'ai lu en trois jours... »

Et *Tchalim* nous fait part de sa tragédie. Il ne peut accéder à l'université, malgré ses bonnes notes, car on le refuse systématiquement « pour motif d'injustices politiques ». Cette situation dure depuis quatre ans.

« Je ressens une grande haine envers le personnel de notre université qui est chargé de notre examen. Vous-mêmes pouvez imaginer la haine de ce lot d'élèves qui sont dans mon cas. En groupe et lorsque nous discutons du bac, je ne peux m'empêcher de vomir ma haine sur… »

Et il continue :

Prière à Marie par Faustino…

« Juste après la lecture du livre, j'adressai cette prière à Marie par l'intercession de "saint" Faustino : "J'ai un mal qui me torture le cœur et l'âme. Il est chaque fois présent à mon esprit. Il s'agit de mon échec injuste à l'examen et de la haine que j'éprouve envers mes supérieurs de l'université. Faustino, toi qui es un saint, qui as su supporter la souffrance et qui as accepté que la volonté de Dieu se réalise en toi, aide-moi à supporter la souffrance qui est mienne et à mieux ouvrir mon cœur et mon âme à Dieu par Marie."

Je l'ai faite par écrit. La grâce n'est pas quelque chose d'immédiat. Je fus le même après la prière… »

Un état de tranquillité parfaite

« Dans la nuit, en groupe, nous discutions encore de l'examen. Aux commentaires de mes camarades, je me surpris dans un état de silence, d'indifférence, de neutralité. Je n'avais rien à dire. Moi qui attisais les critiques, j'étais devenu silence. Mon cœur n'éprouvait aucun sentiment de haine ni de regret. Mon cœur était satisfait de cette situation. Je suis comme quelqu'un qui n'a rien à revendiquer et qui est parfaitement satisfait de sa situation. J'ai trouvé un état de parfaite quiétude. Tel est désormais mon monde. Toute haine a disparu en moi. Je ne sais comment décrire la paix spirituelle dans laquelle je me trouve. Je crois sincèrement que cette grâce-là, je l'ai reçue par Faustino; c'est comme un nouvel état de vie. Je lui rends grâce... »

« Faustino a pêché la haine en moi... »

« Faustino disait qu'il voulait être missionnaire, qu'il voulait être pêcheur d'âmes. Le voilà au Togo où il a pêché la haine de mon âme. Il est un missionnaire magnifique qui pêche des âmes par son livre. Son témoignage est son moyen d'action le plus efficace. Son action est universelle. Sa sainteté est incontestable, certaine... »

Tchalim, dans son enthousiasme, canonise Faustino avant l'heure. Sa lettre m'a beaucoup fait réfléchir. Comme il est difficile d'extirper la haine d'un cœur! Je suis sûr que, avec tous les sermons et toutes les raisons que nous aurions pu donner à *Tchalim*, nous ne serions pas arrivés à grand chose: il n'en aurait pas fait cas... Voilà qu'arrive Faustino et sans avoir l'air de rien, il « pêche la haine » du cœur. Et la lettre se termine avec une formule riche de sens: « Que la paix de Dieu soit avec vous et qu'il vous bénisse. »

Je ne sais ce qu'est devenu ce *Tchalim*. J'espère que cette paix du cœur, cadeau de Faustino, l'aura aidé notamment à s'inscrire à l'université.

À Kigali (Rwanda), avec les enfants de la rue

Voici une lettre, plus récente que la précédente, venant aussi d'Afrique, cette fois-ci du *Rwanda*, pays dévasté par la guerre, les tueries, les pillages… Faustino s'y est rendu pour soutenir le frère *Raoul Olivier,* des Frères de l'Instruction chrétienne :

« Je viens de lire pour la deuxième fois le beau livre *Et si Dieu me parlait – Faustino.* Je suis au *Rwanda* depuis 30 ans. Je savais bien qu'il y avait des saints dans l'Église, même en ce siècle où Dieu est inconnu, mais ce jeune avec une vie si normale comme vous l'écrivez, me redonne l'espoir et le courage de continuer à travailler avec les enfants de la rue dans cette ville de *Kigali*, au centre de l'Afrique… Je les aime tous, et je demande à Faustino de m'aider à les conduire le plus possible à Jésus par Marie, notre "merveilleuse" mère du Ciel.

J'aurais aimé avoir lu ce petit livre bien avant, mais la Providence m'a permis de le trouver même après la guerre et le pillage… »

Je lui ai répondu en lui envoyant quelques livres supplémentaires. Ils lui sont parvenus le 21 octobre.

« J'avais peur que ma lettre ne vous soit pas parvenue, mais Faustino a bien fait les choses… Voilà que le 21 octobre je reçois une lettre et un colis, et ce jour-là est mon anniversaire. Ce fut un cadeau formidable! Faustino est “merveilleux”. Il voulait être missionnaire en Amérique du Sud, mais il est missionnaire avec moi ici en Afrique. *Et si Dieu me parlait* circule et il produit des fruits que seul Dieu connaît... Merci pour ce cadeau que je partage avec d'autres missionnaires. Je demande à Faustino d'intercéder auprès de Jésus et Marie qu'il a tant aimés, pour m'aider auprès des jeunes. Il y a tant de problèmes, humainement très difficiles à solutionner. Seuls les secours « d'en haut » peuvent nous aider dans les suites d'une guerre qui n'en finit pas... »

« Une guerre qui n'en finit pas »: depuis 1994, époque des grandes tueries, les journaux parlent à peine du *Rwanda*. Et pourtant, pour la seule année 1997, 2600 personnes ont été tuées. Faustino, aide le frère *Raoul* et tous les missionnaires!

« Je me convertis, mais pour quelques jours... »

Voici une autre lettre qui nous vient encore d'Afrique, du *Burundi*. Pour *Albertine*, la « conversion » est un peu plus difficile. Elle a 18 ans et étudie au lycée Étoile des Montagnes de D'Ijenda. « Je suis orpheline de père, je suis née chrétienne... », nous dit-elle, et elle continue:

« Certes, vous êtes surpris de recevoir une lettre d'une fille burundaise que vous ne connaissez même pas. Moi, je vous connais par votre œuvre *Faustino*, un livre qui m'a beaucoup plu et ému. Il m'est difficile d'exprimer précisément ce que j'ai senti après la lecture du livre, mais l'exemple de Faustino m'a aidée à me convertir quelques jours seulement à cause de ma faiblesse. Ce qui m'a beaucoup frappée, c'est le fait que Faustino aimait la prière dès son jeune âge et la façon dont il a pu devenir saint à un âge aussi précoce. Je lui demande de m'aider par la prière et par les conseils…

Le problème que j'ai, c'est qu'après la lecture, j'ai un vif désir de conversion et j'essaye les jours suivants, mais ça ne dure pas… »

Elle a écrit cette lettre peu de temps avant les terribles événements qui ensanglantèrent son pays. Que sera-t-elle devenue? Pourvu que Faustino, depuis le ciel, lui ait donné un coup de main!

Perdues et retrouvées… avec Faustino

« Je suis une jeune de 18 ans. En décembre, je suis tombée sur un tract qui parlait de Faustino… Je cherche le livre *Et si Dieu me parlait!* sans le trouver nulle part en librairie. Je suis pourtant intéressée par le fait que, apparemment, ce livre en a aidé beaucoup à trouver leur chemin, et moi je suis complètement perdue depuis déjà longtemps, n'arrivant à m'entendre avec pratiquement personne, pas même avec moi-même. Il est vrai que je n'ai jamais été quelqu'un de tellement croyante; j'ai pas mal de doutes par rapport à la foi, et quand j'y pense, je réalise que cela ne me motive pas ; au contraire cela me laisse indifférente. Pourtant, il est vrai que j'aimerais pouvoir sentir quelque chose, mais ce n'est pas le cas... J'aimerais que vous me disiez où je peux trouver *Et si Dieu me parlait !,* car je crois que ce livre pourra m'aider... »

Chère *Hélène,* qui cherche avec ténacité, tu as fini par trouver ; qui demande, reçoit... a dit Jésus. Sûrement que Faustino te fera le cadeau de t'aider à trouver le chemin !

Il en est de même de cette autre dont on me parle dans une lettre anonyme :

« Je vous écris pour vous parler de la grâce qui a touché une de mes amies par l'intercession de Faustino. Elle ne pouvait trouver Dieu et était désespérée. Gagnée par la tristesse, elle pleurait, ne trouvant pas de sens à sa vie.

"Par hasard", elle tombe sur un tract parlant de Faustino et le lit. Elle lui demande d'intercéder pour qu'elle retrouve la foi. C'est ce qui arriva et elle fut aussitôt remplie d'amour pour le Christ et débordante de joie et de foi. Incroyable ! Cela me rappelait la conversion que certains saints ont fait dans leur vie. Elle est devenue quelqu'un de tout autre, cela sans doute grâce à l'amour infini de Dieu et grâce à l'intercession de Faustino. »

On peut être heureux avec des choses simples...

Dans les moments difficiles et pénibles, comme nous avons du mal à voir le côté positif des choses, la grâce de Dieu est toujours là malgré tout ! Faustino a aidé *Rocío* à s'en rendre compte... Elle nous le raconte :

« Je vous écris cette lettre pour vous dire ce que je pense du livre *Et si Dieu me parlait*. Mais je vais commencer par me présenter. Je m'appelle *Rocío*, et j'ai 15 ans. J'aime faire de mon mieux pour des choses comme les études. Je ne crois pas être une bonne chrétienne, car je ne vais pas à la messe, mais à partir de maintenant, je veux y aller le dimanche quand je pourrai, ou le samedi ; je sais qu'il faut remercier le Seigneur pour ce que nous avons.

Je croyais être de celles qui n'ont pas de chance, parce que mes parents sont divorcés et que nous avons du mal à arriver à la fin du mois question argent ; mais après la lecture du livre, je pense le contraire : j'ai bel et bien de la chance car j'ai une bonne santé, et aussi parce que je trouve autour de moi de l'affection, de l'amour et beaucoup d'amitié, ce qui est important. Je n'oublie pas aussi que j'ai le Seigneur et la Vierge Marie près de moi.

Je ne sais pas si le livre a changé ma façon d'être, mais il a changé ma façon de penser. Désormais, je penserai plus aux autres qu'à moi. Je suivrai un peu l'exemple que nous a donné Faustino. Je crois qu'en suivant l'exemple de Faustino je deviendrai meilleure. Je crois vraiment qu'il m'a aidée pour maintenant et pour l'avenir. »

Je lui ai répondu, lui donnant quelques conseils. Et après plus d'un an, elle m'écrivit de nouveau. Quel bonheur de la voir si heureuse !

« Connaître Jésus est la meilleure chose qui me soit arrivée... J'ai fait la connaissance de l'un ou l'autre missionnaires de "Verbum Dei". Grâce à eux, j'ai appris à prier. Nous nous voyons une fois par semaine et ils nous apprennent à prier, ce qui me permet d'avoir un dialogue avec Jésus pendant la semaine... Grâce à vous et à Faustino, je me suis rendue compte que je peux être heureuse avec des choses très simples comme l'amour... »

« J'ai désormais un ami de plus »

Laura est italienne, de *Arona (Novara),* de l'âge de Faustino, et elle nous fait part de sa joie de l'avoir rencontré :

« J'ai lu d'un trait le livre merveilleux sur la vie de Faustino. Il est formidable, il t'apporte du courage et t'enlève de l'esprit toute idée de tristesse que tu pourrais avoir.

Faustino était un garçon de mon âge. Lui aussi aimait les sorties, les amis, ce qui change, la joie... Il était extraordinaire, capable de toujours sourire, pourvu qu'il ne fasse pas souffrir les autres.

Il est clair que Faustino m'a touchée et je suis bien contente qu'il soit entré dans ma vie d'une façon un peu étrange : par un livre.

Désormais, je vais faire mon possible pour lui ressembler en tout, commençant par augmenter les moments de dialogue avec le Seigneur et cherchant à aider les autres, sans faire peser mes propres croix sur eux.

Merci de tout cœur pour le cadeau que vous m'avez fait.

J'ai désormais un ami de plus. »

Aitor et Noé

Voici deux personnes qui ne se rencontreront jamais. Deux personnes très éloignées par l'âge et par la distance géographique. Rendez-vous compte : « Je m'appelle *Aitor* et j'ai 13 ans. J'habite à Vitoria et je suis élève au Colegio Santa María ». « J'ai 71 ans. Je m'appelle *Noé R.* J'habite à *Étang-Salé*, sur l'île de *la Réunion* ». *Aitor* m'envoie sa photo. Il a une bonne tête. *Noé* ne me l'envoie pas, mais à travers son écriture et sa lettre, on devine que c'est aussi quelqu'un de bon. Et l'un et l'autre ont quelque chose d'autre en commun : ils ont rencontré Faustino et se sont sentis heureux avec lui.

Noé écrit, avec une calligraphie parfaite, une lettre courte certes mais significative :

« J'ai 71 ans. Je rentre d'un pèlerinage aux principaux sanctuaires de France, parmi lesquels celui de la Rue du Bac. J'y ai acheté le livre *Et si Dieu me parlait !* Après l'avoir lu jusqu'à la page 121, j'ai pris la plume pour écrire :

Merci Faustino
je me sens heureux
d'ÊTRE AVEC TOI. »

Le sanctuaire de la rue du Bac à Paris, est celui de la Vierge de la médaille Miraculeuse.

Aitor lui aussi aime la Vierge, mais à la manière d'Estíbaliz, sa sœur qu'il dit être « ... très sympathique et gentille ». Il ajoute : « J'ai des parents formidables et le père Michel est mon professeur de religion. J'ai lu *Et si Dieu me parlait!* et il m'a beaucoup plu. Mon père l'a lu aussi et ma sœur veut le lire.

Je crois que depuis cette lecture, j'ai changé quelque chose ou du moins j'ai essayé. Depuis, j'aide davantage à la maison, j'obéis davantage à mes parents, je porte plus d'amour aux autres et je vois maintenant les choses sous un angle plus gai... »

« En avant avec courage »

« J'ai eu une grande envie de vous écrire, depuis que j'ai lu le livre *Et si Dieu me parlait* que le père Horacio B., jésuite, m'a prêté. Je suis laïque, mais consacrée au service du Christ et de son Église ; mon travail et mon désir consistent à Lui gagner des âmes. J'accompagne et assiste un groupe de jeunes, certains pensant devenir prêtres... Je leur ai lu l'histoire de Faustino et ils en sont restés impressionnés. Mais ici, en *Uruguay,* je ne trouve pas le livre... »

C'est ce qu'écrit *María Iris,* de *Tacuarembó.* Le groupe s'appelle « En avant avec courage ». Ils se sont procuré des livres. Peu à peu, Faustino est entré dans leur vie : « Ici, Faustino fait bien partie du groupe – écrivait *María* Iris quelques mois après. Nous avons deux nouveaux membres et ils nous ont demandé si nous l'avions connu, tellement il nous était familier. » Que de belles lettres reçues de là !

« Je m'appelle *Gérard*. J'ai 14 ans. J'ai lu le livre de Faustino. J'ai été touché par tout l'amour que Faustino porte à Notre Seigneur, et il est pour moi un exemple, car je n'aurais jamais imaginé que quelqu'un porte tant d'amour à Dieu que Faustino… »

« Je m'appelle *Hulda*… Vous ne pouvez pas comprendre à quel point nous a servi le livre de Faustino. Au cours de la récollection, il nous a servi à savoir comment prendre les choses de Dieu. Je me sens si heureuse de savoir que Dieu est avec moi et qu'il sera le feu que je transmettrai, que je donnerai à toute personne près de moi… »

« Je vous écris pour que vous sachiez que Faustino m'a aidé et continue à le faire… J'ai 13 ans, je m'appelle *Rudy*. Je suis membre du groupe “En avant”. Je suis très reconnaissant à Dieu de m'avoir fait rencontrer ce groupe, car je me rends compte que sans cette rencontre, ma vie serait tout autre. »

Faustino, maître spirituel ?

Tous ces témoignages montrent que Faustino travaille à l'intime de l'âme. Cela me rappelle une lettre reçue voici quelques années de France, précisément du mystérieux monsieur X. de Dijon, dont j'ai déjà parlé ailleurs.

« J'ai distribué d'autres “Faustino”. Père, vous rendez-vous compte que Faustino pourrait et devrait servir de maître spirituel pour quantité de gens? Volonté de prière – chapelet quotidien – dévotion à la Passion – sacrements – confession – tout cela comme fondement d'une charité de tous les instants, c'est-à-dire dans les occasions de chaque jour – aversion pour le commérage – bon sens – aide discrète – amour pour la famille – *Oh là là, quel programme!* – il y a là de quoi sanctifier la société dans son ensemble. Arrêtons, je rêve… »

J'ai trouvé très fort ce titre de *maître spirituel* donné à un jeune de seize ans. Pourtant, en fait, Faustino joue bien ce rôle pour beaucoup, qu'ils soient jeunes ou adultes.

• *F.* est un religieux marianiste français, avancé en âge. Il a eu entre les mains le *Rosaire, Textes de Faustino:*

« Quel bien cela m'a fait! Quelle profondeur chez ce jeune, surtout au moment où la mort est proche! Quel amour pour la Vierge! Depuis un an, j'utilise ces textes comme méditation. Ce jeune est un "sain" authentique avec sa générosité et sa totale disponibilité. Il m'a réappris à faire l'heure sainte et le chemin de Croix… »

• Pour *M.,* canadien de *Sherbrooke,* la vie de Faustino lui a fait parcourir sa propre vie dans une longue lettre qui se termine ainsi:

« Faustino était joyeux et équilibré. Moi, par contre, je suis plutôt timide et replié sur moi. Faustino adorait l'école. Moi j'en garde un très mauvais souvenir. Faustino a voulu devenir marianiste. Moi j'ai voulu être assomptionniste, mais j'ai dû renoncer pour raisons de santé. J'ai étudié la théologie pendant un an et demi. Cela m'a plu. Ces études m'ont appris à mieux connaître Dieu d'une façon purement intellectuelle certes, mais maintenant j'ai besoin de le chercher avec le cœur et je veux le rencontrer vraiment. Il faut que je le demande à Faustino, et aussi la joie et la simplicité… Que ne m'a-t-il pas apporté, ce Faustino ! »

• *Ascensión*, de *Valence,* est mère au foyer :

« J'ai été secouée (et je le suis encore) à la lecture du livre *Et si Dieu me parlait !…* Depuis, Faustino m'a aidée en tout. Dans la vie, c'est avec l'aide de Dieu que je me tiens debout. Je ne m'étais jamais sentie aussi proche de Faustino. Il me touche au plus profond de moi-même, il m'aide à aimer davantage mes proches, il m'accompagne… »

• *Javier M.,* 14 ans, de *Porto Rico,* dit que, « grâce à ce livre ma vie a changé totalement : tout me devient plus facile ». Et il l'explique ainsi :

« Désormais, les choses qui touchent Dieu, je les fais facilement. Avant, prier le chapelet m'était impossible ; maintenant, je le prie quand je peux. La messe pour moi, ce n'est pas seulement me rendre dans un local et entendre quelqu'un parler, mais c'est nous rassembler tous et laisser Dieu entrer en nos cœurs pour nous apprendre à faire des sacrifices, à aimer davantage Marie, et par elle, aimer davantage Dieu… »

• *José Antonio,* de *Câdiz,* a fait une expérience semblable. Faustino lui a appris à « vivre intérieurement » :

« Je suis un jeune de 17 ans. J'ai lu le livre sur la vie de Faustino et il a transformé ma vie de foi. J'ai des problèmes comme pratiquement tous les jeunes de mon âge, avec ma famille. Il m'a amené à changer, à réfléchir. Je crois que ce livre a été un grand ami pour moi, qu'il m'a conseillé et sorti de mes problèmes. Maintenant, je me sens un peu plus mûr et je pense différemment. Avant, aller à la messe et suivre le Christ me paraissaient d'un grand ennui. Maintenant pas ; maintenant, j'ai le Christ dans mon cœur et je sais qu'il est toujours avec moi. Je ne sais que dire d'autre, car il y a eu tant de changements. Et je pense que je changerai encore, je l'espère bien. »

« Nous avons tous un Faustino en nous... »

Parfois, ce sont les plus petits qui, sans s'en rendre compte, nous donnent les meilleures leçons, les meilleures formules. *Jean M.* a 13 ans ; il est de *Porto Rico* et il fréquente le collège marianiste San José. Après avoir lu *Le garçon de la photo*, il n'en revient pas de voir que Faustino « supporte une telle douleur, alors que nous autres, nous allons à l'infirmerie pour un bobo ». Mais il réfléchit et il nous livre cette phrase étonnante :

« Je crois que nous avons tous un Faustino en nous, que nous devons aider à vivre et à grandir. »

Un Faustino en nous! Il a raison, mais il faut le réveiller et le faire « vivre et grandir ».

• *S.*, suisse, l'a parfaitement compris:
« Je me suis sentie très proche de Faustino, surtout par son âge très voisin du mien. De plus en ce moment, je suis préoccupée par mon avenir, parce que je ne sais pas ce que Dieu veut vraiment de moi. Mais Faustino m'a fait comprendre que je peux faire la volonté de Dieu aujourd'hui, chaque jour, en acceptant les contrariétés, en ayant toujours le sourire, quoi qu'il arrive, étudiant, priant, faisant en sorte de ne pas critiquer. Je n'ai pas réussi à lire le livre d'un trait. Certains passages étaient si forts que j'éprouvais le besoin de m'arrêter, pour pleurer de joie, de tristesse, ou, le plus souvent, pour prier. C'est vrai: plus d'une fois Faustino m'a invitée à prier un Ave Maria. Ce livre m'a appris énormément! »

• *Maciej* est polonais, d'une petite ville à environ 50 kilomètres de *Varsovie*:
« J'ai 18 ans. Je suis en classe terminale pour le baccalauréat. Dernièrement j'ai réfléchi sur ma vie. Je ne voudrais pas la gaspiller, mais la consacrer aux autres, surtout à Dieu. J'ai commencé à penser sérieusement à une vocation possible. Un de mes amis, frère du Sacré-Cœur, m'a envoyé des livres, entre autres *Cent cinquante fois: je t'aime* (c'est le titre en polonais du *Rosaire avec Faustino),* sur Faustino et le chapelet qu'il priait.

J'ai commencé à le lire. Je trouve incroyable qu'un jeune ait une telle foi. Je me suis mis alors à réfléchir sur ma propre prière, mon chapelet, ma relation avec la mère de Dieu. Je me suis pris à penser à ce que peuvent bien être ces marianistes inconnus dont parlait Faustino... »

• *Christophe,* 23 ans, est polonais lui aussi. Il étudie à *Varsovie.* Il a eu par hasard la biographie de Faustino... :

« ... mais je suis content, car il a fait changer ma vie de façon radicale... Je me suis rendu compte que pour cela, un dur travail m'attend; mais la lecture, avec la réflexion et la prière, m'ont apporté un courage et une force spirituelle étonnants. La profondeur de la foi de Faustino, son absence d'hypocrisie, invitent à l'imitation. Ce qui s'est le plus gravé dans mon cœur, et qui était caractéristique de Faustino, c'est la réalisation rigoureuse de ses engagements... »

• Beaucoup ne savent pas bien expliquer ce qu'ils ressentent... Mais ces petites phrases sont révélatrices de l'impact pour réveiller le « Faustino intérieur » :

— « Que Faustino m'aide à garder la foi toute ma vie. » *(A., France)*

— « Faustino m'a appris tellement de choses!, par exemple, que avec Dieu, on peut parler de tout. Avant, je n'osais pas. » *(J., Suisse)*

— « Avec Faustino, j'ai retrouvé la confiance en moi. Je suis devenue plus ouverte et plus sociale ». *(XX, Valence)*

— « J'ai 17 ans. J'ai été vraiment marqué. » *(A., Lyon, France)*

— « Depuis que je connais Faustino, il y a une force intérieure qui trace le chemin de la vie, pour moi et aussi pour ma famille. Je sens que je marche avec Faustino et Marie qui me tiennent par la main. » *(María Eugenia, mère de famille, Lima, Pérou)*

— « Son témoignage (de Faustino) m'a montré que, sur terre il y a encore des personnes qui ont la foi. » *(V., Clairac, France).*

Pour un monde plein de Faustinos…

J'ai reçu 2 lettres le même jour. Une de *Tarragona;* l'autre de *Madrid.* La première d'une mère de six enfants; la seconde d'une jeune de classe terminale. L'une et l'autre avaient lu *Et si Dieu me parlait.*

La première dit son émotion et son admiration pour Faustino: « L'action de Dieu sur cette âme si bien disposée à écouter la volonté du Père, est admirable… » Puis, comme en contraste, elle fait part de sa tristesse: « J'ai six enfants. Ils sont plus ou moins éloignés de la pratique religieuse ». Et elle demande à Faustino d'intercéder pour eux.

La seconde écrivait depuis le centre spirituel de Monte-Alina. Elle faisait une retraite chez les jésuites et connaissait Faustino.

« Il semble que les jeunes d'aujourd'hui, nous avons des valeurs liées à une société capitaliste. Les adultes vous diront que Faustino est un jeune d'autrefois et que de nos jours on ne trouve plus ce genre de personnes bonnes, simples, ayant envie d'être au service des autres. Mais j'écris précisément pour dire que nous sommes nombreux les jeunes qui voulons suivre l'exemple de Faustino, adoptant un style humble, nous laissant guider sur les pas de notre ami Jésus… »

Je ne peux retranscrire ici la totalité de sa lettre si riche, mais elle ajoute :

« Ce livre m'a encouragée à ne pas jeter l'éponge et à lutter pour un monde plein de Faustinos… »

Dans ma réponse à chacune des deux, j'ai repris des extraits de la lettre de l'autre, les invitant à l'espérance et à continuer à lutter pour « un monde plein de Faustinos ». Quel bel idéal nous avons là !

CHAPITRE 4

CINQ PARCOURS DE VOCATION EN COMPAGNIE DE FAUSTINO

« Et si Dieu me parlait. » Ces mots ont été écrits, nous le savons, par Faustino le 22 octobre 1960. Ce soir-là, Dieu lui a parlé et il a décidé de consacrer sa vie au Seigneur en devenant marianiste. Il n'a pas pu réaliser son rêve, mais avant de mourir, il promit de faire en sorte que d'autres suivent Jésus en se consacrant à son service. Il est en train de tenir sa promesse tout simplement. Sa vie, son exemple constituent un appel que le Seigneur utilise. Voici cinq histoires de vocation où Faustino intervient de quelque façon.

1. MANOLO

Remerciements pour une faveur reçue

En octobre 1987, un jeune d'Argentine, *Manolo N.* écrivait de *Buenos Aires* au vice-postulateur de la cause de Faustino à Madrid :

« Par ces lignes, je voudrais vous mettre au courant d'une grâce reçue par l'intercession de notre cher Faustino. Concrètement, j'ai reçu la grâce de la vocation marianiste. Pour cela, j'ai fait un discernement basé sur la prière confiée à notre Mère, et sur l'aide que j'ai demandé très fort à Faustino, après avoir lu *Et si Dieu me parlait;* en plus, je l'ai pris comme modèle de vie dans l'immédiat. »

Des années ont passé, et au moment d'écrire ce livre, j'ai pensé bon de demander à Manolo de me préciser son parcours avec Faustino pour sa vocation. Et voici ce qu'il m'a répondu :

« Vous m'avez demandé de vous écrire quelque chose de bref sur le parcours de ma vocation avec Faustino. J'accepte, mais avec réticence, car ma mémoire est défaillante et les origines d'une vocation sont du domaine du mystère. De toute façon, plutôt qu'un récit complet de l'histoire de ma vocation, il s'agit de fragments, de ce qui a rapport avec la figure de Faustino. »

Le premier contact

« Je suis actuellement religieux marianiste, mais mon premier contact avec Faustino remonte à il y a quinze ans, quand j'avais 13 ans. C'est alors que j'ai lu votre première biographie ayant pour titre *Faustino.* Je me rappelle maintenant que cette lecture m'a passablement impressionné et touché. Peut-être puis-je dire que c'était là une de mes premières lectures "sérieuses" ; je me souviens du mal que j'ai eu à la caractériser quand j'en ai parlé à un camarade : j'étais en train de lire, lui disais-je, la vie d'une *espèce de saint...*

Les choses en restèrent là, en sommeil, dans une sorte de "somnolence adolescente" pourrais-je dire. Arrivé à 17 ans, un marianiste m'invite à lire et à réfléchir sur la nouvelle biographie *Et si Dieu me parlait!* Ça fait renaître en moi des dispositions déjà ressenties, mais dans le cœur d'un adolescent qui a quatre ans de plus.

J'étais une nouvelle fois impressionné par la sainteté "normale" de Faustino, qui laissait apparaître sa foi et sa force sereine. Mais en plus, cette deuxième lecture m'amena à me poser la question de ma vocation religieuse. Je n'irai pas jusqu'à dire que ce fut là l'origine de ma vocation, car je crois que Dieu prépare la terre où il va jeter la semence. Mais je veux dire par là que Dieu rêve en quelque sorte et travaille comme un artisan la vie de ceux qui le cherchent, avec une patience de père. Je pourrais dire que ce fut un stimulant par rapport aux questions que je me posais sur ma vocation. Et cette lecture m'a conduit à autre chose : à commencer à prier le chapelet (ce que jusqu'alors je n'avais jamais fait), pratiquement tous les jours, pour y voir plus clair dans ma recherche par rapport à ma vocation. »

Faustino est devenu « quelqu'un » pour moi

« De plus, désormais Faustino cesse d'être un "livre" pour devenir "quelqu'un", un peu complice et en même temps guide de mon parcours vocationnel, quelque chose comme un témoin privilégié, bien que pas le seul.

Au cours de la période de mon postulat, c'est-à-dire l'année suivante, j'ai repris la biographie de Faustino comme source d'inspiration, et j'ai beaucoup partagé cela avec Andrés, qui suivait le même chemin que moi et qui est aujourd'hui également religieux. S'il y avait quelque chose qui m'attirait chez Faustino, c'était bien la clarté dans la décision, sa capacité d'aimer, sa capacité d'écouter le Seigneur.

Avec le temps, j'ai découvert d'autres facettes de la vie de Faustino, qui m'ont fait prendre conscience de l'appel à la sainteté de tous les jours que le Seigneur nous adresse à tous. Aujourd'hui, je suis convaincu que Faustino séduit des cœurs et peut être un modèle d'identification sur le chemin de la foi pour beaucoup d'adolescents : je continue pour ma part, à me nourrir de ce modèle qu'il est comme garçon "normal" et fort dans la foi. »

Andrés

Manolo parle de son ami et condisciple Andrés. Je ne lui ai pas demandé de témoignage spécifique pour ne pas allonger ce chapitre, mais voici une lettre qu'il écrivit du temps de son noviciat :

« Je suis argentin et j'ai commencé mon noviciat en mars. J'ai 20 ans et j'ai connu Faustino l'année de sa mort. J'avais commencé à prendre au sérieux ma vocation. Et Faustino compta pour beaucoup dans la décision que j'allais prendre, et surtout aux moments de découragement. Avec Faustino, j'ai appris à connaître et à aimer Marie, qui me guida et m'accompagna tout le temps de ma jeunesse, et qui m'ouvre les portes, jour après jour pour une rencontre plus profonde et plus vitale avec son fils Jésus.

J'ai fait connaître Faustino à mes amis. Je me souviens que je pensais que ça n'allait pas leur dire grand chose, car nous n'avons pas tous une vocation religieuse. Mais ce fut le contraire, et j'en suis chaque fois plus convaincu : Faustino parle aux jeunes parce qu'il fut un jeune qui par sa vie même a fait la “meilleure catéchèse que je connaisse pour les jeunes”... surtout quand on pense à quel point il est difficile aujourd'hui de présenter Jésus-Christ comme chemin, vérité et vie, de laisser libre cours à sa capacité d'engagement et d'attraction. »

Au moment où j'écris ces lignes, Andrés se trouve dans une ville de *Patagonie*, s'occupant, entre autres choses des enfants des rues.

II. NURIA

« Vous avez rendu Faustino immortel »

Une des premières lettres que j'ai reçues au moment de la publication de *Et si Dieu me parlait !*, en 1986, venait de *Nuria*, de *Barcelone*. Elle était alors élève en 1re ou 2e année de lycée.

« Je l'ai beaucoup aimé, me disait-elle. Je ne sais quel jour vous avez décidé d'écrire ce livre, mais ce jour-là fut un des plus importants pour Faustino, car vous l'avez rendu immortel. Je le dis parce que vous nous le faites paraître si intérieur et si proche que c'est comme s'il vivait encore pour nous... »

J'ai répondu à cela et un mois plus tard j'ai reçu une nouvelle lettre avec une confidence :

« Je vais être claire et sans détours. J'aime beaucoup Dieu. Et en raison de choses qui me sont arrivées, je crois que j'ai la vocation, mais j'ai beaucoup de questions qui me préoccupent... J'aime énormément les enfants et quand je pense qu'il faut renoncer à en avoir à soi si on se fait sœur, cela me fait prendre de la distance et dire non. Mais je vois encore que Dieu m'appelle et que Lui a souffert pour nous, et il est clair que ça ne me coûte pas de donner ma vie pour me livrer à Lui... »

Elle me parla ensuite d'autres choses, et pour finir elle ajouta : « Que pensez-vous de toute cette salade ? Il me semble que je fais une montagne d'un grain de sable... »

« J'ai des indices de vocation »

Elle acheva sa classe de Terminale dans son lycée de Jésus-Marie à Barcelone. À la fin de l'été, elle m'écrivit de nouveau :

« L'année s'est très bien terminée sur le plan scolaire ; j'ai été reçue aussi à l'université. J'ai été à Silos* comme monitrice (c'est la première fois)

---

* Célèbre monastère bénédictin où se tiennent de grands rassemblements de jeunes.

et ça m'a beaucoup plu. Un jour j'ai dû expliquer à mon groupe comment on prie. Je leur ai donné l'exemple de Faustino, qui parlait tout simplement avec Dieu. J'ai l'impression que tout le monde a bien compris, surtout lorsque je leur ai expliqué qu'il parlait à Dieu de football ou de n'importe quoi, que Faustino considérait Dieu comme son meilleur ami, et que comme deux bons amis ils parlaient de tout… »

Elle terminait la lettre me disant qu'elle avait parlé de son désir de vocation avec une religieuse : « Elle m'a dit que j'avais des signes de vocation, mais qu'il fallait que j'attende encore, car j'étais jeune ». Et elle terminait sa lettre disant sa « super affection ».

Je réponds toujours, parfois avec retard, à toutes les lettres reçues. J'ai donc répondu aussi à celle-là. Mais cette fois-ci je n'ai pas eu de réponse dans l'immédiat. Quatre années ont passé. Quelle ne fut pas ma surprise lorsque je reçus alors une lettre avec mention comme expéditeur : « Nuria C. »

« Comment allez-vous ? Peut-être ne vous rappelez-vous pas de moi. J'étais de Barcelone ; j'ai lu le livre de Faustino et je vous ai écrit à ce sujet. Maintenant, en mettant de l'ordre dans mon courrier, je trouve vos lettres et je me suis décidée à vous mettre au courant de ce que je deviens. Finalement, je suis rentrée dans la congrégation de Jésus-Marie et je fais mon noviciat à Madrid. »

Et de m'expliquer comment l'exemple de Faustino l'avait aidée dans sa recherche :

« Tout semblait s'opposer à ma vocation et à mon avancée avec Jésus ! Pour moi, la vie de Faustino fut un stimulant, un saint du XXe siècle me disant que je peux aussi rencontrer Dieu à notre époque, me donner à Lui. Un modèle de jeune chrétien avec une vocation, et en plus "normal". C'était quelqu'un de chair et de sang... »

« Je suis très heureuse », écrit Nuria

Nuria est heureuse maintenant, avec la nouvelle vie qu'elle a commencé :

« Tout cela vous ouvre les horizons. Quel dommage de voir tant de jeunes tristes, marqués par l'ennui, l'angoisse ! Et moi, pleine de joie, avec une perspective de formation humaine et spirituelle... Si seulement plus de jeunes découvraient que la vie religieuse vaut la peine ! »

J'ai ressenti une grande joie à la réception de cette lettre de *Nuria.* J'ai pu la connaître personnellement à *Valence.* Maintenant, je l'ai perdue de vue. Que Faustino continue à l'accompagner pour qu'elle soit toujours aussi heureuse.

III. HUGUES

Le Frère Hugues est un jeune religieux français de la communauté des Béatitudes. Il écrit de *Jérusalem* et il nous dit comment Faustino l'a aidé dans sa vocation.

« Ma première rencontre avec Faustino est liée au livre *Et si Dieu me parlait!* J'étais encore au lycée. Sa vie m'a impressionné. Et son visage, à partir d'une photo (celle qui a servi à peindre son portrait) est resté imprimé en moi comme une source d'allégresse. L'année suivante, j'ai reçu l'appel du Seigneur à le suivre sur le chemin du sacerdoce. À cette époque, j'ai découvert une école *Cours Agnès de Langeac* qui propose aux jeunes ressentant l'appel à suivre le Christ, de discerner cet appel tout en poursuivant leurs études. J'ai terminé mon baccalauréat et je suis entré à la Communauté. Au bout de 3 ans, on m'a demandé de collaborer à la pastorale de l'école, pour accompagner les jeunes. Faustino continuait à être bien présent en moi, et le livre de sa vie circulait parmi les jeunes, tout simplement. Faustino m'a fait sentir sa présence au travers d'événements de ma vie en relation avec les jeunes. Je me sentais poussé à parler de lui. Par exemple, un jour de sortie, nous sommes allés prier dans une chapelle en pleine forêt. À ma grande surprise, j'ai découvert que la prière de Faustino à Marie était écrite en grand sur un des murs. Bien sûr, avant de partir pour Jérusalem, je suis repassé par là. C'est une chapelle dédiée à Notre-Dame de mon Repos. Elle est en pleine forêt, non loin de l'Abbaye d'Autrey, dans les Vosges. La photo et la prière de Faustino sont toujours là : ça aide les pèlerins à prier la Vierge.

J'ai acheté d'autres livres de Faustino pour les faire circuler parmi les jeunes. En Belgique où j'ai étudié la philosophie, j'ai découvert un autre livre : *Les quatre oui de Faustino.* J'étais chargé de l'animation d'un groupe d'adolescents et nous avons décidé que le groupe s'appellerait "Amis de Faustino".

Je suis émerveillé de ce que l'exemple de Faustino a pu susciter et continue à susciter dans le cœur des jeunes du collège et de ceux de Belgique. Pour certains, c'est une aide précieuse dans leur discernement vocationnel. Pour d'autres, ça leur a fait découvrir la grâce de la simplicité dans la prière et de la fidélité à la prière du rosaire; dans le cœur de certains autres, ça a réveillé le désir de vivre toujours joyeux et souriants.

Maintenant à *Jérusalem*, j'ai un groupe d'adolescents du lycée français. Dès la première rencontre, je leur ai parlé de Faustino... »

IV. ÁNGEL MARÍA

« Quelle immense grâce d'avoir rencontré Faustino ! »

J'ai reçu une lettre de Paris, datée du 23 octobre 1990. Un jeune y écrivait ceci :

« J'ai récemment lu le livre sur Faustino *Et si Dieu me parlait !* Ce qui m'a poussé à le lire c'est tout simplement la soif de connaître d'autres jeunes en projet de vocation. J'ai 20 ans et je pense à une vocation religieuse depuis longtemps déjà. À l'âge de 9 ans ont brillé pour moi les premières certitudes d'un appel à la vie consacrée. Et quelle joie de découvrir ce jeune qui tente l'aventure de la sainteté. Une joie réelle et qui me donne un second souffle...

J'ai réellement l'impression d'avoir désormais un ami au Ciel, qui me protège et m'aide à réaliser ce projet qui est passé par des périodes de flou… »

Pour cela il avait besoin de rencontrer un prêtre qui l'accompagne sur le chemin de la vocation. Le service diocésain des vocations lui en avait conseillé un, mais il n'arrivait pas à entrer en contact avec lui. Il s'était rendu plusieurs fois à cette église, mais toujours en vain. Un jour :

« J'étais là dans l'église depuis plus d'une heure, et ce n'était pas la première fois… Mes déplacements antérieurs avaient été vains. Alors, du plus profond de mon être, j'ai prié et demandé l'intercession de Faustino. Le découragement m'ayant accaparé, je lui confiai mon besoin de rencontrer ce prêtre. Alors que je m'apprêtais à repartir, est arrivé celui que j'attendais. Une profonde joie s'est emparée de moi : je suis reparti avec un rendez-vous… Je voulais vous confier cet événement (car pour moi c'en est un) et je l'ai vécu comme une réelle grâce… Enfin, la grande grâce fut de rencontrer Faustino à travers sa vie. »

La lettre est signée *Jean-Baptiste C.* Il terminait sa lettre en disant qu'il s'était donné un temps de deux ans pour prendre la décision finale, parce qu'il avait un contrat de deux ans comme responsable laïc de pastorale.

« Je suis entré dans la communauté des Frères de Saint Jean »

Les mois ont passé et puis une nouvelle lettre de *Jean-Baptiste* est arrivée :

« Il y a un an et demi, je vous écrivais pour vous dire combien j'ai apprécié l'œuvre de Faustino et son aventure vers la sainteté. Depuis, je vous assure avoir conseillé ce livre plus d'une fois aux jeunes dont j'ai la charge pastorale comme laïc à l'aumônerie du collège Arago-Flavien à Paris.

Jamais dans mes prières, je n'ai oublié de demander l'intercession de Faustino afin qu'il nous aide à gagner des âmes… »

Et il me fait part de sa joie de voir germer des débuts de vocation chez certains jeunes. Et d'ajouter :

« Mon désir, depuis l'âge de 9 ans, de me donner au Christ, a été affermi, et, je le crois vraiment, par Faustino ! J'ai 22 ans et mon "contrat aumônerie" s'arrête ; le 15 septembre prochain, je rentre chez les pères de la communauté Saint Jean, qui sont des moines apostoliques. »

J'ai reçu régulièrement des nouvelles des diverses étapes franchies par *Jean-Baptiste*, maintenant Frère Ángel María. Noviciat ; premiers vœux en 1994 : « Dès que je peux, je fais connaître sa vie, car elle est très percutante pour un jeune aujourd'hui. La vie de Faustino est, d'une certaine façon, plus amorçante que celle de jeunes d'époques plus lointaines. » Vœux perpétuels à Paray-le-Monial le 18 mai 1997 : « Je me remets à vos prières de prêtre. Ma vocation, je la dois aussi à l'intercession de Faustino. Qu'il me garde ! »

Faustino dans ma vocation

À l'occasion de son ordination diaconale – le 4 juillet 1998 – j'en ai profité pour lui demander de me raconter le rôle de Faustino dans l'histoire de sa vocation. Il m'a envoyé un témoignage très émouvant qu'il est impossible de reproduire en entier en raison de sa longueur. Cependant en voici quelques traits :

« Faustino dans l'histoire de ma vocation? D'abord sa présence à mes côtés a été et est réelle. Cette présence est cependant discrète…

J'ai découvert Faustino en vitrine de librairie, lieu très original pour une rencontre spirituelle. C'est pourtant vrai.

La photo de ce jeune (je n'avais que 2 ans de plus que lui) ainsi que cette parole simple « Et si Dieu me parlait » m'ont ouvert l'esprit à la vie d'un "saint" jeune…

Né à Bayonne, près de l'Espagne, connaissant un peu la région d'Alicante, la vie d'un espagnol ne m'a pas rebuté. Sachant les passages de Faustino à Lourdes et à Paris (deux villes que j'aime immensément), j'étais conquis pour laisser les quelques francs à la caisse de la librairie… »

Il raconte que, en 1988, il a été à Lourdes où il a fait une conversion. Et surtout il y a fait la découverte authentique de la communion des saints :

« L'histoire de ce jeune gamin espagnol m'a affermi dans mon choix de la Croix. Aussi surprenant que cela puisse paraître, c'est d'abord son acceptation de la maladie et de la mort qui m'ont saisi. Ce n'est pas son oui à la vocation, mais à la souffrance consentie amoureusement. Cependant je crois que l'un entraîne l'autre...

Puis, sa fidélité à la prière (et le fruit de cette fidélité qui fut la lumière de la vocation) m'a appris que le Seigneur ne me guiderait que par des certitudes reçues dans l'oraison... »

« Les oui de Faustino m'ont impressionné »

Les oui de Faustino l'ont impressionné. Quelques années auparavant, je lui avais demandé pourquoi il avait choisi comme nom de religion María et Ángel (ainsi en Espagnol). Il m'expliqua que ces noms faisaient partie de sa vie :

« María, enfant de la DASS, sauvée in extremis de l'avortement. Elle a maintenant 6 ans... J'ai été son parrain en septembre 1992. Ángel, 12 ans, enfant de la rue, un cœur assoiffé de tendresse, avec une mère sans domicile fixe... Je devenais son parrain le 30 janvier 1993. Ils grandissent avec leurs souffrances, mais dans la foi et le regard de Dieu. Dites bien à Faustino d'en faire des saints. »

Dans son dernier courrier il s'est rendu compte de quelque chose d'important :

« Les "oui" de Faustino sont limpides. Mon nom de religieux est tiré du mystère de l'Annonciation. L'ange qui apporte l'annonce à Marie. C'est l'Évangile que je préfère à cause d'un tout petit "oui" qui a eu des conséquences immenses. En lisant le "oui" à la sainteté de Faustino, c'est une véritable amitié qui est née. »

Faustino et Thérèse de l'Enfant Jésus

Une page entière, très belle, est dédiée à montrer comment Faustino est la traduction vivante de l'enfance spirituelle préconisée par Thérèse de l'Enfant Jésus :

« Ce qui m'a conquis chez Faustino, à une époque où je ne connaissais pas encore sainte Thérèse de l'Enfant Jésus, c'est qu'en cet adolescent demeure la trace indélébile de l'enfance spirituelle. Par lui, j'ai rencontré la grâce de l'enfance spirituelle. Grâce à lui, je n'ai pas eu à attendre de connaître la doctrine de la petite carmélite ; j'ai lu cette doctrine en actes et en paroles chez un adolescent espagnol. Par Faustino, j'ai pu ensuite accueillir la docteur du IIIe millénaire. »

Le frère *Ángel María* se sert beaucoup de Faustino dans son apostolat avec les jeunes. Après son diaconat, il a été affecté à l'équipe pastorale du collège Stanislas de Paris.

V. JOSÉ IGNACIO

José Ignacio est marianiste, originaire de *Saragosse*, où il est né en 1968. Nous lui avons demandé de nous expliquer l'influence de Faustino sur sa vocation :

« Mère del Pilar… »

José Ignacio, en tant que bon Aragonais, fut impressionné par l'affection que Faustino avait pour la Vierge del Pilar. C'est par là que commence son témoignage :

« Mère del Pilar, je fais de toi la patronne de ma vocation. » C'est Faustino qui écrivit cette phrase dans son journal, le 13 mai 1961.

J'ai découvert Faustino autour de 16 ans. Je faisais alors un premier discernement de ma vocation religieuse marianiste. C'est mon directeur spirituel, le père Pedro Iturmendi, qui me passa *Et si Dieu me parlait !*.

« Il m'enthousiasma »

« Je n'avais jamais entendu parler de lui, et pourtant il m'enthousiasma. J'ai rencontré en Faustino un jeune comme moi, avec un lycée et des professeurs semblables aux miens, avec des problèmes semblables pour les études, avec des camarades qui auraient bien pu être ceux qui étaient assis près de moi sur le banc, avec une famille qui aurait bien pu être la mienne, avec un souci d'aider les autres que je partageais aussi pareillement.

Mais j'ai surtout rencontré chez Faustino un camarade sur ce chemin du discernement de la volonté du Seigneur. Moi aussi, en remontant en arrière (avant de connaître Faustino), j'avais donné une réponse positive pour suivre Jésus dans la vocation marianiste.

Et Faustino alors, à partir de ce moment-là, devint ce compagnon dont je viens de parler. Dès lors, j'ai commencé à le rencontrer dans la prière quotidienne du chapelet, dans les moments d'intimité avec le Seigneur, dans les sorties avec les *scouts,* dans le dialogue confiant avec ma mère, dans l'amitié avec les camarades d'école, ou dans la direction spirituelle… »

« Faustino s'est lié à moi »

« Je me suis attaché rapidement à Faustino. Ou plutôt c'est lui qui s'est lié à moi rapidement. Après tant d'années, je suis convaincu que c'est le Seigneur qui l'a mis à mes côtés. La lecture du livre *Et si Dieu me parlait* et le stimulant qu'a constitué sa vie m'accompagnèrent au cours de ces premières années de marche à la suite de Jésus.

Son message me toucha au point que, presque inconsciemment, je suis devenu "des mains pour Faustino". J'ai offert le livre à quantité de gens : parents, membres de ma famille, amis… Et dès lors, j'ai pu me rendre compte qu'il pénétrait dans la vie de beaucoup de personnes et la transformait. Je vous dirai seulement, à titre d'exemple, que je me souviens avoir lu le livre de Faustino à ma mère (pratiquement aveugle), en présence de mon père. Et je sais que, de temps en temps, mon père prolongeait cette lecture à ma mère. »

« Une présence silencieuse »

« Au cours de mon noviciat, j'ai fait la connaissance de José María Salaverri, alors supérieur général. Il nous parla de Faustino au noviciat au cours de sa visite. Ce fut merveilleux de voir combien des vies et des expériences si différentes se ressemblaient et trouvaient un point commun avec cette vie si comparable à la nôtre.

Depuis lors Faustino fut plus qu'un compagnon de route. Il est devenu une présence silencieuse que je sens à l'intérieur de moi, au fond de mon cœur. Faustino est un encouragement à être fidèle à cette vocation si belle que le Seigneur m'a donnée. Vocation que je partage avec lui. Vocation que, comme lui, j'ai mis moi aussi un jour sous la protection de la Mère del Pilar. Oui, comme pour lui, elle est la patronne de ma vocation ! »

Depuis, *José Ignacio* a été envoyé à Czestochowa, la ville mariale de Pologne. Là aussi, Faustino l'a précédé, car depuis bien des années il y a beaucoup de polonais qui connaissent et aiment Faustino.

CHAPITRE 5

FAUSTINO EST SORTI POUR SEMER

Continuons sur la vocation. Jésus est le semeur de toute vocation. Mais Faustino l'aide. « Viens, suis-moi! » dit Jésus. « N'aie pas peur; c'est formidable! », dit Faustino. Et Jésus est ravi que Faustino l'aide. Comme dans la parabole, certaines graines germent, d'autres se perdent... Il y a toujours des « jeunes riches » qui s'éloignent tristes, mais il y en a aussi toujours d'autres, généreux, qui suivent.

Glané dans la correspondance

Voici quelques brefs témoignages. Certains sont résumés par manque de place; d'autres avec des données changées par souci de discrétion.

Montse, de *Gérone:*
« J'ai le virus de la vocation... »

« Salut, Jo! (Je peux te tutoyer, d'accord?)... Je suis en 2e année de lycée. Voilà environ un mois que ton livre *Et si Dieu me parlait!* est tombé entre mes mains. Sensationnel! comme dirait

Faustino… Bon, maintenant venons-en au plus important. Depuis deux ans j'ai en moi le virus de la vocation. Je sens que le Seigneur m'appelle à le suivre et ma réponse est "oui! Me voici, Seigneur!". Connaître Faustino m'a beaucoup aidé. Cela m'a fait faire un grand pas en avant dans ma vocation. Tu sais, Faustino et moi, nous avons beaucoup de choses en commun… »

Atilio, de *San Juan (Argentine)*: « Je suis à un moment très particulier de ma vie… »

« Voilà quelques mois, m'est parvenu providentiellement une image du serviteur de Dieu Faustino. Depuis lors, je me recommande à son intercession. Je voudrais mieux le connaître. J'ai 27 ans et je suis à un moment très particulier de ma vie; je sens que le Seigneur m'appelle à donner ma vie à son service, et avec l'aide d'un prêtre, je fais un discernement sur cet appel. »

Mateo, de *Valence:* « Ça m'a fait avancer pour ma vocation ».

« J'ai connu votre livre à l'occasion d'une retraite à Gandía. Je suis en terminale. *Et si Dieu me parlait!* m'a bien motivé. Ça m'a fait avancer pour ma vocation… J'ai été très heureux de pouvoir vous faire part de mon expérience. »

Antonio, d'*Ávila:* « J'ai pu clarifier mes doutes. »

« Votre premier livre *Et si Dieu me parlait!* a eu un grand effet sur moi et de plus il a levé mes doutes sur la nature d'une authentique vocation, et la façon de la cultiver. »

Susana, de *Bilbao:* « Je sentais en moi un désir de servir… »

« J'ai 15 ans. Que c'est magnifique le courage de Faustino devant la maladie! Il s'identifie au Christ.

Et cette vocation, avec quelle insistance il prie Dieu pour qu'elle se consolide!

Quant à moi, l'année dernière, j'ai commencé à fréquenter une résidence pour personnes âgées des Petites sœurs des Pauvres, fondées par Jeanne Jugan… Peu à peu, je sentais en moi un désir, quelque chose du genre servir Dieu et les personnes âgées. J'ai l'habitude de demander que ma vocation de Petite sœur des Pauvres se consolide, par l'intercession de Jeanne Jugan, et maintenant aussi de Faustino.

J'ai fait connaissance avec Faustino grâce à une petite sœur qui m'a prêté le livre en me disant: "Ce jeune avait une vocation comme toi."

En lisant le livre, je le vivais. C'est comme si j'avais connu Faustino en personne. Je remercie le Seigneur en même temps que vous pour ce livre qui m'a permis de réfléchir sur ma vie de plus en plus sérieusement. »

Marie L., de *Saint-Denis (France):*
« Il a redonné des ailes à ma vocation. »

« On m'a conseillé de lire le livre de Faustino aux Guides d'Europe et vraiment on a bien fait. D'habitude, je n'aime pas lire et je mets beaucoup de temps à finir un livre, mais là je ne pouvais plus me décoller du livre : un jour a suffi et il m'a tant apporté !

J'ai eu l'impression que Dieu me parlait à travers ce fabuleux témoignage d'amour. Je pense sérieusement à devenir religieuse. Malheureusement, mon choix n'est pas aussi déterminé que celui de Faustino ; je ne suis pas aussi sûre de ma vocation que lui. Ce dernier mois, l'idée disparaissait peu à peu, mais ce livre a relancé ma vocation… »

Inma, de *Madrid :*
« Un désir profond de servir… »

« Comme Faustino, je ressens un désir profond de servir Jésus et Marie et les autres, et de les aider. Je crois qu'un jour je serai une bonne religieuse… »

Amaya, de *Barcelone :*
« Je veux être religieuse, mais… »

« Je m'appelle Amaya. Je lis le livre de Faustino et il me plaît beaucoup… Moi aussi je veux être religieuse, mais ça me coûte, comme pour Faustino. Comme lui aussi je suis très contente de vouloir faire ce choix. »

Juan, de *Saragosse :*
« Faustino m'a renforcé dans la décision. »

« Bonjour. Je m'appelle Juan ; j'ai 16 ans. Je vais à l'école chez les "escolapios"… J'ai lu les livres de Faustino et ils m'ont tellement plu que je me suis décidé à vous écrire.

C'est un fait que je ressemble à Faustino en un certain sens, car moi aussi je veux devenir prêtre, bien que, à côté de lui je me sens tout petit. Mais il m'a aidé à m'améliorer, et même si j'ai pris la décision avant de "le connaître", il a contribué à renforcer cette décision prise voici trois ans. »

Darío, de *Tacuarembó (Uruguay):*
« Dans 55 jours, je rentre au séminaire. »

« J'ai 18 ans. Il y a un an, j'ai lu pour la première fois le livre de notre ami Faustino... Je dois vous dire que depuis longtemps (environ trois ans), je crois avoir la vocation sacerdotale. Et quand j'ai lu le livre de Tino (c'est ainsi que nous l'appelons dans notre groupe), elle s'est beaucoup affermie. Je vais entrer au séminaire: j'y entre dans 55 jours... Cela m'apporte beaucoup de joie, car j'offre à Jésus et à Marie par l'intermédiaire de Tino tout ce qui m'arrive de négatif... »

Stéphanie, de *Paris:*
« J'ai peur... et honte d'avoir peur. »

« Je viens de lire la vie de Faustino. J'ai 15 ans. Je fais du scoutisme et tout a commencé pendant un camp. Au cours de la messe, l'aumônier nous a parlé de la vocation. Je me suis souvent demandé quelle était ma vocation et j'ai déjà pensé à la vie religieuse. Mais je crois que l'homélie de ce jour m'a particulièrement touchée, ainsi que, peut-être le titre du livre de Faustino *(Et si Dieu me parlait!),* avec le commentaire dans la présentation : "il a tenté l'aventure de la sainteté", ce qui a réveillé en moi ce désir…

Mais j'ai peur, peur de ne pas tenir, de me tromper de route, de ne pas aller là où Dieu m'appelle. Et si je me trompais de vocation ? Et si Dieu attendait de moi que je sois une mère de famille ? Et en même temps que ces questions, et je trouve ça étonnant, j'ai un peu honte d'avoir peur. »

Christophe G., d'*Ars :*
« Ce sera une grâce pour toi. »

« Juste un petit mot, en relisant le livre *Et si Dieu me parlait !* pour vous dire que cette lecture fut pour moi une chose importante dans mon itinéraire vocationnel. Le livre m'a été offert en 1990 lorsque j'avais 13 ans… Je suis maintenant au séminaire d'Ars, pour être prêtre, probablement à Nancy, ma ville d'origine.

Le prêtre ami qui m'a offert ce livre savait que cela me guiderait et m'apporterait une grâce. Et je pense que ce fut le cas… »

Mais il y a des épines : incompréhensions et difficultés

Je me demande souvent : que sont devenues ou que vont devenir ces graines fragiles ? Dans la plupart des cas, les jeunes n'écrivent plus… Il y a tant de difficultés ! Comme dans la parabole du semeur, les épines peuvent étouffer ces désirs généreux. Certaines lettres l'illustrent :

« Elle se moque de moi »

« J'ai 13 ans. Le livre de Faustino a éveillé en moi l'envie d'en savoir plus sur Dieu et, en ce moment, mon objectif majeur est d'arriver un jour à être sainte. Ce serait super, n'est-ce pas?... Je ne sais pas encore dans quelle direction orienter mes études : peut-être la psychologie, ou le tourisme, ou encore... "et si Dieu me parlait"..., si je me faisais religieuse. C'est vrai que j'ai pensé devenir religieuse et c'est une idée qui me plaît beaucoup, mais parfois, à cause de ma sœur, je fais marche arrière. Elle se moque de moi... » *Paloma*

« Je suis dans une grande confusion... »

« Je suis un jeune chilien. J'ai 14 ans. J'ai lu le livre de Faustino, sa vie, et je vous écris à ce sujet. Je vous fais part de mon désir d'être prêtre et j'aimerais bien suivre le bel exemple de la vie de Faustino. Certains disent qu'être prêtre, c'est idiot, et je suis un peu dans l'embarras, parce que j'aime Dieu, mais à cause de cela, je suis dans une grande confusion... » *Carlos.*

« Mes parents me disent : comment peux-tu avoir la vocation si nous, nous ne l'avons pas eue? »

De *Katowice* (Pologne) : « Je m'appelle *Gabriela*. J'ai 15 ans... La vie de Faustino ressemble beaucoup à la mienne : prière, école, travail et maladie. Moi aussi je veux être religieuse, mais mes parents s'y opposent. Ils me disent :

comment peux-tu avoir la vocation si nous, nous ne l'avons jamais eue? Ils pensent que le couvent est une prison d'où la jeune ne sortira jamais. Comme j'ai aimé votre livre! J'aimerais bien que les personnes pensant qu'il est possible d'avoir la vocation à un âge si jeune, le lisent. La vocation est un bonheur pour l'âme, comme c'était le cas pour Faustino. »

« *J'aimerais avoir les qualités requises...* »

« Je viens de terminer *Et si Dieu me parlait!...* En moi s'est répandu un sentiment d'amour pour Dieu que j'avais déjà commencé à ressentir plus tôt..., mais maintenant, j'ai senti en moi assez de force pour affirmer: j'aime Dieu plus que tout au monde. Chez Faustino, j'ai été surprise par sa capacité d'aimer les autres. Et son exemple me donne du courage, car c'est une chose qui me coûte énormément. J'aimerais bien être bonne, tolérante, compréhensive, patiente, et avoir toutes ces qualités qu'il faut pour me consacrer à Dieu... » *Rose (France).*

Discernement

Je reçois aussi des lettres de « discernement », pour ainsi dire. Des jeunes qui cherchent, qui cherchent à y voir clair, une fois pour toutes, sur l'authenticité de l'appel de Dieu. En voici quelques illustrations:

Pologne: « Je ne sais pas encore quelle sera ma décision finale... »

Je m'appelle D.R. et j'ai 20 ans. Voilà 2 ans que j'ai lu le livre *Et si Dieu me parlait!* Je l'ai acheté par hasard. J'ai été attiré par le visage de ce garçon. J'ai commencé à le lire avec grand intérêt. Dès le début, j'ai senti en moi un intérêt particulier pour les marianistes. Pour moi, c'était quelque chose de nouveau, inconnu. J'ai lu le livre une première fois et j'ai décidé d'écrire à *Czestochowa.* Au bout d'un moment, j'ai reçu une information du père Emilio. Au cours de cette année et demie écoulée j'ai pensé à ce que je ferais, à ce que sera ma vie..., si j'ai une vocation religieuse ou une vocation pour une vie de famille. Après un discernement difficile et une prière ardente et intense devant le saint sacrement, j'ai senti au fond de mon cœur que je devrais m'orienter vers la vie religieuse et me consacrer à la Très Sainte Mère, lui donnant ma vie, ma famille, mes amis. Je suis actuellement pour deux jours à Czestochowa. Je ne sais pas encore quelle sera ma décision finale. Mais j'ai beaucoup aimé le charisme religieux, j'ai apprécié la façon de faire d'Emilio et de Dariusz et de lier connaissance avec eux. Je voudrais recommander ce livre parlant d'une personne si merveilleuse qu'est Faustino... »

« Le Seigneur cherche à développer en moi la vocation »

« Je m'appelle *Monika,* et pour être sincère, j'ai passé beaucoup de temps sans savoir si j'allais écrire ou pas cette lettre, mais comme vous avez écrit "n'hésite pas et écris", cette phrase du livre m'a "obligée" à prendre la plume.

Je voudrais partager mes réflexions après avoir lu *Et si Dieu me parlait!* Chaque jour, j'ai l'impression de faire l'expérience de choses différentes, de réalités et de chemins différents. En vérité, je suis toujours conduite au même but: l'AMOUR. Ce que le Seigneur cherche à faire naître en moi est la vocation. En ce moment, j'en suis à me demander: vocation? mais pour quoi? Ou si vous préférez quelle vocation? C'est incroyable pour moi de voir comment Faustino a compris sa vocation. Il m'arrive de penser que Faustino a dû être incroyablement ouvert à l'Esprit-Saint pour pouvoir découvrir sa vocation dans des circonstances ordinaires [...].

Tout cela que j'ai écrit est le fruit de ma réflexion après avoir lu votre livre. Je demande au Seigneur de me bénir en vue des décisions à prendre. Et qu'il vous apporte plus de force et d'aide divine pour écrire un autre livre. »

Monika est polonaise. Quelle décision aura-t-elle prise? Je ne le sais pas et peut-être ne le saurai-je jamais.

« On m'aide pour le discernement de ma vocation »

De *Namur*, Belgique, nous arrive cette lettre, fruit de « plusieurs lectures de *Et si Dieu me parlait!* ».

« Je suis français, je viens d'Avignon en Provence et j'ai 19 ans. Ayant passé mon baccalauréat l'année dernière, je fais une année propédeutique en cheminant avec la communauté de l'Emmanuel qui m'aide à discerner ma vocation sacerdotale.

Mes parents m'ont confié l'année dernière qu'ils avaient prié Faustino 2 ans auparavant, et qu'il était probablement pour quelque chose dans ma "conversion". Je l'ai cru et, à mon tour, j'ai lu votre livre qui m'a impressionné. Après une deuxième lecture, j'ai compris que Faustino voulait m'aider dans mon cheminement spirituel tout comme dans ma vie de tous les jours. C'est pourquoi j'ai décidé que Faustino serait désormais comme mon saint patron. »

« Je suis en train de faire les premiers pas… »

Cette lettre est arrivée en 1991, avant les événements sanglants du Zaïre.

« Je m'appelle *Jean I.*, je suis Zaïrois, de la mission catholique de *Ngoso*. Je suis aspirant dans la congrégation des missionnaires du Verbe Divin et j'ai 19 ans. Je vais faire mes premiers pas dans la congrégation cette année. J'ai lu *Et si Dieu me parlait!* et je vais essayer de vous dire ce qui m'a frappé chez Faustino.

Pour moi, aspirant, j'ai considéré Faustino comme un modèle à suivre au point de vue vocation. C'est un garçon qui, dans son désir de devenir marianiste n'a pas dit oui hâtivement au Seigneur, mais a pris beaucoup de temps de réflexion. Et de la sorte, son oui a pu être vraiment un oui… »

Et il continue à étudier d'autres traits caractéristiques de Faustino qui peuvent l'aider, pense-t-il :

sa relation aux autres, sa vie de prière, sa joie… Qu'est devenu ce Jean? Je ne le sais, mais il est sûr que la semence déposée par Faustino aura porté ses fruits de quelque façon.

« Que Faustino m'envoie un guide spirituel… »

« Nous sommes le 4 mars, lendemain de l'anniversaire de la mort de Faustino. Or, voici que, en ce jour, comme une force qui me dépasse, Faustino passe la frontière qui me sépare de lui la frontière entre le Ciel et la Terre et vient me rendre visite, me proposant sa vie avec son livre. »

Marie Christine, française, se confie à Faustino. Et pour finir, elle demande des prières pour deux choses :

1) Que je puisse être missionnaire un jour certes, mais surtout que je puisse dire OUI à l'appel de Jésus et renoncer à tout.

2) Et avant tout, que je trouve un guide spirituel pour évaluer ma vocation, et mon grand amour pour Jésus et pour Marie ».

Faustino au Petit Séminaire diocésain

De *Xâtiva*, petit séminaire du diocèse de Valence, on nous écrit :

« Je m'appelle *Camilo.* Je suis prêtre nouvellement ordonné. De ce séminaire, nous voulons vous dire que Faustino est quasiment membre de notre famille. Comment est-il entré dans notre vie?

La première année de mon séminaire, j'ai lu avec grand enthousiasme *Et si Dieu me parlai !* en même temps qu'un autre camarade. Non seulement le livre nous a plu, mais il nous a aidés et nous a fait beaucoup réfléchir et prier.

Cette année, le supérieur m'a demandé si je connaissais un petit livre intéressant et édifiant pour les jeunes. Et sans hésitation, j'ai proposé celui-ci.

Je dois vous dire que c'est un plaisir de voir comment les jeunes le lisent, le commentent et posent des questions sur Faustino. Sur ce point, nous avons pu donner quelques informations, connaissant pas mal de détails sur lui.

Pour que vous voyiez l'incidence de Faustino sur la vie du séminaire, je vous dirai qu'il a fait l'objet de quelques homélies, d'entretiens personnels, de relectures du livre ; son témoignage a servi lors d'une rencontre sur les vocations au niveau diocésain. Et maintenant, les jeunes vont lire *El chico de la foto*. Et nous sommes convaincus que ce livre les enchantera, car il est très agréable et facile à lire, et surtout on y respire Faustino. On y respire l'amitié avec Dieu. »

Je suis sûr que Faustino souriait, heureux, depuis le Ciel, content de pouvoir contribuer à la formation de futurs prêtres. Et quoi de plus logique qu'il aide avec une attention spéciale ceux de son propre diocèse !

Nous poser – tous – la question de notre propre vocation

Seul le Seigneur connaît l'aboutissement de ces bonnes intentions, de ces discernements. Mais n'est-il pas merveilleux de penser que le simple exemple de Faustino, son secours du Ciel, aient suscité tant de générosité ? Parviendront-ils à une vocation définitive ? Je ne sais, mais comme ce serait beau si chaque jeune chrétien, au moment d'envisager son avenir, se posait la question : que me demande Dieu ? Nous aurions alors des prêtres et des religieux, mais aussi des tas de gens mariés, chacun étant engagé avec amour dans sa propre vocation en bonne complémentarité.

Nous aurions alors des parents pour qui la vocation de leurs enfants serait motif de joie et d'action de grâce à Dieu, comme cette maman d'une ville du Liban :

« Mon fils est très pratiquant et très engagé à la paroisse ; il se donne à plein dans tout ce qui touche le culte au service de Dieu. J'espère que Faustino lui donnera le dernier coup de pouce pour aller au séminaire à 18 ans, comme il m'en a exprimé le désir. »

À l'occasion de récollections pour couples, *M. J.*, religieuse marianiste, a remis à chacun un livre de Faustino en disant : « Lisez-le et pensez à ce que vous feriez si la croix vous frappait (maladie incurable, par exemple) ou si un de vos enfants avait la vocation religieuse. C'est le chemin par où sont passés les parents de Faustino. Que feriez-vous, ensemble, pour l'accompagner dans l'une ou l'autre de ces deux situations? » Un bon test pour un couple chrétien!

* * *

En terminant ce chapitre, je voudrais dire que je reçois bien parfois des échos. Dans une courte lettre de vœux de Noël, *Barbara* dit ceci: « Quant à moi, je vais très bien. Je suis entrée dans la communauté de l'Emmanuel où je suis très heureuse ». *David*, de son côté, écrit: « Ma prise d'habit à l'abbaye Notre-Dame de Tamié aura lieu le jour de l'Immaculée Conception. » *Jean-Luc*, du diocèse de Strasbourg: « Je vous fais part de mon ordination sacerdotale, vous sachant en union de prière ce jour-là. Faustino ne sera pas non plus absent. » *Emmanuel A.*, auteur d'un portrait de Faustino: « Je serai ordonné prêtre à la cathédrale du Havre. » *Mariano*, depuis l'Argentine: « Je vous annonce que le 3 mars je suis entré au séminaire diocésain de Mendoza. Et si vous regardez la date, vous verrez que c'est une "coïncidence"; c'est la date de la mort de Faustino! Nous sommes 15 jeunes à entrer. »

Il est clair que, depuis le Ciel, Faustino continue à semer.

CHAPITRE 6

SAUVETAGE EN MER… AVEC FAUSTINO

« 5 jeunes rescapés sur les rochers de Calvi. »
Quotidien de Majorque

12 août 1994

Ce jour-là, tous les journaux de Palma de Majorque, à la rubrique des faits divers portaient des titres semblables. Sur les colonnes « Dernière Heure », on pouvait lire : « Cinq plaisanciers rescapés d'un bateau à la dérive », avec photo du *Castillo de Bellver*, bateau ayant participé au sauvetage. Le quotidien *Baléares* avait publié une longue chronique : « Un hélicoptère repêche 5 jeunes sur un rocher de Calvi », avec photo de l'hélicoptère du SAR (Service Aérien de Sauvetage). Tous sains et saufs, malgré un jour et une nuit passés sur une mer démontée…

Ce qu'aucun quotidien ne relate, c'est l'intervention de Faustino. *María D.,* de Madrid, 23 ans, amie de Faustino depuis le moment où elle l'a découvert, nous en donne les détails.

Une hernie qui « disparaît »

En fait, Faustino était déjà entré dans la famille depuis trois ans. La mère, *Guadalupe,* qui travaille avec Manos Unidas (ONG espagnole de solidarité), m'écrivait le 3 mars 1991 :

« Votre "saint", Faustino, ressemble beaucoup à mon fils Roberto (*qui plus tard…, sera parmi les naufragés)* et il est à peu près du même âge. Je n'ai pas hésité un instant à me recommander à Faustino pour une question qui me préoccupait beaucoup : nous venions d'apprendre que ma fille toute jeune – six ans – avait une hernie, et il fallait l'opérer de toute urgence, car, selon le docteur, elle courait le risque de perdre un ovaire. Alors, toute la famille l'a confiée à Faustino. J'ai même envoyé une image de lui à mon fils qui étudiait alors aux États-Unis en 2e année de BUP. L'heure de l'opération était déjà fixée, la salle d'opération retenue, lorsqu'une belle-sœur me parla de son médecin qui fait autorité ; il nous fixe une heure pour l'examiner avant l'opération. Nous nous y rendons et il me dit que la petite n'a pas de hernie, qu'elle n'en a jamais eu, et que l'opération est donc inutile. Je ne veux pas dire par là que la hernie "aurait disparu", mais bien que, grâce à Faustino nous n'avons pas soumis la petite à un risque inutile avec toutes les conséquences d'une telle opération… »

María, les « Dire Straits » et Faustino

Un an plus tard, je reçois une première lettre de María : « Je m'appelle María, j'ai 21 ans et je vous écris pour vous faire part d'un miracle que j'ai demandé à Faustino et qu'il m'a accordé ». María aime la musique *rock* et, lorsqu'elle apprend que le groupe « Dire Straits » va venir à Madrid, elle pense ne pas pouvoir laisser passer ce concert. Elle veut acheter le billet sans attendre. Mais laissons lui la parole :

« Quand j'ai annoncé à la maison que j'allais à ce concert, une de mes tantes m'a offert de nous payer l'entrée... Au fur et à mesure que les jours passaient, je rappelais à ma tante de ne pas oublier et elle me rassurait toujours. Mais voilà qu'une semaine avant le concert, toutes les places étant prises et, les chances de trouver de la revente étant minimes, me voilà sans billet. Et pour deux de mes frères pareil...

Je commence à tenter toutes les possibilités que je vois, mais sans résultat. Le jour avant le concert, à 9 heures du soir, totalement désespérée, je me mets à prier Faustino pour lui demander trois entrées... Eh bien, voilà que comme par magie, une cousine m'appelle pour m'offrir deux entrées que lui avait données un jeune de sa classe, empêché. Je n'arrivais pas à y croire. En quelques minutes, Faustino réussit à mettre les billets entre mes mains. L'autre billet arriva le jour suivant et sans problème. »

Pour finir, les trois purent entrer au concert, se retrouver avec leurs amis, profitant du cadeau de Faustino. María termine en disant: « Ah! Sûr! le concert a été formidable; ça valait le coup. »

Le « miracle », comme dit María, ne m'a pas choqué. Il m'a fait grand plaisir. Je voyais là la main de ce Faustino toujours prêt à rendre service, qui aurait rendu ce même service de son vivant avec plaisir. Pourquoi n'allait-il pas le faire depuis le Ciel? Pour ce qui me concerne, comme je le raconte ailleurs dans ce livre, il m'a accordé quelque chose de semblable, me faisant obtenir au dernier moment des billets d'entrée pour une béatification au Vatican. Non, cela ne m'a pas étonné. J'en ai fait part dans ma réponse à María. Et j'ai ajouté que ce "clin d'œil" sympathique et souriant que lui faisait Faustino se renouvellerait bien aussi sans doute en d'autres circonstances de la vie. Et María l'a parfaitement compris.

L'année suivante – je ne me souviens pas à quelle occasion – je lui ai écrit quelques lignes. Elle m'a répondu: « Cette fois-ci, me dit-elle, Faustino s'est servi de vous comme intermédiaire pour faire son miracle, car votre lettre, avec les prières de Faustino, m'est parvenue à un moment où j'en avais besoin. Elle a été comme un "avertissement" de Faustino pour mettre tout en ordre et repartir avec beaucoup plus de force. »

« Ça me fait encore dresser les cheveux sur la tête… »

De façon inattendue, au cours de l'été 1994, une lettre de María m'est parvenue. Datée du

19 août, neuf jours après la tragédie, ou plutôt le nouveau « miracle ». Elle commence par une exclamation manifestant sa confiance en Faustino :

« L'histoire que je vais vous raconter est une illustration claire et évidente de ce que Faustino est saint et que comme tel, il fait des miracles. Ça me fait encore dresser les cheveux sur la tête, quand j'y pense, imaginant ce qui aurait pu arriver...

Nous étions à Palma, passant quelques jours chez une de mes amies, avec deux amies et deux de mes frères. Le 10 août, cinq d'entre nous (Frankie, Marta, Vero, Roberto et moi) décidons de sortir avec le bateau pour faire du ski nautique. Nous nous réveillons de bonne heure et nous rendons au port. Une fois le bateau préparé, nous prenons la mer tous les cinq.

Avant d'aller plus loin, présentons les cinq protagonistes. Verónica, 21 ans, sœur de María ; en plus d'être sœurs, elles sont bonnes amies d'enfance, toujours ensemble. Roberto, 19 ans, le seul garçon dans la famille : « À la maison, nous l'adorons ». Marta, 21 ans, sur le point de fêter son 22e anniversaire quelques jours après l'accident, amie des deux sœurs depuis le collège. Frankie, 22 ans, a connu María à l'université : elles se sont liées d'amitié par la suite. Le cinquième personnage est cette María qui nous raconte les faits.

« La mer se dresse contre nous »

« Tout allait magnifiquement bien, nous prenions bien les vagues, au milieu des rires, des plaisanteries... Nous nous rendons à un port voisin pour prendre du carburant et puis commencer à faire du ski. Soudain, nous voyons comme un mur d'eau se dresser devant nous. Nos têtes changent. Après cette vague, une autre, et puis une autre... La mer se dresse contre nous. Frankie, qui était aux commandes, s'écrie: "Tous à l'avant!" Marta et moi nous crions: "Fais demi-tour!", mais c'était impossible. Mon frère commence à paniquer; je le prends par la main et commence à prier avec lui et nous nous recommandons à Faustino. Mon amie prenait les vagues de la bonne façon et il semblait qu'elle contrôlait la situation. Mais soudain, dans cette houle – des vagues de 4 et 5 m – le moteur s'arrête et nous voilà bloqués là. Nous examinons le moteur en train de se noyer. María, Vero et moi commençons à écoper, mais sans succès car le moteur ne marche plus et il commence à dégager de la fumée noire. Alors Frankie craque et se met à pleurer. Roberto qui avait maîtrisé sa panique s'emploie à calmer Frankie. La situation est tragique: les vagues sont énormes et la mer va nous projeter contre des rochers où nous allons nous fracasser en mille morceaux. »

« Nous nous jetons à l'eau »

« Ma sœur Vero dit que, si d'ici à une demi-heure, personne ne nous a repérés, il faut nous jeter à l'eau et nager vers des rochers qui, de notre position, nous paraissent accessibles. À 2 h 30 de l'après-midi (sans interrompre notre prière), après avoir attaché cinq bouées l'une à l'autre (pour aller à l'eau ensemble) et après avoir endossé nos gilets de sauvetage (nous en avions seulement quatre pour les cinq), nous nous jetons à l'eau.

Nous étions très mal en point. Mais grâce à Dieu, à l'ange gardien, à Faustino, à Jésus... nous avons gardé le calme et avons fait preuve de bon sens à chaque instant.

Pour atteindre les rochers depuis le bateau, nous avons nagé deux heures. Parvenus à une distance telle que nous pouvions en examiner l'accès, nous commençons à paniquer : ça paraissait totalement inaccessible. Toute tentative par là, avec de telles vagues, nous vouait à la mort. Tous les cinq accrochés aux bouées, résistant devant les rochers, nous décidons d'essayer de passer. Au signal de Frankie "Allez !", tous, excepté moi qui n'en ai pas eu le courage, franchissent les bouées et se retrouvent du côté du récif. Je n'oublierai jamais ce que j'ai vu alors. J'ai vu disparaître mon frère et ma sœur et mes deux amies. Je ne pouvais le croire. La mer les avait engloutis. Soudain, j'ai vu émerger la tête de mon frère allant à toute vitesse s'écraser contre un rocher. J'ai prié de toutes mes forces ! Mon Dieu, sauve-le, par pitié ! Ma sœur apparut à mes côtés ; je la saisis de toutes mes forces ; c'est elle qui ne portait pas de gilet puisque nous n'en avions que quatre. Frankie a crié quelque chose que nous n'avons pas compris, et lorsque nous l'avons vue, Vero et moi, nous nous sommes rapprochées d'elle. Marta était accrochée à un rocher d'où il était difficile de se dégager.

Ce que j'ai vu ensuite, après avoir récupéré Frankie, ce fut mon frère et Marta sains et saufs sur des rochers que la mer ne balayait pas : merci mon Dieu, merci ! Depuis l'eau, on les voyait bien. Deux soucis de moins.

J'ai demandé à Vero et à Frankie de prier ensemble car “là où deux ou trois sont réunis en mon nom, je serai au milieu d'eux”. Nous avons beaucoup prié. »

« Je me suis vue morte... »

« Frankie a commencé à se sentir très mal. Elle nous a demandé de la laisser couler. Nous l'avons serrée contre nous, lui avons apporté de la chaleur, l'avons tirée jusqu'à épuisement de nos forces. Nous étions dans l'eau depuis déjà cinq heures et sans le moindre signe que quelqu'un vienne nous secourir. Nous avions essayé d'accéder aux rochers trois fois, mais sans succès. L'état de la mer allait empirant.

Je me suis vue morte, et des tas de choses ont traversé mon esprit : C'était mon heure ? Pourquoi Dieu ne me regardait-il pas ? Qu'allaient devenir mes parents et ma petite sœur ? Quelle mort horrible : noyée ! et surtout si seule ! Je n'avais que 23 ans, et je n'avais presque pas connu la vie, mon Dieu... Je me suis remise à prier, à prier, à prier sans m'arrêter. J'ai fait des tas de promesses.

Alors Vero et Frankie m'ont dit : “María, il nous faut passer, et nous passerons les trois”. Nous franchissons les bouées et je saisis ma sœur de toutes mes forces. À trois, nous nous lançons. Tout ce temps qui a duré une demi-heure est totalement effacé de mon esprit. Comme si je ne l'avais pas vécu. Je me souviens seulement d'avoir crié : "Je ne vois rien", et j'entendais mon frère crier : "Fais la planche, fais la planche".

Par la suite ils m'ont dit comment ça s'était passé, mais peu importe.

Mon frère m'a prise dans les bras et m'a portée rejoindre les autres. Nous étions tous sains et saufs. Nous avions seulement des blessures légères, le corps, surtout les pieds, rempli de piquants d'oursin. Faustino nous a sauvé la vie à tous les cinq. Ce 10 août, nous avons connu une nouvelle naissance grâce à Faustino et à l'ange gardien qui ne nous a pas abandonnés un instant.

Une fois sur les rochers, voyant que les heures passaient et que les secours ne venaient pas, nous avons décidé de grimper sur un côté, au cas où la marée monterait. Les pieds pleins de piquants d'oursins, le corps couvert de coupures des rochers et morts de fatigue, nous sommes montés plus haut, nous aidant les uns les autres. Nous avons grimpé sur ce rocher à quelque trois mètres et demi de la mer. Nous y avons passé toute la nuit, sans pouvoir dormir de peur de glisser et de tomber à l'eau. »

« Nous sommes vivants grâce à Faustino »

« À 8h20 du matin, le 11, un bateau de la patrouille maritime nous repère. Compte tenu de notre position, on nous dit qu'il n'est pas possible de nous sortir de là par la mer. À 10 heures, des hélicoptères nous récupèrent par voie aérienne.

La météo marine de cette période avait signalé une mer forte, avec des vagues de cinq mètres. Aucun bateau n'avait pu sortir.

Voilà mon histoire. Maintenant vous comprendrez que nous soyons en vie grâce à Faustino. Une des promesses que j'ai faites, dans l'eau, est d'aider à faire reconnaître la sainteté de Faustino. J'espère que vous m'écrirez pour me dire comment je peux y contribuer.

Je vous envoie le récit qu'en ont fait les journaux. Ça confirme l'histoire que je vous raconte. »

Incroyable qu'ils soient tous restés vivants

En effet, les journaux nous donnent quelques détails complémentaires. Une fois signalée la disparition des jeunes, « deux bateaux de patrouille et un hélicoptère ont commencé les recherches le matin et ils ne tardèrent pas à localiser leur embarcation et peu de temps après les cinq naufragés qui s'étaient réfugiés sur les rochers. La Guardia Civil comme la Protection Civile cherchèrent à atteindre les jeunes par voie terrestre et maritime, mais sans succès, en raison de la forme accidentée du terrain. Les jeunes avaient passé la nuit aux intempéries sur un replat de la falaise, et il fut décidé que la seule façon de les sauver était la voie aérienne… Le groupe fut conduit de toute urgence au centre de soins de Son Dureta, où la police locale dut intervenir pour régler la circulation en raison de l'atterrissage de l'hélicoptère sur une piste improvisée. Ils subirent des examens médicaux pendant plusieurs heures, par crainte de présenter des fractures ou lésions importantes. Puis on les a laissés rentrer chez eux. »

La mère de María nous donne quelques détails complémentaires dans une lettre du même jour :

« Je vous écris encore pour vous faire part des faveurs que nous accorde Faustino. Comme le dit María, cette fois-ci il ne s'agit pas d'une “faveur”, mais d'un miracle multiplié par cinq vies. Je veux seulement ajouter que si les jeunes se sont recommandés au saint sur le moment et pendant toute la nuit, moi je demande tous les soirs à Faustino de protéger mes enfants physiquement et spirituellement, et je dis aussi la prière pour la béatification… María dit qu'elle était sûre que je priais Faustino moi aussi, et que ça lui donnait du courage.

Les personnes qui les ont récupérés ont souligné combien il était incroyable de les voir tous vivants. De même que le côté héroïque de leur comportement et la sagesse dont ils firent preuve en permanence. Pendant les heures passées dans l'eau et au moment d'accéder aux rochers, ils se sont mutuellement sauvé la vie, faisant preuve d'une générosité sans limite. Ils étaient disposés à donner leur vie pour sauver celle des autres, se confiant toujours à Dieu et à Faustino. »

« Ils ont appris à apprécier la vie comme un don de Dieu »

Deux mois après, Guadalupe écrivait ceci sur ses enfants : « Ils vont bien tous les trois, bien qu'ils fassent parfois des cauchemars. Cette expérience les a mûris et leur a appris à donner de la valeur à ce qui le mérite vraiment. Ils ont aussi appris à voir la vie comme un don de Dieu. »

De son côté, María réalisait sa promesse d'« aider à faire reconnaître la sainteté de Faustino », et cela avec l'aide de toute la famille. Ils distribuèrent gratuitement des livres de Faustino pour qu'il continue à faire du bien à d'autres. Et María de conclure : « Maintenant, je connais Faustino, et je me sens proche de lui. Je crois que Faustino et moi, nous sommes amis, et que, quand je lui demanderai quelque chose, il me l'accordera sûrement. »

CHAPITRE 7

« EL CHICO DE LA FOTO »
(« Le garçon de la photo »)

« Rencontre avec l'auteur »

Comment avez-vous connu cette histoire de Rocki? C'est facile d'écrire un livre à deux? Qui est Trini? Et cette histoire de la chute d'Antonio dans une crevasse, c'est vrai? Luisa, c'est quelqu'un que vous connaissez? Faustino a bien fait tout ça? Vous avez écrit d'autres livres?

Ceux qui posent de telles questions sont des garçons et des filles de 11, 12, 13 et jusqu'à 15 ans. Ils ont lu pour le cours de langue espagnole *Le garçon de la photo,* une histoire qui « tourne autour de Faustino ». Et après avoir préparé des tas de questions, voilà qu'ils ont l'occasion de rencontrer l'auteur. Tous ces garçons et ces filles – les filles plus que les garçons – le harcèlent de questions. Les préadolescents sont ainsi, enthousiastes, curieux, capables de rentrer à fond dans l'histoire. Ils l'ont vécue, ils se sont identifiés à Antonio et à son vélo. Ils ont été touchés par sa chute dans le précipice…

Un Faustino pour adolescents

Depuis longtemps, j'avais en tête l'idée d'écrire un livre sur Faustino pour des lecteurs plus jeunes, entre 10 et 14 ans environ. Un Faustino avec plus d'anecdotes, rejoignant le goût de ces jeunes, et qui puisse les préparer à aborder *Et si Dieu me parlait!*

Je me souviens que, lors d'un long voyage en train entre Vienne et la frontière française, cette question occupait mon esprit. Mais comment aborder la question? Par exemple, partir d'un contemporain et proche de Faustino maintenant père de famille, qui raconterait à ses enfants des « choses » sur Faustino, son compagnon d'études, me parut une excellente idée. Les enfants poseraient des questions et le père leur commenterait des photos du temps où il était au collège... Pour finir, je me suis arrêté sur une seule de ces photos, quelque peu mystérieuse: le père semble y être très attaché tout en ayant du mal à en parler. Et voilà qu'une lettre, authentique, d'un compagnon de Faustino me renforce dans cette idée. La photo éveille la curiosité auprès de ses enfants, et pour finir, le père accepte de parler de son ami, racontant quelque chose de nouveau chaque soir. C'est ainsi que le livre a pris forme. Non pas *Mille et une nuits,* mais quelques unes tout de même. Un livre d'anecdotes sur Faustino sous la forme d'un dialogue entre un père et ses enfants...

Une histoire « avec Faustino en ligne de fond »

À force de retourner cette idée initiale, voilà que des éléments nouveaux surprenants s'ajoutent. Nous avons deux personnes qui ne se connaissent pas, mais qui possèdent la même photo de Faustino. Il y a l'ami de Faustino, réticent à parler de lui, et puis une institutrice qui a connu Faustino à travers certains manuscrits. Les enfants du premier et un groupe de garçons et de filles curieux, intrigués par les points de correspondance qu'ils découvrent, veulent en savoir davantage… Le cœur de notre histoire est bien en place. Il reste à la situer dans son contexte et à lui donner corps.

À Rome où je résidais à cette époque, Trini León, jeune religieuse mercédaire de la Miséricorde, venait me voir de temps en temps pour parler. Elle faisait un doctorat en théologie sur le philosophe espagnol Xavier Zubiri. Un jour, au fil de la conversation, je lui parle de mon projet, de ma façon de voir les choses. Elle ne fait pas de commentaire. Mais voilà que 15 jours plus tard elle revient avec ce qui constitue pratiquement les deux premiers chapitres du livre. Surprise combien agréable ! Et c'est ainsi que les choses prirent forme ! Nous avons décidé d'écrire ce livre à deux. Il fallait commencer par rédiger un premier scénario, étudiant chacun des personnages : son âge, sa psychologie, les circonstances de sa vie. Nous sommes allés jusqu'à fixer leur date de naissance, situer l'action à Grenade, dans un village au nom fictif, mais basé sur des lieux qui existent vraiment et que

Trini connaît parfaitement. Nous nous sommes même appuyés sur des connaissances géologiques authentiques sur les Alpujarras, lieu choisi. Bien sûr, au fur et à mesure que nous avancions, des éléments nouveaux étaient insérés. C'est ainsi que « Rocki » fut une trouvaille de Trini. Par contre, la chute finale d'Antonio, nous l'avons envisagée dès le début…

La présentation du livre en résume bien le contenu : « En vacances dans un village de la Sierra Nevada se rencontrent deux personnes qui, sans se connaître, possèdent la même photo d'un garçon mort à 16 ans. Qui est ce mystérieux « garçon de la photo »? Un groupe de garçons et de filles essaye de mener l'enquête. Peu à peu, le gamin, depuis la photo, entre dans la vie du groupe. « C'est l'ami invisible ! » fait remarquer *Francisco,* dans une lettre de Xátiva.

***

À l'occasion d'une rencontre avec l'auteur, une fille de 13 ans avait écrit ces lignes qu'elle m'a lues : « L'amitié, l'intérêt pour les autres, l'entraide dominent dans ce livre. Ne pensez-vous pas que c'est bien? Pour ma part, je pense que oui. »

Une histoire avec « des valeurs »

Il est vrai que les garçons et les filles se montrent sensibles aux valeurs illustrées dans l'histoire. À travers cette fiction, un message explicite est transmis : ce sont les anecdotes et les paroles de Faustino. Mais en outre, nous recevons des messages indirects tels que : le dépassement de l'égoïsme, l'intérêt pour le prochain, la solidarité, le travail en faveur des pays en voie de développement. Aujourd'hui, on parle beaucoup d'« éducation aux valeurs ». Et on peut se demander pourquoi tant de livres pour enfants et jeunes laissent cette perspective de côté. Ici, sans verser dans la niaiserie ou le sermon, ces valeurs sont présentes.

Sœur María José P., jeune religieuse des Sœurs de Sainte Anne, enseignante au Colegio Santa Ana de Valence, le dit très bien :

« Parmi les matières que j'enseigne, il y a la langue espagnole en 6e. Un de mes soucis est d'éveiller le goût pour la lecture chez les élèves. La lecture les rendra plus libres dans cette société où domine l'image qui envahit tout et ne demande pas d'effort. Il m'est difficile de choisir des titres pour la lecture à cet âge. Il est vrai que je suis exigeante en cherchant à la fois la qualité littéraire et l'éveil au monde des valeurs y compris une ouverture à la transcendance. Cette année, j'ai de la chance. Je suis tombée sur *Le garçon de la photo* presque par hasard... J'ai perçu tout de suite que c'était là le genre de livre que je cherchais. Je l'ai donc recommandé comme lecture pour les vacances de Noël. Aujourd'hui, jour de rentrée, impatiente de recueillir les premières impressions, j'ai pu faire une estimation de la façon dont la lecture a été perçue. Ils sont ravis. Non seulement ils ont été passionnés par le récit, mais ils se sont "épris" de la figure de Faustino. »

En fait, plusieurs établissements scolaires en *Espagne*, et même un à *Latacunga (Équateur)*, ont utilisé ce livre pour le cours de langue espagnole. .

Un salésien, le père *Amadeo* nous écrit aussi dans ce sens :

« Je viens de lire votre histoire *Le garçon de la photo*. Il est minuit et demie et je ne résiste pas à l'envie de vous adresser un mot de félicitations. J'ai trouvé là un récit vivant et plein d'émotion qui peut avoir une influence bénéfique sur les jeunes parfois si dégoûtés d'autres propositions.

Je crois que la personnalité, à la fois simple et solide de Faustino peut les toucher en profondeur.

J'avoue que j'ai été personnellement touché, à certains moments : le sourire qui se lit sur la photo telle qu'elle apparaît dans le livre semble inviter à vivre dans la joie et dans l'espérance. »

« Joie et espérance » : deux valeurs bien nécessaires aujourd'hui. Faustino nous les apporte à travers « son » histoire.

« Celui que nous devrions tous être »

Les lecteurs ont cette impression. Les lettres qu'ils écrivent le montrent bien. Par exemple *Laura*, de *Saragosse*, élève au Colegio Bajo Aragón :

« Je pense que Faustino est celui ou celle que nous devrions tous être. Depuis que j'ai lu *Le garçon de la photo,* je pense davantage à lui, et mon comportement avec les autres s'est amélioré, même si le mieux ne dure que deux ou trois jours comme c'est souvent le cas. J'espère arriver à être comme Faustino un jour. Si seulement j'y parvenais ! »

Marta, de *Valencia,* nous avoue que, comme sa grand mère a du mal à lire, « je me permets de lui raconter l'histoire »...

« Ce qui m'a le plus intéressé, c'est que, non content de te divertir, ça t'apprend des choses importantes. Par exemple, j'ignorais que le rosaire est comme une fleur à la Vierge. Et depuis lors, j'ai pris l'habitude de prier un rosaire à la Vierge... au moins jusqu'à un certain point, car il m'arrive de m'endormir en cours de route. »

« À propos, ajoute *Nuria (de Saint Jacques de Compostèle)* dans une note ajoutée à sa lettre, j'aime la devise de Faustino : "Dire toujours OUI à tout ce qui est bien". Je suis impatiente de recevoir la réponse à cette lettre. »

Et dans une lettre très courte, une autre *Laura* nous dit ceci :

« J'ai trouvé le livre très bien et touchant. À la lecture, j'avais un peu l'impression de vivre la situation décrite. Faustino m'est apparu comme une personne qui a beaucoup de cœur. J'aimerais bien avoir un tel cœur ! »

Iñaki, jeune de Vitoria dit avoir tant aimé le livre qu'il lui arrive de relire « l'un ou l'autre passages qui m'ont le plus impressionné ». Et d'ajouter : « Si seulement tout le monde connaissait Faustino et apprenait de lui à être meilleur. Je crois qu'alors, tous les problèmes du monde seraient résolus. » Comme tu as raison, *Iñaki!*

***

Et les jeunes continuent à m'interroger : — *Mais Faustino a vraiment existé? Et sa tombe est bien au collège? Et les autres personnages?*

« Écrire aux auteurs… »

À la fin de l'histoire, nous avons mis un avertissement et une note. Dans l'avertissement nous avons bien spécifié la part de fiction et la part bien réelle dans l'histoire racontée par *Le garçon de la photo.* Il était précisé ceci : « Ce que vous venez de lire est une fiction. Comme dans toute fiction, les personnages sont imaginaires, inventés. Mais pas tous. Un parmi eux a bien existé, c'est Faustino, *"le garçon de la photo".* Il se trouve qu'on veut en faire un saint et que sa cause de canonisation est introduite à Rome… »

Quant à la note, elle invitait à écrire aux auteurs : « Si tu as aimé cette histoire, écris à l'un ou l'autre des deux auteurs pour leur faire part de tes impressions et, si tu le désires, tu recevras la photo de Faustino dont on parle dans le livre. »

Alors, des tas de lettres sont arrivées (et continuent d'arriver), de garçons et de filles, surtout de filles. Surmontant parfois une certaine appréhension comme cette *Lydia* qui dit ceci :

« Ce livre m'est parvenu par ma cousine qui me l'a prêté (je vais lui demander de me le donner !). Elle m'a dit qu'elle voulait vous écrire, car elle pensait que l'invitation n'était pas vraie. Quant à moi, je ne sais pas si c'est vrai, mais je prends le risque. Merci ! »

Et Lydia, comme tous ceux qui ont écrit, a bien reçu une réponse avec la photo de Faustino.

Cher José María, chère Trini

« Cher José María : Heureuse de donner suite à votre proposition, mais je regrette bien que Faustino soit mort... » écrit *Carolina*.

« Chère Trini : Comment allez-vous ? Moi, ça va. J'ai lu l'histoire de Faustino. Je m'appelle *Mar*. Je l'ai beaucoup aimée car elle fait rêver... »

Ce fut une joie pour nous de recevoir toutes ces lettres enthousiastes et spontanées, de cette spontanéité transparente et joyeuse d'une jeunesse qui s'ouvre à la vie, à l'amour, au bien, et avec cette désinvolture sympathique liée à une confiance qui n'est pas encore touchée par les désenchantements de la vie.

Ils écrivent sur toutes sortes de supports, souvent sur des feuilles de cahier d'écolier de toutes les tailles ou sur un papier fantaisie pour jeunes. Il y a des lettres, la majorité, écrites avec soin, et d'autres qui sont griffonnées ; certaines ont des dessins ou des autocollants. Certaines sont d'une orthographe impeccable et d'autres… plutôt désastreuse.

Sur l'enveloppe, une lectrice impatiente écrit ceci : « Fais vite, facteur, c'est pour mon écrivain préféré. » Ils commencent souvent pas un touchant « Salut » ou encore « Cher » qui vous va droit au cœur. « Si vous n'y voyez pas d'inconvénient, on peut se tutoyer… » dit quelqu'un. Certains, et surtout certaines, joignent leur photo, racontent un peu de leur vie et de leurs goûts. J'avoue que c'est un plaisir de répondre a des lettres si sympathiques !

Voici encore ce qu'écrit une fille de Vitoria :

« La première chose que j'ai à faire est de vous remercier, vous et Trini, de m'avoir fait passer des moments très chargés d'émotion avec *Le garçon de la photo*.

Et puis, la deuxième chose, c'est de me présenter : Je m'appelle *María Pilar*. Pili pour les amies, j'ai 12 ans, je suis rouquine aux yeux verts.

Et je remercie *Mirari*, une amie qui m'a prêté le livre en me disant qu'il était très intéressant, ce que j'ai pu vérifier cet été. C'est un des meilleurs livres que j'ai lu… »

Ou encore cette fille de *Saragosse* quelque peu romantique :

« Je m'appelle *Virginia* et j'ai 13 ans. Je fréquente le Colegio Teresiano del Pilar et ce que j'aime c'est : jouer au volley-ball, écouter de la musique, me promener, contempler la lune et les étoiles, lire et sortir avec mes ami(e)s. Après le bac, je compte me lancer dans des études de journalisme, bien que la perspective d'écrire ne m'enchante pas, mais enfin... »

Un constat unanime c'est que ce livre a été « avalé » rapidement. « C'est un livre merveilleux. En vous disant que je l'ai commencé avant hier pour le terminer hier, tout est dit. » *(Elisa – Madrid).* « Je l'ai lu d'un trait. » *(Silvia – Alicante).* « Une fois que j'ai commencé à le lire, je n'ai pas voulu m'arrêter. Je n'aime pas beaucoup lire, mais avec ce livre, j'y ai passé tous mes moments libres. » *(María – Vitoria).* « Pour moi, il est vrai que lire n'est pas mon fort, mais ce livre m'a conduit à lire un peu plus que ce que je faisais auparavant. » *(Nieves – Badajoz).* « Une fois commencé, le livre m'a tellement plu que je n'ai pas pu le quitter. » *(María del Mar – Meicende).*

Et, à en juger par le contenu de ces lettres, je vois que nous aurons bientôt une grande génération d'écrivains, surtout au féminin.

Ce que pensent les jeunes

Impossible de faire état de toutes les lettres qui se sont accumulées depuis la sortie du livre. En voici toutefois quelques-unes où peut-être l'un ou l'autre jeune lecteur pourra se reconnaître...

Trop court !

« Si je devais lui mettre une note entre 1 et 10, le lui mettrais 9,5 parce que je trouve qu'il a un défaut. IL EST TROP COURT. Je m'habituais à la lecture et y prenais goût lorsque, – plaf ! – fini… Ce fut une grâce pour moi… » *(Nuria – Santiago).*

« Un livre à conserver dans mon cœur »

« Je m'appelle Lara et j'adore lire pendant l'été. C'est par hasard que *Le garçon de la photo* m'est tombé entre les mains. Il m'a beaucoup plu et je l'ai lu en l'affaire de deux jours. Je ne vous mens pas en vous disant que je faisais suivre mon livre partout. C'est vraiment un livre très spécial, un livre que j'aimerais garder dans mon cœur pour toujours. Il faut le lire deux fois. » (*Lara – Huelva)*

Si vous en écriviez un autre…

« J'ai onze ans et je m'appelle *Belén.* J'ai beaucoup aimé le livre… J'aimerais bien que vous écriviez un autre livre sur Faustino, même si je sais que ce n'est pas facile d'écrire un livre, mais je vous promets que si vous l'écrivez, je le lis et vous envoie mes réactions. Je vous salue affectueusement. »

« Je me suis retrouvée en lui, mais en fille… »

« Je vais vous dire ce que j'ai ressenti à la lecture de ce livre. Quand apparaît le jeune Antonio, je me retrouve en lui, mais bien sûr en fille. Il est comme moi…, très spontané…, il passe son temps à parler avec des inconnus… » *(Patricia – Valencia)*

« On peut être un fan… et prier »

« Les impressions que m'a laissées le livre sont les suivantes. Il y a des garçons comme Faustino, qui, tout en ayant une vie normale, aiment se tourner vers Dieu à tout moment et pas seulement le soir au moment de s'endormir, mais dans le quotidien de la vie scolaire. Et il n'est pas nécessaire non plus d'être prêtre pour parler à Dieu comme à un ami, mais on peut le faire tout en étant un fan du club de Valence.

Et puis, un garçon ordinaire peut être touché par la vie d'un autre garçon aussi simple que Faustino. Je sais que certains ne sont pas d'accord mais, en tous cas, pour moi, il m'a enchanté ! » *(Gonzalo – Madrid)*

« Il m'a tellement touché »

« L'histoire m'a beaucoup plu. Je ressemble à Antonio : j'aime le vélo, les excursions…, moins le café au lait (bien que je ne sois jamais tombé dans un trou si profond)… Je ressemble un peu à Josmi aussi : tant que je ne connais pas les gens, je suis plutôt timide, mais une fois que je les connais, je n'arrête pas…

C'est le premier livre que je lis qui m'ait tant touché… Envoyez-moi la photo de Faustino, s'il vous plaît. Je vous en serai très reconnaissant. Je veux la mettre en bonne place dans ma chambre. » *(Pablo – Valladolid).*

***

« Faustino m'a intriguée. Où puis-je avoir plus de renseignements sur lui? » C'est Lorena qui écrit cela. En règle générale, ils/elles sont très avides de savoir. Par exemple, le papa d'Antonio les intrigue. « Le papa d'Antonio a vraiment existé? » Pourquoi ne voulait-il pas parler de Faustino?

« Sa maladie m'a révolté... »

Le 24 octobre 1986, *Salvador Regües,* camarade de classe et ami de Faustino, écrivait ceci à la mère de Faustino:

« ... Faustino et moi, nous étions très proches, très amis. Sa maladie m'a révolté. Ce fut très difficile de comprendre pourquoi il était destiné à mourir si vite. Et j'ai toujours tenu à garder le souvenir du Faustino jovial et souriant qui a grandi avec moi...

Il m'arrive aussi parfois d'oublier qu'il n'est plus là, et d'avoir comme la sensation que le malheur n'est pas arrivé et que nous allons nous rencontrer quelque part.

Bien des années ont passé, mais la vie d'un enfant ou d'un adolescent, c'est ce qui nous reste le plus. De Faustino, j'ai appris à penser davantage aux autres. C'est ce qu'il m'a le plus apporté. »

À la lecture de cette lettre, les lecteurs du livre *Le garçon de la photo* auront décelé une certaine ressemblance avec la figure du père d'Antonio, le protagoniste de l'histoire. Et ils auront pu comprendre un peu mieux ses sentiments.

Grand ami de Faustino, il est très malheureux de sa disparition, et il conserve son souvenir avec pudeur. Au moyen de la photo, il tient à conserver le souvenir « du Faustino jovial et souriant » qui a grandi avec lui.

***

Au cours de la rencontre, voilà qu'une jeune, apparemment timide, lève la main : « Et la chute d'Antonio dans le précipice, comment c'est arrivé ? Ça m'a beaucoup impressionnée… »

Ce fait est authentique, c'est bien arrivé ainsi… Un peu différemment, mais c'est bien arrivé. Voici comment…

« Huit heures dans un précipice… »

Mardi 29 mars 1988, un journal de Valencia titre en première page : « Sa vie est sauve après huit heures dans un précipice à Vallada ». Un autre journal dit : « Chef scout récupéré dans une crevasse après une chute de 23 mètres ».

« Un grave accident s'est produit dimanche soir à Vallada (Valencia) : le chef Iñaki G, 21 ans, fait une chute dans une crevasse du nom dels Sumidors. Le précipice a 23 mètres de dénivelé…

Iñaki G., avec un groupe de scouts du Colegio del Pilar de Valencia se rend à Vallada pour reconnaître les lieux, sans avoir l'équipement approprié… Pour une raison indéterminée, il tombe dans un puits de 23 mètres aboutissant à un ruisseau souterrain avec 50 cm d'eau en cet endroit. La chute dans l'eau fait que le jeune s'en sort bien. »

Le récit de l'accident fait état de l'arrivée des pompiers, de la Guardia Civil, de la Protection Civile, de spéléologues, etc. Et, sur le coup de 11 heures du soir, huit heures après la chute, le jeune de Valencia peut être récupéré. Malgré les blessures, « son état ne présente pas de gravité excessive ».

« Le puits dans lequel le jeune est tombé faisait un mètre de diamètre. La victime n'a jamais perdu connaissance et a gardé une certaine liberté de mouvements. Au moment de sa sortie, Iñaki, qui n'avait pas perdu sa bonne humeur, alla même jusqu'à dire que la prochaine fois il ferait en sorte d'être mieux équipé. »

La personne qui m'a envoyé les coupures de journaux a précisé que Iñaki, au moment de la chute, s'était confié à Faustino. Mais cela ne fut pas relaté par les journaux. C'est sur ce fait réel que nous avons construit ce qui est arrivé à Antonio, le protagoniste de notre histoire.

« Comme si j'étais dans l'histoire »

Avec les adolescents, on est impressionné par la facilité qu'ils ont de rentrer dans l'histoire, de s'identifier aux personnages :

« Je suis tellement rentré dans le jeu que j'avais l'impression de voir tous les personnages devant moi » (*Gema – Madrid)*

« J'ai neuf ans et j'ai lu plusieurs fois le livre *Le garçon de la photo*... Même si les personnages, à l'exception de Faustino, sont fictifs, pour moi ils sont bien réels. Ce qui m'a le plus impressionné c'est la façon dont Antonio, Luisa et les autres ne se rendaient pas compte à quel point Faustino faisait partie du groupe, s'identifiant surtout à Antonio. Je vous adresse tous mes vœux pour que vous continuiez à écrire des livres si merveilleux qui nous apprennent à “nous fatiguer” pour les autres, à l'image de Faustino. » (*Tatiana – Santiago, Chili*)

« Bonjour! Je m'appelle *Sara*. Je peux vous tutoyer? Je pense que oui. J'ai 11 ans et j'ai lu *Le garçon de la photo*... J'adore lire et ce livre a été un de mes favoris... À dire vrai, je regrette que ni Luisa, ni Antonio, ni don Antonio n'existent en réalité. Je crois que je suis un peu spéciale, car lorsque je lis un livre je deviens amie des personnages, et ce livre m'est allé droit au cœur... Je vous laisse en vous embrassant. »

Ce que pense *Silvia* peut résumer ce que tous ressentent : « C'est comme si j'étais dans l'histoire ».

« Vous pourriez aussi en faire un film, mais je trouve que le livre est plus émouvant, car cela facilite l'assimilation aux personnages. » *(Sofía – Saint Jacques de Compostèle)*

J'ai gardé ce témoignage pour la fin. Sofía préfère qu'on n'en fasse pas un film. Sans s'en rendre compte, elle a touché un point important.

Elle a raison : la lecture développe l'imagination. La télévision ou le cinéma, en donnant tout, non.

J'ai une belle collection de dessins qui pourrait servir pour illustrer l'histoire d'une façon merveilleuse en même temps que naïve. Une marianiste, *Loren,* me les a donnés. Ils sont faits par ses élèves de 12 ans du Colegio de Alboraya. On voit bien qu'ils ne manquent pas d'imagination !

Curiosité universelle

Ils ne manquent pas d'imagination, mais pas davantage de curiosité. Avec ces garnements, il faut toujours s'attendre à une question insolite qui vous surprend. On dirait parfois des détectives. En voici une illustration :

« Je m'appelle *María M.,* j'ai 12 ans, j'habite à Vitoria et je suis élève chez les Ursulines de Jésus.

Après cette courte présentation, je voudrais vous demander quelques petites choses. Est-ce que le village Almodóvar de la Oliva existe ? Je l'ai cherché sur une carte et je ne le trouve pas. Mais Melquís, ou Melegis existent bien précisément dans la Sierra Nevada. J'ai également trouvé un autre village dont on parle dans le livre. Est-ce qu'il y a un rapport ? Est-ce que toi, Trini, tu as quelque rapport avec lui ? Je te le demande à toi, parce que je sais que José María est né à Vitoria. Avez-vous quelque rapport avec ces lieux, l'un ou l'autre ? Peut-être que Almodóvar de la Oliva existe sous un autre nom… J'aimerais bien savoir ce qu'il en est. Merci de me répondre. »

Oui, María, compliments. Continue ainsi et tu iras loin. Tu as visé juste. Trini est de Grenade, de Orjiva (regarde sur ta carte) et elle connaît ces coins comme sa poche. Pour ce qui est de Almodóvar de la Oliva, ce lieu n'existe pas comme tel. C'est un mélange de Murchas, un village de la vallée de Lecrín, avec quelques éléments du village de las Alpujarras. Ça te va, María?

CHAPITRE 8

L'ÉTONNANTE AVENTURE DE FAUSTINO EN FRANCE

Peut-être les lecteurs de ce livre sont-ils étonnés par la quantité des lettres et témoignages venant de France. Faustino, discrètement, insensiblement, a pénétré le cœur de beaucoup de français.

Maman ! Faustino comprend le corse ?

L'aventure française de Faustino a commencé en Corse. En 1986, sœur *Ester García,* marianiste espagnole de la communauté d'Ajaccio, reçoit *Et si Dieu me parlait !* et se trouve enthousiasmée par Faustino. « Nous avons là un trésor, se dit-elle. Il faut le faire connaître. » Elle fait ce qu'elle peut : vendre des livres en espagnol aux familles d'origine espagnole, en italien à ceux qui comprennent cette langue ; des images en espagnol et en italien... Elle m'écrit alors :

« Une dame de la Fraternité marianiste a une fille de 12 ans qui s'appelle Faustina. La gamine est folle de joie d'avoir découvert ce "saint Patron" qui lui paraît si sympathique. Elle porte toujours sur elle son image et le prie beaucoup… mais en corse, car elle ne sait ni l'italien ni l'espagnol. L'autre jour, elle dit à sa mère :

« Maman, tu crois que Faustino me comprend quand je le prie en corse ?

— Je crois que oui, car on le prie aussi bien en italien. Mais on peut poser la question au père Salaverri qui te répondra mieux que moi… »

Je lui ai répondu que Faustino comprend toutes les langues. Mais je ne sais si elle a été convaincue. En tous cas, cela renforce mon désir d'arriver à des traductions en français.

Quelques mois plus tard, *sœur Ester* reconnaît, étonnée et enthousiaste, que « Faustino continue à conquérir beaucoup de gens, et surtout à faire beaucoup de bien, ce qui me donne plein de courage pour continuer sur cette voie ; je n'aurais jamais pensé qu'un livre en Espagnol aurait connu un tel succès. Ne pensez-vous pas qu'il y a Faustino derrière tout cela, et qu'il doit se réjouir de voir tout le bien qui se fait ainsi ? Et si la traduction en Français arrive un jour, encore plus ! »

« J'ai une cousine à Montpellier… »

Grâce à Faustino certainement, mais aussi grâce à sœur Ester qui le fit connaître et fut à l'origine de sa dévotion auprès de beaucoup, particulièrement au sein de la Fraternité marianiste naissante, Faustino s'est ouvert une entrée en France. « Mais, précisait-on, ici on parle français… » Et voilà qu'un beau jour, une dame d'origine espagnole, Mme Monsegú, dit à Ester : « J'ai une parente à Montpellier ; elle est traductrice ; je vais lui écrire. » Peu après, cette madame Monsegú m'écrivait ceci :

« Quand sœur Ester m'a parlé de Faustino et m'a donné le livre à lire, ça m'a tellement enthousiasmée que je me suis lancée avec joie dans cet apostolat. J'ai commandé dix livres à Saragosse…

Je viens de parler avec une cousine de Montpellier qui est traductrice. Vous n'imaginez pas son plaisir et sa joie de pouvoir faire la traduction de Faustino. Elle est tout à fait disposée à le faire gratuitement, disant que le Seigneur la payera avec des intérêts… »

Quatre mois plus tard – nous étions en 1988 –, je reçois à Rome un paquet. L'expéditeur est *Antoinette-Mireille Martínez*. C'était la traduction de *Et si Dieu me parlait !* en français ! Avec l'aide des marianistes français présents à Rome, quelques retouches sont faites et le livre est prêt pour la publication. Mais il est plus facile d'écrire un livre que de réussir à le publier. On s'est mis à la recherche d'un éditeur. En attendant de le trouver, j'ai pensé demander une présentation au cardinal Lustiger, avec à l'appui une photo de Faustino au sommet de la tour de sa cathédrale. Le cardinal n'a pas pu répondre favorablement. J'ai écrit au Canada, aux éditions Anne Sigier, aux éditions Saint-Paul de Fribourg en Suisse. J'ai aussi écrit à Paris, aux éditions Le Sarment-Fayard, précisant ceci : « J'ai écrit la vie d'un jeune qui suscite beaucoup d'intérêt. Pourriez-vous envisager de le publier? » J'ajoutais que je devais passer par Paris en mai, et que je pourrais avoir un manuscrit français de la biographie.

***

« Appelez-moi à votre arrivée »

À mon arrivée à Paris, m'attendait un mot de *Jean-Claude Didelot*, directeur des éditions religieuses chez Fayard : « Appelez-moi à votre arrivée ». Je me suis empressé de le faire. Première surprise agréable : « Venez, nous mangerons ensemble. Je vous invite. » Nous parlons de choses diverses dans un petit restaurant à proximité de son bureau. Ce fut passionnant. J'ai fait la connaissance d'une personne hors pair, engagé à fond dans l'édition vue comme apostolat, totalement impliqué aussi avec *Les enfants du Mékong,* organisation d'aide aux jeunes du Vietnam, que je trouve admirable... Nous nous comprenons d'emblée et ce fut le début d'une sincère amitié. Il me dit qu'il a le projet d'une collection de biographies de jeunes... Nous parlons de tas de choses. Pour finir, je lui remets le paquet avec le manuscrit en français :

« Vous le lisez et vous me dites s'il vaut la peine.

— Je vais le publier...

Ce qui me paraissait un excès de confiance m'incita à lui dire :

— Mais si vous ne l'avez pas lu...

— Je le connais. Ma fille qui est en terminale l'a lu. Elle a une image de Faustino dans sa chambre et je crois même qu'elle lui parle. »

Je n'en revenais pas. Il n'y avait pas encore d'images de Faustino en Français… Le mystère ne tarda pas à s'éclaircir. Ses enfants étaient au collège marianiste d'Antony. *Aude,* sa fille, étudiait l'Espagnol. Son professeur était Philippe Hue, jeune marianiste français à qui j'avais envoyé le livre en Espagnol avec l'une ou l'autre image. En classe, il a présenté, en Espagnol bien sûr, la figure de Faustino. Et pour finir il a dit: « Pour ma part, j'ai déjà lu le livre. Si quelqu'un le veut, je le lui donne… » Sans hésiter, Aude dit alors: « Moi, ça m'intéresse! » Et c'est ainsi que Faustino est entré chez son futur éditeur, par les mains de sa fille. Hasard? Providence? Que chacun pense ce qu'il voudra, mais c'est ainsi que Faustino a l'habitude de faire pour se faufiler quelque part…

« Il fait son chemin, mystérieusement, dans les cœurs… »

En avril 1989 sort la première édition avec 4000 exemplaires. En août, il faut faire un autre tirage de 4000. Depuis on a fait au moins une autre édition. Ayant renoncé aux droits d'auteur, j'ai perdu la trace des ventes, mais je peux dire que quelque 12000 exemplaires ont fait connaître Faustino en France et dans bien d'autres pays. Et ce n'est pas fini… Au moment de publier, Jean-Claude Didelot m'écrivait: « Béni soit le Seigneur qui a mis Faustino sur votre chemin… et un peu sur le mien aussi. Ce jeune fait actuellement son chemin, mystérieusement, dans les cœurs… et pas seulement dans les cœurs des plus jeunes. »

Une des premières lettres pour illustrer cela est venue de Corse, de sœur Ester, dès la parution du livre. « La ferveur et l'enthousiasme pour demander des faveurs et des grâces continuent. Peut-être ne s'agit-il pas de miracles spectaculaires, mais je les considère vraiment comme des miracles. Par exemple, telles personnes qui avaient perdu la foi et s'étaient éloignées de Dieu sont revenues à la vie par l'intercession de Faustino et vivent actuellement leur christianisme en profondeur. Ne croyez-vous pas qu'une telle conversion du cœur est le meilleur des miracles? »

Oui, c'est le meilleur des miracles. Je lui ai demandé quelques précisions sur cette famille revenue à Dieu. Voici ce qu'elle m'a répondu :

« Ils disent que la biographie de Faustino, son message, ont été un signe de Dieu, venu apporter un chamboulement dans leur vie, un retour à Dieu. Ils n'ont pas de mots pour dire et expliquer ce qu'ils ressentent et vivent. Les gens sont en admiration devant un changement si radical de tout l'être. Quand on leur demande ce qui leur est arrivé ils ne savent que répondre ceci : « Ce jeune Faustino nous a fait quitter le monde dévoyé où nous vivions, nous introduisant dans un monde neuf et habité par l'espérance. »

Telle est la première lettre porteuse d'une faveur « française ». Beaucoup d'autres ont suivi !

Cette biographie de Faustino – *Et si Dieu me parlait* – est à l'origine de tout l'apostolat français de Faustino. Largement diffusée par Fayard – du groupe Hachette – et son réseau de distribution très large, elle est arrivée à toucher les lieux les plus inattendus. Une édition polonaise en est même sortie : cette même année, un lecteur polonais qui avait connu la biographie en français a pris contact avec moi. Mais c'est là une autre histoire.

***

Une récollection avec Faustino à Dijon

Au début de l'été 1990, j'ai reçu onze pages de textes divers signés par des jeunes garçons et filles de Dijon qui avaient fait la retraite de « profession de foi », chacun avec son livre de Faustino, sous la direction du père *Jean Paul Devedeux,* aumônier de l'enseignement public de la ville. Il est d'usage à Dijon, comme en bien d'autres lieux, que, 8 ou 15 jours avant leur profession de foi, les jeunes de 5e fassent une retraite de 3 jours. Pour faire connaître Faustino, choisi cette année comme accompagnateur des jeunes dans la foi, le P. Devedeux avait organisé des week-ends pour les 4e/3e, les lycéens, et même des adultes, chaque participant achetant le livre *Et si Dieu me parlait!* Voici ce que m'écrit le P. Devedeux :

« Je tiens à vous dire combien je suis heureux d'avoir connu la vie de Faustino. Ce fut un véritable cadeau... Chacun de ces 240 jeunes a travaillé sérieusement son livre. Tous l'ont emporté chez eux et il circule parmi les membres de la famille... »

Un mystérieux *monsieur X,* qui n'a jamais voulu révéler son nom, lui avait envoyé en cadeau quelques exemplaires de *Et si Dieu me parlait!* lui faisant remarquer qu'ils lui seraient très utiles pour son apostolat. Effectivement, le père Devedeux s'est rendu compte de tout le bénéfice qui pouvait être retiré de la vie de Faustino. Sous sa direction, la retraite a consisté à approfondir le message de Faustino à partir de sa biographie. Faustino, par l'intermédiaire du prêtre est devenu le « prédicateur » de la retraite : il a atteint les cœurs… Je choisis parmi les dizaines de témoignages ceux-ci :

« Faustino, tu vois, un jour je me suis demandé pourquoi nous vivions. Et grâce à toi, j'ai trouvé une réponse. Dieu nous a donné la vie pour être heureux… Et pour être heureux, il faut avoir la foi. »

« Je suis très content d'avoir eu la chance de connaître ce livre, car il me plaît beaucoup et je dirai à beaucoup de copains qu'ils devraient le lire car on y trouve réconfort et ce qu'on doit faire de notre vie pour ne pas la gâcher bêtement. »

« Ce livre m'a passionné. Je me souviendrai de Faustino toute ma vie. »

« Je suis heureuse d'avoir fait la connaissance d'un garçon si extraordinaire. »

« C'est à nous maintenant d'avoir l'éclat de son regard et la beauté intérieure indéfinissable. Faustino, donne-nous la force car la tâche est lourde. »

Faustino porté au théâtre

Quelques mois plus tard, arrive encore de Dijon une lettre disant ceci :

« Je n'ai jamais entendu parler des marianistes, et voilà que le père Devedeux vient de me charger de monter une pièce de théâtre sur Faustino, à partir du livre que vous avez écrit. Pouvez-vous m'aider? »

La signature portait *Jacques Vincent.* Nous avons fait connaissance en nous écrivant. Mécanicien de l'Armée de l'Air, il a fait le Vietnam, puis il a travaillé dans les finances et pour finir, depuis plus de 15 ans, il se dédie totalement à la catéchèse avec l'aide de son épouse. Le P. Devedeux lui a demandé d'écrire une œuvre théâtrale sur la vie de Faustino. Ce n'est pas la première fois qu'il fait cela. Une tradition s'est même établie de donner une représentation de théâtre sacré à la cathédrale Saint Bénigne, pour le Carême.

Finalement, le jour de la St. Joseph 1991, fut donnée pour la première fois en la cathédrale de Dijon l'œuvre *Et si Dieu me parlait!* la vie de Faustino portée au théâtre. L'auteur donne à cette pièce un style de *célébration* parce qu'elle est donnée dans un contexte religieux, un contexte de prière. Un peu comme les « mystères » du moyen âge. Un grand portrait de Faustino (140 cm × 110 cm), photo agrandie par un passionné de Faustino domine la scène. Pour commencer un jeune couple de chanteurs, *Marie Jo et Claude*, dédie à Faustino une ballade de leur cru : *L'album de sa vie.* Comme des jongleurs du XXe siècle. Puis viennent les acteurs, arrivant par le fond, en procession derrière une grande croix, avant de s'agenouiller sur la scène pour une courte prière. Le public est ainsi peu à peu mis dans l'ambiance : il est aussi invité à prier et à chanter... Alors la représentation commence. Une scène double, utilisée en alternant, fait qu'il n'y a pas de temps morts dans le déroulement de l'action. Cette action est simple, en suivant la biographie et en utilisant les mots mêmes de Faustino. Ce sont les mots que Faustino a écrits sur son journal ou sur ses notes de retraite, mais qui ici sont « dits » en dialogue avec d'autres... Danger de nous donner l'image d'un Faustino trop « prêcheur »? Peut-être, mais cela ne ressort pas tellement et l'ambiance gagne peu à peu le spectateur.

En deux actes toute la vie de Faustino nous est donnée. Pour finir, en voix *off*, on entend quelques paroles qui résument son message. Le public, ému, garde un profond silence avant de laisser éclater ses applaudissements. Un spectateur écrit à ce sujet :

« Le dernier tableau s'achève par la lecture d'un texte en voix *off*, alors qu'un rond de lumière se pose sur les yeux de Faustino, brillants et fascinants, d'autant plus que la salle est dans le noir. Un rayon de lumière posé sur les yeux de Faustino. Rencontre dans la lumière, dans la vision de Dieu. Dans un silence profond naît notre contemplation.

Beaucoup en sont remués. Ce n'est pas du théâtre, mais la célébration d'une vie... Par son témoignage et par son intercession auprès de ce Christ qu'il a révélé, Faustino évangélise encore. »

Une expérience inoubliable

Tout cela a demandé une énorme préparation pour Jacques Vincent et les élèves du lycée. Recherche d'acteurs, nombreuses répétitions, toujours précédées de la prière pour rentrer dans l'ambiance et dans les personnages. Mais surtout pour que les jeunes comprennent la portée missionnaire de ce qu'ils vont faire. Ce ne sont pas de simples acteurs, mais des évangélisateurs par le théâtre. J'ai le témoignage des premiers jeunes acteurs qui ont mis au point cette réalisation. Ils n'oublieront jamais cette expérience de leur jeunesse. Malheureusement, nous ne pouvons pas donner toutes leurs réactions intégralement :

« Je m'appelle Guillaume. J'ai 13 ans. Dans la pièce, j'ai eu le rôle d'Ernesto, l'ami de Faustino. J'ai appris à connaître Faustino l'an dernier à la retraite de profession de foi et le fait de jouer cette pièce m'a appris à mieux le connaître. Je me suis aperçu que, par sa vie, je pouvais lire l'Évangile plus facilement. »

« Je m'appelle Fabienne. J'ai 15 ans. J'ai tenu le rôle d'Encarna, la maman de Faustino. Faustino témoigne qu'il est possible de vivre l'Évangile, à notre âge et actuellement. Cette pièce de théâtre m'a donné plus d'assurance et de confiance en moi, en même temps qu'elle a approfondi un sentiment d'utilité pour les autres. J'ai découvert aussi l'importance et les responsabilités d'une mère de famille…

Faustino m'incite à me rapprocher du Christ et me guide dans ce sens, par son courage, sa gentillesse, l'amour qu'il porte aux autres. Il est la preuve qu'il est possible de concilier la foi et une vie d'adolescent. »

Fabrice, 14 ans, était souffleur :

« J'ai été heureux de découvrir Faustino et j'ai pu mieux écouter de mon poste de souffleur. C'est comme au football – puisque Faustino aime ça –, le gardien de but a une vue sur tout le jeu ; ça lui apporte beaucoup. En effet, j'ai bien pu examiner le personnage de Faustino. J'en ai conclu que Faustino vivait finalement très simplement. Je m'imaginais que le saint avait une vie très compliquée, qu'il se cassait la tête pour dire deux mots qui impressionnent… »

Le témoignage de celui qui a tenu le rôle de Faustino résume peut-être ce que tous ont ressenti :

« Je m'appelle Samuel, j'ai 14 ans, j'ai été choisi pour tenir le rôle principal, celui de Faustino. J'étais à la fois rempli de joie et de peur. Je devrais être à la hauteur. Je pense que la réalisation de cette pièce a été une expérience pour tous, pour nous les acteurs, pour tous nos camarades de catéchèse, et aussi pour tous les spectateurs venus nombreux (nous avons fait trois veillées). Tout au long de la préparation de cette pièce (nous avons travaillé six mois), nous avons approfondi notre foi, nous avons appris à être plus courageux, plus persévérants dans l'effort.

Puisse l'exemple de Faustino rester longtemps dans nos mémoires! »

Faustino n'est pas la première œuvre théâtrale de M. Vincent. Tous les ans, avec l'équipe pastorale et les jeunes de l'aumônerie, il monte pendant 6 mois une sorte de « drame sur l'Eucharistie », habituellement représenté à la cathédrale à l'occasion du Carême. On peut dire que le montage théâtral sur Faustino se classe parmi ceux qui ont eu le plus grand succès, avec le plus de représentations, 18 en tout (3 à Antony, puis à Lyon, Colmar, Saint-Dié, et en Côte-d'Or). Comme les jeunes grandissent, il a dû préparer divers groupes successifs d'acteurs. La troisième équipe a présenté Faustino à Paris en août 1997, lors des Journées Mondiales de la Jeunesse.

Il n'est certes pas facile de transporter et de monter le matériel nécessaire avec les décors (réalisés aussi par Jacques Vincent), les costumes (l'affaire de l'épouse de Jacques) et le matériel d'éclairage et de sonorisation (sous la responsabilité du Père Éric Ardiet). Tout cela n'est pas très simple. Il faut un camion. C'est dire que cela implique beaucoup de temps, d'argent, de bénévolat… En 1992, à Paris, la mère de Faustino a assisté à la « célébration théâtrale ». Cet enthousiasme avec tous ces efforts déployés par les jeunes acteurs comme par l'équipe d'adultes chargés du transport, du montage des décors, de l'éclairage… tout cela est impressionnants! Mais c'est là une semence d'Évangile si féconde et en même temps si mystérieuse!

***

Chambarand : Le Rosaire avec Faustino

Chambarand n'est pas très facile à trouver. Ce monastère de religieuses trappistes est situé entre Saint-Étienne et Grenoble, à quelque 50 km de l'une et l'autre de ces deux villes. Lieu isolé, dans un cadre de nature impressionnant, très vert l'été, mais facilement couvert de neige l'hiver. Isolé mais plein de vie. Beaucoup de visiteurs, accueillis à l'hôtellerie ou hébergés dans les environs, viennent y chercher paix et silence, en participant à la prière des 60 religieuses, parmi lesquelles pas mal de jeunes, qui habitent ces lieux. Pour vivre, elles tiennent une fromagerie, produisant un fromage savoureux au goût bien typique. En outre, elles ont lancé des collections de petits livres sur le Rosaire qui ont connu un grand succès. *Le rosaire, Textes de… :* chaque feuille commente les mystères avec des phrases de saints ou d'auteurs spirituels renommés.

Avec une jeune française, j'ai préparé un *Rosaire, Textes de Faustino*. C'était là une occasion de faire connaître des textes inédits de Faustino, pris dans son journal et dans ses notes de retraites. Le manuscrit fut accepté et il sortit en octobre 1990 avec un tirage de 5000 exemplaires. Fait curieux : au même moment sortait un autre livret avec des textes du cardinal Journet. Les ventes de Faustino dépassèrent celles du grand théologien suisse à tel point que l'édition fut vite épuisée et que, en 1993, un nouveau tirage de 5000 fut décidé. Où en sommes-nous aujourd'hui? Un 3e tirage de 5000 vient d'être fait, avec une couverture renouvelée. Ce succès avec les lettres reçues à Valencia témoignent combien Faustino continue à nourrir la foi par le soutien de la prière à Marie. Nous avons là des textes simples qui touchent les cœurs. Faustino ne les avait jamais destinés à être publiés!

***

Une messe *scoute* à Saint Jean de Luz

« J'ai appris que vous allez passer à Irun cet été. Pourriez-vous venir dimanche 21 août célébrer la messe à Saint-Jean-de-Luz? Nous y avons convoqué quelques amis, tous chefs scouts de divers coins de France, pour entreprendre ensemble un voyage à travers l'Espagne. Vous pourriez prendre le repas du soir avec nous et ce serait là une excellente occasion de nous parler de Faustino que nous connaissons tous un peu, mais que nous voudrions connaître davantage. »

C'est ce que m'écrivait en 1994, *Marie-Josèphe,* jeune amie française, membre des *Scouts d'Europe,* une de ces nombreuses amitiés qui se sont liées par Faustino. Le temps était avec nous et nous avons eu une soirée fort agréable. Marie-Josèphe en profita pour me présenter à son fiancé, *Scout* lui aussi, venant de terminer ses études d'ingénieur. Nous célébrons l'Eucharistie en plein air, assis par terre, profondément recueillis, la mer servant de décor, avec des chants magnifiques (il faut dire que plusieurs participants faisaient partie d'une chorale scoute). Ils préparèrent un repas simple pris sur l'herbe, et pour finir, ils me demandèrent : « Maintenant, parlez-nous de Faustino ». Quelle attention et quel intérêt pour écouter et pour poser des questions chez ces jeunes ! J'ai rarement eu un auditoire si intéressé. La personne de Faustino, amoureux de la montagne comme de la campagne, de Dieu, de la nature, les fascinait. Ils avaient déjà entendu parler de lui : la revue du mouvement avait publié l'un ou l'autre article sur Faustino, et plusieurs d'entre eux s'étaient inspirés de Faustino lors de camps avec des garçons et des filles.

« Comme Faustino, j'essaye d'être simple et joyeux »

Pour finir, l'un d'entre eux, *Emmanuel A.*, séminariste venant d'être ordonné diacre, me dit : « Je vais vous montrer quelque chose. Vous le reconnaissez ? » Une icône de Faustino. « Je l'ai peinte voilà 3 ans en lisant le livre. J'aime peindre des icônes. » Nous bavardons abondamment. « Personnellement, j'ai découvert Faustino au cours d'un voyage en Autriche avec la chorale scoute (dont certains membres sont ici présents) à Pâques 1990. Ceux qui avaient préparé les temps de prière avaient choisi quelques extraits du livre, et ces extraits m'ont donné envie d'en savoir plus. Au retour, j'ai acheté le livre. Et c'est ensuite que j'ai réalisé cette icône qui me rend Faustino présent d'une manière plus sensible… »

Emmanuel parlait de Faustino avec chaleur :

« Si j'ai désiré qu'il soit présent ainsi, c'est pour me rappeler que Dieu ne demande pas des choses difficiles, mais à la mesure de chacun, des choses à vivre dans la simplicité et la joie. Simplicité et joie ne sont-elles pas des signes de la présence de Dieu ? Avec la prière de Faustino, j'essaye moi aussi d'être simple et joyeux. J'ai toujours fui autant que possible ce qui est compliqué (et en cela, Faustino me plaît bien !).

Je crois que pour les jeunes (et les moins jeunes), ce qui est intéressant chez Faustino, c'est qu'il est comme nous, et au milieu de ses occupations les plus diverses (du foot à la maladie !), il cherche à être pleinement lui-même sous le regard du Père. Il a compris aussi que Marie saurait bien l'aider à mettre sa main dans celle du Père. »

Bien sûr, Emmanuel avait bien compris Faustino. Faustino l'avait aidé et continuait à l'aider dans sa préparation au sacerdoce : Faustino avait une vocation religieuse. En cela, il est bien placé pour intercéder en faveur de tous ceux qui sont en recherche. La fermeté et la fidélité vécues dans cette vocation en font un exemple, un grand frère sur cette route spéciale qu'est la consécration d'une vie à Dieu.

Cette soirée fut inoubliable pour chacun de nous. *Claire,* étudiante en médecine, écrivait après ce voyage : « Ce qui s'est passé à Saint-Jean-de-Luz m'a touchée profondément. Quelle merveille que cette vie de Faustino ! J'aimerais tant être comme lui… »

L'icône de Faustino

Vers la fin de l'année, Emmanuel m'envoya une photo de l'icône, avec une longue lettre explicative. Très intéressante. J'en donne quelques extraits :

« La peinture d'une icône est une prière, un travail sous le regard de Dieu. C'est aussi un moyen de donner Dieu à tous ceux qui prieront avec cette icône, et même un moyen d'enseignement catéchétique…

Je vous dirai même que j'ai compris la communion des saints depuis que je vis avec des icônes : elles sont là et rayonnent silencieusement de leur présence. Tous ces personnages, transfigurés en Christ, nous donnent une parcelle de sa lumière, et pourtant ils gardent tous leurs caractéristiques. Ils ne sont pas fondus dans la lumière du Pantocrator, mais chacun à sa place, rayonne de la lumière du Pantocrator.

L'icône de Faustino est bien simple, comme lui. Comme toute icône, ce n'est pas un portrait, mais une « codification iconographique » qui exprime le Faustino vivant dans la plénitude de Dieu, transfiguré dans cette simplicité. Son polo bleu rappelle lui aussi cette simplicité, mais par le bleu, couleur de la Vierge pour nous occidentaux, j'ai voulu que Marie soit discrètement présente. Le fond clair et chaud donne une note joyeuse, alors que les traits « figés » comme disent ceux qui ne comprennent pas les icônes, expriment cette plénitude de joie, de paix, d'amour et de lumière dont Faustino bénéficie maintenant. »

Dans son ministère de prêtre, Emmanuel compte sur le soutien de Faustino.

***

Faustino, missionnaire en France

Un certain nombre de revues d'associations et de mouvements en France ont publié des articles sur Faustino. Par le biais de livres et de publications, Faustino, avec sa simplicité naturelle, est entré dans le cœur de beaucoup de français. La France a été fertile en initiatives pastorales qui ont tiré parti de la figure et du message de Faustino. Il existe même une biographie de Faustino en bande dessinée, œuvre de Roger Saingt, un gros travail restant en panne d'éditeur... Et depuis la France, Faustino est passé au Canada francophone, en Afrique francophone..., et en Pologne.

En octobre 1991, un jeune marianiste français, Olivier Glaize, a eu l'idée de créer, au collège St. André de Colmar, une organisation appelée « Les Amis de Faustino ». Mais c'est là toute une autre histoire... que nous allons raconter un peu plus loin (chapitre 10). Depuis 1991, de tels groupes sont nés ailleurs, certains portant formellement le nom de Faustino, d'autres non... Au moment où ce livre est publié en français (2004), au terme d'une évolution qui a cherché à prendre en compte diverses sensibilités pour l'accompagnement pastoral des jeunes, on peut dire que le mouvement JFM qui vient de naître trouve en Faustino un excellent guide pour la route. On trouvera, à la fin de ce livre, une page sur le dernier rassemblement JFM à Valencia l'été 2003 et tout ce qui touche les JFM sur le site : http://www.marianistes.com/jfm/

****

CHAPITRE 9

MON CHEMIN VERS LE CHRIST AVEC FAUSTINO

(du Judaïsme à l'orthodoxie)

« Je suis entré dans une librairie par curiosité... »

« Je vous écris pour vous demander un conseil. J'ai 35 ans. Je suis juif et je m'appelle Mario... »

C'est ainsi que commençait une lettre de France, reçue en juillet 1994. La lettre continuait :

« Vers l'âge de 15 ans, j'ai vécu un choc alors que j'étais dans une église. Cela s'est passé entre l'élévation et le Notre-Père. Puis, pendant 2 ans, j'ai ressenti le monde comme imprégné de la présence du Christ, vraiment vivant !

Hélas, les illusions de l'intellect rationnel et les diverses tyrannies du monde matériel étouffèrent cela. Mais pas totalement.

L'été dernier, les *Récits du Pèlerin Russe* (qui parlent de façon si émouvante de la prière du cœur) rallumèrent en moi le désir spirituel, et créèrent une ouverture.

Puis, fin octobre 93, j'entrai par curiosité dans une librairie ; pour ne pas repartir les mains vides, j'achetai le livre le plus petit : *le Rosaire avec Faustino.*

Il commençait à faire froid, mais je me suis assis dans la rue pour finir de le lire, saisi d'une très grande émotion. La pensée que Faustino avait librement accepté son sacrifice brisait mon orgueil ; ses grandes et nobles effusions d'amour mystique me bouleversaient... À nouveau cette présence, après 20 ans d'obscurité... »

Et sa lettre continuait : « Certains soirs, je rêve d'aller à Valencia pour être baptisé le 3 mars... ». Il en venait à avouer qu'une telle perspective l'effrayait plutôt, car il serait alors amené à faire pas mal de ruptures douloureuses...

« J'ai reçu le baptême à Saint Wladimir... »

Comme il habitait près de Paris, je lui répondis en lui donnant l'adresse d'un prêtre qui pourrait l'aider. Il me répondit pour me remercier, disant que, même si ça lui coûtait, il allait prendre contact avec le prêtre que je lui recommandais. Et il ajouta :

« Sans doute, je vous écrirai à nouveau lorsque j'aurai été baptisé, car je ne pourrai pas contenir ma joie et mon désir de faire savoir que c'est Faustino qui m'a sauvé la vie. Faustino, le bien-aimé, m'a aussi appris à prier et à aimer la Vierge. Ce trésor ne sera pas perdu... »

Des mois passèrent au cours desquels il m'écrivit seulement quelques lignes au moment de Noël, ou pour me demander un livre sur Faustino en espagnol, ou encore pour faire un don pour la cause de Faustino. Pour finir, en juin 1996, j'ai reçu une carte postale avec un dessin de Picasso et ces simples lignes :

« J'avais promis de vous écrire quand je serais baptisé. C'est fait depuis le 9 juin, dans la crypte de la cathédrale Saint Wladimir.

Je n'oublierai jamais que c'est Faustino qui m'a annoncé la Bonne Nouvelle du Christ ressuscité. Il écrivait : "Je serai pêcheur d'âmes", et c'est ce qu'il fait. »

Saint Wladimir ? Ce nom me laissa quelque peu déconcerté. Saint Wladimir est un saint russe de l'Église orthodoxe russe. Je lui ai adressé mes sincères félicitations et lui ai envoyé, comme cadeau de baptême, le livre *El rosario con Faustino* en Espagnol, langue qu'il comprend. En même temps, je lui faisais comprendre discrètement que j'avais bien réalisé qu'il avait reçu le baptême dans l'Église orthodoxe, et que cela me réjouissait.

Je lui demandai s'il voulait bien me faire part du récit de sa conversion. Et plus tard, je lui demandai encore s'il voulait bien me permettre de le publier. Il me répondit que oui, si ça pouvait faire quelque bien, mais que cela lui coûtait, car il craignait que certains le prennent pour un fou. « Pourquoi ? », lui demandai-je. « Pour les fois où je dis que Faustino me *parlait*. » Et de m'expliquer qu'il ressentait intérieurement ces paroles, distinctes de celles correspondant à sa propre pensée. Je le tranquillisai : « En langage spirituel, on appelle cela « locutions intérieures », et c'est là une grâce que certains reçoivent... »

Découvrir les trésors de nos ancêtres

« Tout a commencé quand j'avais 13 ou 14 ans. Je lisais la Bible comme on fouille dans le grenier de ses grands parents, y découvrant les trésors de mes ancêtres, mon héritage : la colère et l'amour des prophètes, les larmes et la joie des psaumes, la grandeur de la louange, la profondeur de la souffrance... À côté du monde des adultes que je découvrais, – monde idolâtre qui prône l'attachement aux apparences, l'esprit de compétition, l'appropriation des richesses comme finalité du désir et de la vie – s'ouvrait devant moi un autre monde, où l'homme cherche Dieu et le désire de tout son cœur et de toute sa force.

Au cœur de ce monde-avec-Dieu, je devinais peu à peu une présence, terriblement discrète, humble et douce : "Il s'est dressé devant nous comme une plante faible, comme un rejeton qui sort d'une terre desséchée". Le point central vers lequel convergeait l'aventure de mes ancêtres, l'attente des prophètes, et tout mon désir, était à l'inverse des valeurs du monde : "il n'avait ni beauté ni éclat pour attirer nos regards, et son aspect n'avait rien pour nous plaire" (Isaïe, 53, 2). Il remettait toute chose à sa place – "heureux vous qui pleurez maintenant" – ... et c'est pour cela que j'aimais Jésus. »

« Avec Jésus, un Juif ne change pas de religion »

« En mettant sa foi dans le Christ, un juif ne change pas de religion : il continue à s'inscrire dans la longue tradition biblique ; il change de confession – "je confesse que tu es en vérité le Christ, le Fils du Dieu vivant" – Combien de juifs sont empêchés d'aller vers le Christ par ce que Jean-Paul II appelle « le contre-témoignage des chrétiens » (et de la chrétienté au long de l'histoire) ? Si nous le savions, nous serions effrayés.

Quand j'avais 15 ans, j'allais souvent aux messes car je connaissais l'organiste. Le dimanche de l'Ascension, un grand silence m'a envahi ; l'air s'était imprégné d'un parfum particulier : je savais, parce que sa présence m'était une évidence physique, que le Christ était ressuscité.

Pourtant, quelques mois plus tard, je me retrouvais comme s'il ne s'était rien passé : triste, névrosé, frustré et inquiet, cherchant « le divin » dans les gnoses artificielles et les ésotérismes orgueilleux, cherchant la guérison de mes blessures affectives auprès d'êtres dont l'apparence physique m'attirait, sans comprendre qu'ils étaient tout aussi blessés et déçus que moi.

Cela a duré de nombreuses années et peu à peu je me suis rendu compte que ce jeu d'apparences était illusoire et que ce que j'étais en vérité restait extérieur, dans l'ombre, méconnu des autres et de moi-même. »

« Un jour, sur le parvis de Notre-Dame »

Puis, il raconte l'épisode déjà signalé dans sa première lettre : le passage dans une librairie religieuse. Rien ne lui plaisait. Il achète un « petit livre bon marché qu'il pourrait ensuite jeter sans regret »…

« Mais avant de m'en défaire, j'y jetai quand même un coup d'œil. Celui qui écrivait était quelqu'un de terriblement attachant. Avec les paroles simples et claires d'un enfant, il ne parlait que "d'aimer infiniment", de "joie sans limite". Dans le bonheur et la souffrance jusqu'à la mort, il n'était que « grand désir » de Dieu. C'était Faustino.

J'eus l'impression que tout ce que je m'étais construit, mon ego, ma forteresse vide, s'écroulait ; et j'ai pu enfin sentir l'air frais, l'air à nouveau imbibé de ce parfum…

Pendant neuf mois, cela m'a travaillé en silence, sans modifier extérieurement ma vie. Un jour, en quête de plaisirs charnels, je m'arrêtai sur le parvis de Notre-Dame de Paris. Je levai les yeux vers l'endroit où Faustino se tenait lors de la fameuse photo ; près de moi, un groupe de collégiens espagnols chahutaient… comme en juillet 62. La certitude m'est venue que j'étais en train de perdre ma vie – et en même temps je sentais physiquement que j'étais un cadavre en décomposition !

Le soir même je vous ai écrit… »

« Une voix juvénile, pleine de gentillesse... »

Ensuite, il écrivit au prêtre que je lui avais conseillé de voir. Il n'osait presque pas ouvrir la lettre de la réponse...

« Votre livre – *Et si Dieu me parlait!* – était près de moi, et je dis en regardant la photo de Faustino sur la couverture : « Aïe! Que va-t-il encore m'arriver? » Et à ma grande surprise, j'entendis une voix juvénile, pleine de gentillesse et un peu moqueuse, me dire : "Mais ne t'en fais donc pas!" Ce qui était particulier, c'était l'impression de bienveillance et de paix qui l'accompagnait, et aussi ce que j'appellerais, faute de mieux, une certaine autorité : impossible de ne pas en tenir compte.

Un soir, après avoir lu des livres où la Vierge était considérée comme un être divin, voire comme une déesse, en regardant la photo de Faustino, j'entendis la même voix : "Il est très important qu'elle soit pleinement humaine".

J'ai cheminé pendant une année scolaire avec le père A., dont j'ai pu apprécier les hautes qualités : bonté, délicatesse, grande finesse d'esprit et de cœur... Cependant, plutôt que d'un sage conseiller, j'avais besoin de l'Église du Christ. »

Le Père A., ayant quitté Paris, le mit en contact avec un service de catéchuménat paroissial. Ce fut une déception : un relent d'antijudaïsme, peu de connaissance des Écritures... Mais peut-être, comme on dit, nous n'étions pas faits l'un pour l'autre. »

« Je sais tout ce que je dois à Faustino... »

« Un jour que j'étais particulièrement triste, j'ai interpellé Faustino : "Pourquoi m'as-tu poussé dans cette voie ?" et j'entendis la réponse : "Pour que tu sois acquis à Jésus, et à l'Église".

En effet, il aura fallu une aide formidable du Ciel pour que je sois finalement acquis au Christ, malgré tous les obstacles intérieurs et extérieurs. Combien de fois aurais-je désespéré ou abandonné sans ton aide, Faustino, sans tes encouragements, sans ta présence consolante et réconfortante comme celle d'un grand frère ! Une fois que j'étais proche du désespoir, j'ai vu en rêve Faustino venir vers moi avec un cadeau ; le lendemain, j'ai reçu un livre que le père José María m'avait envoyé sans prévenir. Ce clin d'œil me fut d'un grand secours.

Bien sûr, aujourd'hui, les manifestations ont cessé, car je n'ai plus besoin d'une aide aussi forte. Ça ne me dérange pas ; je sais ce que je dois à Faustino (plus que tout au monde), et mon affection pour lui est sans faille.

Lorsque j'ai cessé d'aller au catéchuménat, je me suis adressé à Faustino : "Excuse-moi, mais cela aurait été hypocrite de ma part de continuer", et j'ai entendu : "On va pouvoir commencer les choses sérieuses".

Dans le même temps, ma vie de prière prenait un peu d'ampleur. Au début, j'avais pris l'habitude de dire le chapelet dans la rue, en marchant. Puis j'ai éprouvé le besoin de le dire dans la solitude, devant l'icône de la Mère de

Dieu. L'expérience est très différente. On prie sous le regard de Marie, et il arrive que, par éclairs, on ressente sa proximité, sa limpidité, son infinie compassion pour les hommes. »

Faveurs de Faustino

« Un soir, un garçon d'une vingtaine d'années me téléphone pour me dire qu'il souffre depuis quelque temps d'une forte fièvre, sans autre cause, selon lui, qu'un virus mortel qu'il aurait contracté au cours d'une rencontre. Je prie pour lui, interroge Faustino et entends : 'Physiquement il n'a rien mais dans sa vie c'est le chaos total ; il faut qu'il change". Ce garçon garda cette fièvre pendant plus d'un mois ; je finis par croire qu'il était malade et que la voix que j'avais entendue était imaginaire. Quelques jours avant l'arrivée du résultat de son examen sanguin, sa fièvre tomba et l'examen révéla qu'il n'avait rien.

Un jour, au travail, j'avais laissé sur mon bureau un petit livre sur Faustino. Une jeune femme, affligée d'une névrose qui touchait même douloureusement son corps, passa me dire bonjour et fut attirée par le livre. Je le lui donnai. Quelques mois plus tard, je la revis ; elle était rayonnante et semblait avoir rajeuni de 10 ans. Je lui demandai pourquoi : "C'est ce garçon espagnol ; de le voir accueillir la souffrance et la mort avec une telle fraîcheur, ça m'a fait comme un déclic". Quelque temps plus tard, sa mère entrait à l'hôpital pour être opérée d'une tumeur. Avant l'opération, on lui fit une dernière radio ; comme il n'y avait plus trace de tumeur, les médecins conclurent qu'ils s'étaient trompés et ne l'opérèrent pas. Et puis la fille de cette jeune femme alla à la messe pour accompagner une amie ; elle s'y trouva si bien que maintenant elle participe à des retraites et des pèlerinages avec des jeunes de son âge. »

« Laisse-moi faire »

Le départ du père A. fut difficile pour Mario. Il connut encore des déceptions en paroisse. Il revint à Faustino et entendit alors ces simples paroles : « Laisse-moi faire ».

« J'ai eu bien du mal à retrouver la paix intérieure ! La première fois qu'une graine avait été jetée en moi, quand j'avais 15 ans, elle s'était desséchée faute de trouver une terre profonde et humide où enfoncer ses racines. C'est le rôle de l'Église d'être une terre, une matrice pour la semence de l'Esprit-Saint. Maintenant, je savais la nécessité de rejoindre l'Église que le Christ a désiré construire lui-même, et je ne rencontrais que de l'affliction. “Heureux ceux qui pleurent” – mais je ne connaissais pas mon bonheur. Je ne savais pas quelle joie germait pour moi dans cette obscurité. “Celui qui sème avec les larmes récolte dans la joie”. (Psaume 126)

Les auteurs spirituels qui me plaisent le plus, avec lesquels ma spiritualité et ma sensibilité semblent le plus en harmonie, sont en général les Russes : le merveilleux père Spiridon (auteur de *Mes missions en Sibérie*), *le Pèlerin Russe*, saint Jean de Cronstadt, les saints moines Séraphin et

Silouane… Le hasard de mes lectures me ramenait toujours vers l'orthodoxie en général et la spiritualité russe en particulier. Cela me fit réfléchir : l'Église orthodoxe est héritée des apôtres, l'enseignement et la tradition patristique y sont vivants. Elle est restée fidèle au cours des siècles malgré les incessantes persécutions, la vénération pour la Mère de Dieu y est grande et le Credo y est inaltéré. »

Vers l'Église orthodoxe

« Le désir me vint à nouveau d'être baptisé et de rejoindre l'Église du Christ. Je rendis visite au père Alexis, qui m'intimidait beaucoup, car il était à mes yeux d'abord un théologien de renom, un personnage important… Je me rendis vite compte qu'il était tout le contraire d'un "personnage" : c'était un homme d'une modestie touchante, un pasteur débordant de tendresse paternelle, doué d'un formidable esprit ecclésial. Dès notre première rencontre, il me proposa de prier avec lui (ce qu'aucun prêtre catholique n'avait jamais fait) : ce fut une expérience inoubliable !

Puis je découvris les liturgies, d'une si grande profondeur spirituelle et si riches d'enseignement théologique, dont la beauté est un reflet de la beauté des liturgies célestes, que les chérubins chantent devant la face du Très Haut. Dès le début, je m'y suis senti "chez moi".

Lorsque le père Alexis m'a baptisé, le soir même, je sentis que ma vie jusqu'alors informe avait trouvé un sens. Je ne prends conscience que peu à peu de l'immensité de l'Eucharistie. Le Christ est là, réellement et physiquement présent : par l'Eucharistie, il nous devient proche, dans la plénitude de sa présence physique, incarnée, ressuscitée. Et il nous unit tous dans l'amour.

Faustino, tu écrivais : "Ce serait formidable d'aller sauver des âmes… Je vais être pêcheur d'âmes".

Il n'y a rien de plus triste que la mort d'un enfant. Et la mort avec lui de ses rêves, de ses projets. Mais voilà : la mort est vaincue ; et c'est toi qui as pêché mon âme et l'as amenée au Christ. Bon et fidèle serviteur !

Loué soit l'Éternel notre Dieu : Christ est vraiment ressuscité ! »

« Merci, Faustino ! »

Cette histoire de Mario peut paraître un peu étrange : Faustino qui conduit quelqu'un vers l'Église orthodoxe ! Certes, cela m'a surpris, mais je l'ai parfaitement compris. Je le lui ai donc manifesté. Il me répondit ceci :

« Je vous remercie de votre lettre si gentille. À vrai dire, j'avais un peu peur que vous ne compreniez pas que je sois devenu orthodoxe. Votre lettre m'a vraiment donné une grande joie. »

Mario, de juif qu'il était, « continuait dans la grande tradition biblique », comme il le dit lui-même. En fonction de sa psychologie et de ses goûts ; la grande liturgie orientale le comble intérieurement. Il se rend compte combien il est difficile de la faire apprécier aux jeunes de notre temps… Mais Mario, chrétien orthodoxe, aime aussi l'Église catholique romaine, le Pape, les saints… Comme je le lui écrivais quand j'ai été informé de son baptême, Faustino ne l'aurait-il pas conduit sur ce chemin pour qu'il devienne un apôtre de l'œcuménisme, un artisan d'unité? Dans le bulletin paroissial de sa paroisse orthodoxe, il a publié un article sur Faustino et un autre sur le martyr Jacob Gapp, victime du nazisme et béatifié par Jean-Paul II.

Dans une très belle lettre, il me fit part de sa reconnaissance « à Faustino », soulignant chaque « merci » avec une phrase extraite du livre :

« Merci de m'avoir conduit par la main comme tu aurais conduit ton petit frère. Merci pour ta gentillesse, ton humour, ta fidélité. ("Aimer les autres pour l'amour de Dieu, car ils sont nos frères dignes d'être aimés.")

Merci pour ton formidable amour de Dieu, qui nous éclabousse et nous ensemence. ("Ne pas garder pour moi tout l'amour que j'ai pour toi, mais le donner aux autres…")

Merci d'avoir tenu bon quand tu étais dans les souffrances et les tentations ("Avant de mourir, me jeter mille fois dans le Christ, de toute mon âme").

Merci d'être un apôtre ("Que, en me voyant, on voit le Christ!")

Merci d'avoir, pour moi et pour tous ceux qui savent que tu es réellement vivant, transformé l'espérance de la Résurrection en certitude ("Construisant le Ciel ici sur la Terre"). »

Ailleurs il écrivait : “Plus le temps passe, plus je me rends compte que je ne suis pas le seul à avoir un contact réel et vivant avec Faustino. C’est là une grande grâce, et je pense que le Seigneur le permet souvent. C’est normal, puisque Faustino est pêcheur d’âmes.”

Mario est venu à Valencia pour remercier Faustino de l’avoir mis sur le chemin du Christ. Le père Boris, prêtre orthodoxe qui l’a baptisé, lui a adressé ces quelques lignes :

“Il est bon que tu sois allé sur les traces de Faustino ; je pense que de là-haut, il veille sur toi avec ton ange gardien.” »

CHAPITRE 10

ILS ONT PRIS LE NOM DE FAUSTINO

« Le prochain Point Cœur s'appellera Faustino... »

« La maquette de votre livre est presque terminée. Il manque d'y insérer quelques photos... J'espère pouvoir vous envoyer les premiers exemplaires de *Les quatre oui de Faustino* début septembre. Il va être publié dans notre collection *Arc-en-ciel*...

Je tiens à vous annoncer une autre bonne nouvelle. J'ai décidé que le Point Cœur que nous allons ouvrir en novembre prochain au Salvador, s'appellera *Point Cœur Faustino Pérez-Manglano*... »

C'est ce qu'écrivait le père Thierry de Roucy, supérieur général des Serviteurs de Jésus et de Marie, le 2 juillet 1994. J'ai fait la connaissance du père Thierry lorsqu'il étudiait la théologie. Il était jeune, homme de foi, et comme supérieur d'une congrégation religieuse nouvelle, il a su lui donner un grand dynamisme. Il a mobilisé aussi des jeunes gens, garçons et filles, volontaires laïcs appelés « Amis des enfants », pour les envoyer en petits groupes vivre en des lieux pauvres où il y a des enfants. Que leur apportent-ils? Avant tout et surtout de l'affection; c'est là leur grande originalité.

La première équipe de volontaires pour le Salvador se composait de 3 filles et un garçon. Liliane, d'Argentine, et trois, de France: Alyette, Guillaumette et Damien. Avec un engagement de douze ou seize mois, avant d'être relayés par d'autres volontaires. Ils se sont préparés à l'abbaye d'Ourscamp, maison mère de la nouvelle congrégation. Ils ont appris à vivre ensemble pendant quelques mois, avec des notions de psychologie et un enseignement sur la spiritualité de l'œuvre. Chaque Point Cœur vit avec les dons d'un groupe de « parrains » et reçoit la visite périodique d'un religieux de l'ordre.

Le premier contact avec le quartier fut difficile. La misère, des regards fuyants, des bandes de jeunes violents. « Nous avons eu peur. Mais nous nous sommes jetés à l'eau, car c'était bien là que le Seigneur nous voulait... Notre force: une heure d'adoration devant le saint sacrement. » Depuis lors se sont succédées de nouvelles équipes. Aujourd'hui, tout le monde est impressionné par ces jeunes gens sains, bons, joyeux, qui semblent porter la paix, qui accueillent les enfants comme Jésus les accueillait. Ce serait très long de raconter toutes leurs aventures. Je leur ai envoyé des livres et des images. Et je continue à garder le contact avec eux.

« Nous ressentons très fort la présence de Faustino »

« Nous avons reçu les livres de Faustino, écrit Damien. Ainsi, nous pourrons connaître un peu mieux notre protecteur… Dans ma lettre aux parrains, je leur ai expliqué qui était Faustino. Notre vie ici va assez bien, malgré les sacrifices liés à la vie de communauté qui sont parfois difficiles, mais qui sont porteurs de fruits abondants. Certains témoignages et expériences nous poussent au respect et à la prière. Que de fois les plus pauvres et les plus faibles nous donnent de bonnes leçons avec leur exemple… »

« Nous ressentons très fort la présence de Faustino, écrit Alyette, surtout lorsque nous prions les mystères du rosaire avec les enfants : quelle grâce ! Nous avons commencé à présenter Faustino à nos amis et voisins, et beaucoup sont impressionnés par son témoignage. Nous lui confions l'avenir de cette fondation au cœur d'une population très blessée, avec des bandes de jeunes désœuvrés et désespérés. Mais grâce à l'agrandissement de la photo de Faustino que nous avons devant notre oratoire, nous rappelons à quel point la simplicité et la joie de notre ami Faustino peuvent aider tous ceux qui nous entourent. »

« Déjà plusieurs jeunes de notre quartier ont lu la vie de Faustino, y compris des protestants, et ils l'ont beaucoup aimée. Nous comptons continuer à la faire circuler… Pour nous, Faustino est un exemple et il nous montre le chemin que nous devons suivre ; il nous encourage à vivre plus profondément l'Évangile dans les petites choses de chaque jour… »

Fête le 3 mars

Plus d'une année s'est écoulée. Ce jour-là, anniversaire du départ de Faustino pour le Ciel, c'est la fête au Point Cœur. Béatrice nous la décrit :

« Nous pensons à vous ce 3 mars, jour de Faustino, et nous vous envoyons quelques photos de la fête que nous avons organisée avec les enfants. Nous avons passé une journée très réussie. Le matin, Nailma s'est chargée de leur présenter Faustino à l'aide de votre livre et de trois dessins : un cœur, un sourire et un rosaire. Ce fut bien simple, mais les enfants ont été ravis. Puis, pour le fêter, nous avons partagé des friandises. La présence de Faustino se traduisait par la joie ambiante.

Comme vous pouvez le voir, le Point Cœur change. Damien et Guillaumette sont partis en janvier et février et Liliane le 6 mars. Elle a attendu pour pouvoir célébrer avec nous la fête de Faustino. Ce jour-là, nous avons eu aussi le bonheur d'avoir avec nous un prêtre salésien, le père Pedro, et nous avons eu pour la première fois la messe dans notre petite chapelle. Merci Faustino !

Alyette continue encore quelque mois avec nous. Nailma et Thérèse sont brésiliennes. Quant à moi, Béatrice, 24 ans, je suis française, mais je suis née à Huelva… »

Les années passent et les personnes changent, mais la vie continue au Point Cœur Faustino, à San Salvador. Et le 3 mars de chaque année c'est la fête principale de ce Point Cœur.

***

« Les amis de Faustino »

Avec Faustino, il faut s'attendre à toute sorte de surprises. Noël 1991 apporta une de ces surprises. Sur la carte des vœux de la communauté marianiste de Colmar, on pouvait lire un post-scriptum signé par un jeune marianiste, Olivier Glaize; il disait ceci: « Vous trouverez ci-joint une première ébauche d'une expérience récente mais qui fonctionne depuis déjà quelques mois, et qui touche une vingtaine de jeunes entre 12 et 17 ans. Il nous reste à l'améliorer, en illustrant ces divers points de la vie chrétienne avec des exemples de la vie de Faustino. »

Les « Amis de Faustino » étaient nés en France.

Qu'est-ce qui les a poussés à créer cette organisation extrêmement simple? Olivier avait crée un chœur célèbre de « Petits Chanteurs », et il voulait quelque chose qui aide les plus motivés à vivre leur foi chrétienne. Il pensait à eux et aussi aux élèves du collège Saint-André de Colmar. Quiconque fait partie des « Amis de Faustino » prend Faustino comme point de référence; il lui est seulement demandé de se tenir à quelques règles de vie précises et d'avoir une rencontre mensuelle avec un accompagnateur spirituel. Il n'y a pas de réunions régulières, du fait que la plupart d'entre eux appartiennent déjà à d'autres groupes ou mouvements (*scouts, MEJ, Chanteurs...)*. L'expérience montre que les A.F. ont été les meilleurs animateurs de ces groupes.

Aujourd'hui, les « Amis de Faustino » existent sous une nouvelle forme : les Équipes Faustino. On en trouve actuellement à Bordeaux, à Colmar, à Saint-Dié et à Belfort. Par exemple, à Bordeaux, où elles sont animées par Jean-Marie Leclerc, un autre jeune marianiste, les réunions mensuelles s'appuient sur 5 axes :

1. La prière (il y a toujours un temps de prière préparé par les jeunes).
2. La vie fraternelle (les réunions se terminent souvent par un temps convivial).
3. Un temps de réflexion pour approfondir sa foi (confronter ses idées, partager sa foi, ses doutes et ses convictions).
4. Le souci des pauvres.
5. L'accueil de Marie dans sa vie (se confier à elle).

Ces 5 axes se retrouvent dans la vie de Faustino. Chaque jeune a lu *Et si Dieu me parlait!* Une Équipe Faustino est un lieu pour vivre sa vie chrétienne en s'appuyant sur des camarades, pour ne pas rester isolé. Des week-ends d'Équipe sont organisés ponctuellement, ainsi que des temps forts.

Les « Amis de Faustino » sont maintenant rattachés au mouvement des JFM (les Jeunes de la Famille Marianistes) qui propose la charte suivante :

Charte des Jeunes de la Famille Marianiste

1. Dieu ne peut qu'aimer. Il t'aime trop pour s'imposer à toi. S'il a soif de te rencontrer il respecte ta liberté et t'aime tel que tu es. À travers son Fils, il te propose un chemin : tu es libre de l'emprunter.

2. Si tu désires te mettre en route, poursuivre ta recherche de Dieu et grandir dans ton amitié avec le Christ, tu prends du temps pour le rencontrer. La **prière personnelle**, la **prière en Église** et la méditation des **Évangiles** sont des moyens merveilleux de t'enrichir de la présence de Dieu dans ton cœur.

3. Conscient que tu as besoin des autres pour cheminer dans ta vie chrétienne, tu aimes te retrouver avec d'autres jeunes de ton âge pour **approfondir ta foi** et échanger sur des sujets divers. Tu sais aussi qu'il peut être judicieux de parler de ton cheminement avec un adulte qui est connu pour sa sagesse, son ouverture et sa foi et que tu apprécies.

4. Même si la **rencontre du prochain et son service** n'est pas le monopole des chrétiens, tu découvres à travers ta relation avec le Seigneur comme un appel à aller vers les autres, en particulier vers ceux qui, dans ton entourage proche, sont dans le besoin. Tu sais que, pour participer à la **construction d'un monde plus juste et plus humain**, tu es appelé à prendre des responsabilités dans l'Église comme dans la société.

5. Comment faire de ta vie quelque chose de beau, quelque chose d'utile pour les autres? C'est dans la prière, et la relecture de ta vie que tu trouveras la réponse. Il y a plusieurs chemins possibles. Certains choisissent la vie conjugale,

d'autres la vie laïque célibataire, d'autres encore la vie religieuse ou la vie sacerdotale... Pour Dieu, **toutes les voies qui mènent à Lui sont belles et uniques.** Ce sont les choix de chaque jour qui t'aideront à faire les choix les plus importants.

6. Tu es membre d'une famille qui porte le nom de **Marie**. Dans les Évangiles, Marie ne se met jamais en avant: alors pourquoi la prier? Parce qu'elle a reçu la mission de nous donner le Christ. Et pourquoi te confier à elle? Pour l'entendre te dire: « Je connais bien mon Fils: fais lui confiance, fais tout ce qu'il te dira. » Marie attend quelque chose de toi: que tu sois impatient de faire connaître, aimer et servir son Fils Jésus Christ. Nous sommes tous missionnaires. C'est pour cela que **nous nous confions à elle tous les matins**.

***

Le « Movimiento Faustino »

Il est né au Chili, et il se répand dans d'autres pays latino-américains. Pour le présenter, nous avons interviewé Paco García de Vinuesa, un marianiste qui est à l'origine du « movimiento ».

« *Comment est venue l'idée de lancer ce mouvement de jeunes et de lui donner le nom de Faustino?*

— Tout a commencé en 1991, à un moment où, fatigués de chercher des formules qui accrochent avec les adolescents de nos collèges et de nos paroisses, nous avons eu l'idée d'invoquer Faustino. Nous avions besoin alors, et c'est toujours le cas aujourd'hui, d'une pastorale d'ensemble pour toutes les œuvres où nous avons des jeunes, ceux que nous ne réussissions pas à “toucher” intérieurement et à marquer du signe de la rencontre personnelle avec le Seigneur.

— *À partir de quel âge peuvent-ils faire partie du M.F. ?*

— Nous les prenons en 6e année de leur scolarité quand ils ont fait la première communion et nous les accompagnons par étapes jusqu'à l'année après leur sortie de l'institution, à 19 ans. À ce moment-là, ils rejoignent habituellement le “Movimiento Marianista”, qui est pour adultes. Bien sûr, il s'en perd beaucoup en chemin.

— *Tu parles d'étapes. Tu peux nous préciser ?*

— Il y en a quatre, entre 11 et 18 ans, dans l'ordre suivant : – Suivre Jésus – Amitié avec Jésus – Service – Mission. Nous nous sommes inspirés de la vie de Faustino, de ce qu'il a fait : SUIVRE JÉSUS, fils de Marie, conscient qu'il est notre chemin, notre vérité, notre vie ; rencontrer en lui l'AMI qui nous encourage et nous soutient dans les difficultés liées à l'âge et aux circonstances de notre vie ; devenir avec lui SERVITEURS de tous les hommes nos frères ; répondre avec générosité, enthousiasme et audace à la MISSION qu'il nous confie.

— *Je suppose que vous avez une certaine “pédagogie” de base ?*

— Bien sûr. La pédagogie consiste à entremêler, selon l'âge, des activités sur le terrain avec les réunions et les récollections. Pour les plus jeunes (Suivre Jésus – Amitié avec Jésus), nous trouvons bénéfiques les visites dans des hôpitaux, des orphelinats, etc., au moins tous les quinze jours ou tous les mois. Avec les aînés

(Service – Mission), un travail systématique avec les personnes en manque de foi ou de pain a été très positif. Par exemple, s'engager comme aides/moniteurs pour la catéchèse ; visiter la prison pour mineurs et accompagner ces jeunes dans leur travail scolaire. Ceux de l'étape "Mission", en plus de participer à des missions rurales l'été, doivent prendre en charge l'animation d'un groupe Faustino chez les plus jeunes. Ils le font généralement à deux. Cela les met à l'épreuve tout en les évangélisant.

Ceux de l'étape "Service" (2e et 3e année de lycée) ont l'habitude d'organiser ce que nous appelons chez nous "Colonias Urbanas" (Colonies Urbaines), sortes de "Centres Aérés" pour les enfants les plus pauvres qui ne peuvent guère sortir de leur quartier. Nous y organisons des jeux, des goûters, l'une ou l'autre sortie avec catéchèse dans la semaine.

— *Cela veut dire que les aînés assurent la formation des plus jeunes ?*

— C'est exact. Je crois que c'est là notre principale originalité : confier aux grands l'animation des petits de façon systématique et continue. Aucun de ces "moniteurs" ne se "perd" au cours de la dernière ou de l'avant dernière année du lycée. Mieux que cela : le fait d'avoir souffert semaine après semaine faisant le sacrifice d'être là et de garder les garçons et les filles dans la "communauté" a eu un effet positif inespéré : plusieurs vocations masculines et une féminine au Colegio Santa María de la Cordillera, tenu, comme vous le savez – par les laïcs du "Movimiento Marianista" non seulement pour la direction et l'administration mais aussi pour la pastorale. Et pour ceux qui restent laïcs, une maturité chrétienne vraiment réconfortante... que, sans aucun doute, j'attribue amplement à la médiation de Faustino. De plus, certains professeurs laïcs, peu, il est vrai, travaillent comme assistants spirituels dans le M.F.

— *Combien de "Faustinos" avez-vous en ce moment?*

— Actuellement, nous arrivons au nombre de 650 adolescents et pré-adolescents, dans nos quatre collèges et aussi dans deux paroisses qui ne sont pas tenues par les marianistes.

— *Je suppose que vous avez organisé quelque chose pour former ceux que vous appelez "moniteurs" du Mouvement?*

— La formation est fondamentale. Nous avons huit ou neuf jours complets l'été pour la formation avec une vie communautaire intense. Je vais vous expliquer comment ça s'est passé la dernière fois. Les deux premiers jours ont été pour une récollection en silence total, et très bien respecté. Pour le reste, une journée de repos et de vie communautaire, et les autres jours sont consacrés à la formation en vue de leur travail de guides. Le fait que cette formation ait lieu pendant les vacances d'été lui donne une dimension de sérieux et de liberté. Cela me permet aussi de les visiter avec une visée pastorale d'une certaine profondeur. Un prêtre marianiste a donné la récollection et un jeune religieux a dirigé la rencontre. Je me suis réservé quant à moi les sujets plus délicats comme l'éducation affective, pour ne pas en rester à l'atmosphère contaminée de l'érotisme et pour arriver à aimer avec vérité et pureté: ils ont beaucoup apprécié les paroles sorties du "coffre des souvenirs"!

Nous avons découvert dans la relecture de *Et si Dieu me parlait,* que nous devons accompagner personnellement tous les enfants et chacun individuellement, au moins dans leur travail spirituel. La prière est quelque chose que personne ne met en doute. Nous savons que si Faustino est arrivé là où nous savons, c'est parce que quelqu'un l'a accompagné jour après jour, avec affection et discrétion à la fois.

— *Comment résumerais-tu cette expérience pastorale?*

— Je la résume par les points suivants:

– Faustino est un modèle valable chez nous (bien au-delà de sa culture espagnole du milieu du siècle). Et je crois qu'il est un modèle partout.

– Le travail sur le terrain est fécond pour que l'Évangile les "pénètre".

– Confier des groupes de personnes aux aînés comme animateurs est une excellente méthode.

– Tous les assistants et animateurs Spirituels se réunissent tous les mois, pour prendre le pouls de ce qui se fait: cela, au niveau de chaque étape comme pour l'ensemble du "Movimiento". C'est facteur d'unité et aussi fortement stimulant.

– Bien sûr, nous centrons tout sur l'Eucharistie et sur Marie, comme dénominateur commun et adapté à la psychologie de chacun, selon l'étape à laquelle il se trouve.

– *En résumé, peut-on dire que Faustino est très présent dans votre pastorale?*

– Certainement, et présent à tous les sens du terme. Le M. F. avance modestement mais de façon incroyable. Nous avons connu des situations où Faustino a été d'un grand secours.

Voici la plus spectaculaire : cela m'est arrivé dans la Cordillera, avec quelque 28 « Faustinos ». C'était l'hiver. Le bus a commencé à glisser sur la neige, avant de s'arrêter dans le fossé. Pas moyen de le sortir de là, ni en tirant ni en poussant. Dans une telle situation, à plus de deux mille mètres d'altitude, alors qu'il gelait et que nous n'avions pas de forces, j'ai demandé secours à Faustino. Et voilà que, incroyable, nous remettant à pousser dans un geste désespéré et angoissé, le bus fit un mouvement tournant de presque 180 degrés, avant de se retrouver finalement sur la route !

Il y a d'autres interventions de Faustino, moins visibles physiquement, mais bien visibles avec les yeux de la foi. Par exemple le fait que les quelque 600 garçons et filles qui participent, soient accompagnés quasi intégralement par d'autres Faustinos aînés. Comme nous sommes peu de marianistes, sans cela, nous ne pourrions pas fonctionner et organiser le système des camps. »

Centre de Formation de Jeunes « Faustino »

Ventanas se trouve au Chili, à 140 km de Santiago, sur la côte du Pacifique, et à 30 km au nord de Valparaiso. C'était autrefois un village de pêcheurs, mais la pollution a rendu la crique stérile, créant beaucoup de problèmes.

En 1991, une famille avec 3 enfants, faisant partie du Movimiento Marianista, voulut faire quelque chose pour les jeunes marginalisés du secteur. Ils commencèrent à les réunir provisoirement chez eux et à les initier à des choses qui pourraient leur être utiles, en attendant que s'ouvre un centre avec un siège propre. Chaque mois, un religieux marianiste et un laïc se rendaient sur place pour donner un coup de main. Les jeunes qui se réunissaient par petits groupes atteignirent bientôt le nombre d'une centaine. Mais cela ne pouvait pas durer ainsi : c'était au-delà des possibilités des familles, de leur petite maison… Ils mirent tout leur travail sous la protection de Faustino.

Ce provisoire dura cinq ans ! Impressionnée par le travail de ces voisins, la municipalité leur attribua un terrain de 5,000 m^2, en vue d'y construire un jour le « Centre de Formation de Jeunes Faustino ». Finalement, le 10 septembre 1995, la première pierre du « Centre Faustino » fut posée. Une fête sympathique fut organisée à cette occasion pour les jeunes concernés. Un d'entre eux a même peint un portrait géant de Faustino (3 m × 2 m). « C'est un des jeunes qui l'a fait. Il s'est donné du mal, et j'espère que Faustino ne sera pas offensé par la forme de son nez… ». « Marianist Mission » des États-Unis et la « Fundación Santa María » d'Espagne ont assuré le financement.

On a voulu que l'inauguration ait une référence claire à Faustino. Pour cela elle eut lieu le 4 août 1996, date du cinquantième anniversaire de la naissance de Faustino.

Le « Centre Faustino pour la formation et la promotion des jeunes » fonctionne actuellement. On y donne des cours de formation accélérée : maçonnerie, soudure et plomberie pour les garçons ; informatique et formation d'hôtesses pour les filles. Il y a un petit pavillon pour les classes (deux salles de cours), et un peu plus haut une maisonnette en bois avec trois pièces pour l'accueil, la pastorale des jeunes, le Movimiento Faustino, etc., en complément de la partie enseignement.

Faustino inspire des initiatives qui s'avèrent excellentes…

CHAPITRE 11

UNE CERTAINE IDÉE DE LA SAINTETÉ

Être saint, c'est aimer Dieu,
et c'est plus facile avec Marie !

Faustino

Monique pose le « problème » de la sainteté

« Le livre sur Faustino est une œuvre géniale qui nous montre la sainteté d'un jeune de seize ans... » écrit une certaine *Mónica,* polonaise, de Wlodawa.

Mónica n'est pas la seule à poser le « problème de la sainteté » à la lecture de la vie de Faustino. Toutefois, elle le fait en termes très forts.

« ... Nous savons bien, précise-t-elle, que nous avons à être saints, même à notre âge. » Mónica n'a rien d'une théologienne ; elle est simplement étudiante, préparant son baccalauréat dans sa ville natale. Mais elle donne l'impression de bien connaître ce qu'a dit le concile Vatican II sur « la vocation universelle de tout chrétien à la sainteté ». Et de fait, cela ne la surprend pas outre mesure que Faustino ait tenté l'aventure de la sainteté lorsqu'il a dit : « On va essayer, mais quant à réussir... ? »

Mónica poursuit : « Peut-être pouvons-nous penser ceci : à la rigueur, on peut dire que la sainteté a été plus facile pour lui, parce qu'il a vécu à une époque plus facile. » Mais elle répond elle-même à cet argument : « il me semble que c'est mal poser la question, rester dans le flou. » Et elle a raison : chacun est appelé à être saint à l'époque où il vit. Et je continue à citer la lettre : « Faustino comme homme, était faible et imparfait, mais sa persévérance et sa patience dans le travail qu'il a fait sur lui-même ont abouti à la sainteté avec l'aide de Dieu. »

Merci, Mónica, pour cette lettre si pertinente, si belle ! Tu as compris Faustino. Je ne suis pas étonné que tu me dises : « J'avoue qu'en lisant le livre *Et si Dieu me parlait !* je me suis sentie parfois étrangement légère, comme échappant à la pesanteur, même si cela ne durait que quelques courts instants. Sûrement qu'il y avait là une force d'en-haut. »

« Moi, sainte, je ne m'y vois pas ! »

D'autres, d'emblée, prennent peur. Les saints et la sainteté leur semblent très bien, mais... chez les autres ! Ainsi, quelqu'un comme *Verónica,* 16 ans, de Alboraia, « ne se voit pas sainte » :

« À l'occasion de récollections, j'ai promis d'être heureuse et de rendre les autres heureux. C'est une chose difficile, car le bonheur pour moi est quelque chose d'intérieur. Et le bonheur des autres, où est-il?... Je suppose que je dois commencer par être heureuse moi-même et ensuite aider les autres à l'être, sans pour autant, en cherchant ce bonheur, rendre les autres malheureux. Mais, tout cela est bien un peu "philosophique"!

Moi, je trouve le bonheur, en partie grâce à Faustino. J'ai lu son livre et il m'a beaucoup plu. Pour moi c'est un SAINT. J'ai pensé être missionnaire, mais pour ce qui est de la sainteté, cela ne m'a même pas traversé l'esprit, et d'ailleurs je n'y tiens pas. Être sainte, ça ne m'attire pas! Et puis, moi, sainte, je ne m'y vois pas! »

Elena, 14 ans, de *San Vicente del Raspeig,* semble penser de même :

« Hier, j'ai acheté en librairie *Et si Dieu me parlait!* et j'en ai déjà lu la moitié. Ce que j'ai lu jusqu'à présent me paraît très beau et cela m'a conduite à penser que c'est littéralement IMPOSSIBLE que j'arrive à être sainte, moi, mais je pense devenir chaque jour meilleure. »

En vérité, Verónica, personne « ne se voit saint ». Et toi, Hélène, ne pense pas que la sainteté, c'est quelque chose à conquérir à la force du poignet. Jésus est là pour aider... et nous avons toute la vie pour y arriver. Comme Faustino, lui, n'a eu que seize ans à vivre, il a fallu qu'il aille « plus vite »...

« J'ai découvert que c'est possible... »

D'autres, par contre, en voyant vivre Faustino, découvrent que ce n'est pas si compliqué qu'ils avaient imaginé d'être saint :

« Après mes lectures sur Faustino, j'ai découvert que la sainteté aujourd'hui, c'est possible pour un jeune catholique et qu'il suffit de vivre cela dans les petites choses de chaque jour », dit *Norberto* de *Buenos Aires.*

« Avant de savoir qui était Faustino, j'étais plutôt loin de Dieu. Ce livre m'a servi pour m'en rapprocher et pour me rendre compte que, finalement, si je le cherche, je peux arriver à être sainte. »

C'est ce que pense *María* de *Linares,* Chili, et elle continue :

« J'ai longtemps pensé que la sainteté était comme une sorte de diplôme pour des gens parfaits, et donc pas pour moi. Merci, Faustino, de m'avoir fait découvrir que je pourrais peut-être devenir sainte moi aussi. »

« Je m'appelle *Juanma* et j'ai 15 ans. Je suis élève au Colegio Amorós de Carabanchel Alto. J'ai souvent lu des vies de saint, mais ils me paraissaient tous lointains. À travers mes lectures sur Faustino, j'ai découvert qu'il n'y a pas seulement des saints "d'âge mûr", mais aussi des jeunes. Et j'espère bien que Faustino me sera utile, quand je le connaîtrai davantage, comme modèle de vie... ».

Les saints sont « comme vous et moi »

C'est la grande découverte de beaucoup en lisant la vie de Faustino, surtout chez les jeunes. Les témoignages qui vont suivre viennent tous d'étudiants de classes terminales ou de l'université.

« Le livre de Faustino est très bien. En fait, quand on pense à des saints, il s'agit toujours de personnes d'âge mûr, d'autrefois. On ne pense pas à des gens comme vous et moi. C'est la raison pour laquelle le livre m'a plu. » *Victoria – Puerto Sagunto.*

« En le lisant, j'ai d'abord été étonnée de voir que Faustino était particulièrement attaché à sa mère et qu'il lui confiait tout. J'ai remarqué qu'il disait souvent avoir grandement besoin de sa mère. Ça m'a marquée parce qu'on ne "rencontre" pas souvent de saint si attaché à sa mère, mais je comprends tout à fait Faustino.

J'ai été aussi un peu surprise qu'il avoue lui-même trouver difficile de ne pas se disputer avec ses sœurs. Je m'imaginais qu'un garçon comme lui ne se disputait jamais. Je m'aperçois que Faustino était un garçon tout à fait "normal", mais qui a su se maîtriser. Ça m'a un peu rassurée, car je ressens exactement la même chose avec mes deux sœurs

Mais je crois que ce qui m'a le plus marquée chez Faustino, c'est son enthousiasme pour tout, sa joie de vivre et la façon dont il accueillait la souffrance. » *Marie Josèphe.*

« J'ai appris à travers cet ouvrage qu'on peut être saint sans avoir à parcourir les continents… Ma seule pensée était d'être comme les martyrs. Maintenant, je sais que la sainteté n'est pas uniquement le martyre. » *Hiré Tagha – Kara (Togo).*

« Je croyais qu'être saint voulait dire être retiré du monde, prier continuellement, et à la lecture du livre de Faustino, je me suis rendu compte qu'être saint n'est pas ce que j'imaginais, mais que c'est être heureux, animé par l'amour, joyeux, désireux de partager le peu que j'ai avec celui qui n'a rien ; j'ai compris que Faustino était un jeune comme nous tous, qui aimait rire, passer du temps avec sa famille, jouer au ballon, aller camper, passer du bon temps ; mais Faustino a toujours réservé un temps pour parler, seul, à Dieu, pour lui parler de sa vie, de ce qu'il ressentait et aussi de ses préoccupations… J'ai pris Faustino comme modèle pour ma vie. » *Loney – Santiago, Chili.*

Faustino, chemin de simplicité

La vie courte de Faustino suscite l'admiration. Mais pas de cette admiration que l'on éprouve devant l'extraordinaire, ce qui est loin de notre portée, ce qui nous dépasse. Au contraire, il s'agit de l'admiration pour le chemin de simplicité sur lequel Faustino nous conduit. Voici deux témoignages qui nous le confirment : d'une religieuse et d'un père de famille nombreuse.

« Oui, la mission de Faustino est belle et grande pour nous aider à marcher d'un bon pas à sa suite, dans un désir de sainteté, acceptant de tout donner pour le Christ. » *Sr. Eugénie.*

« Quand on connaît la vie de Faustino, on se rend compte que sa vie a été très banale, et pourtant, malgré cela, on se dit : "Ce doit être un saint hors du commun!" Loin de là, on se rend compte que la sainteté est liée à la façon d'intégrer la volonté de Dieu sans s'arrêter à penser à notre fragilité, à nos peurs, à notre attachement aux petits (ou grands) biens matériels que nous avons. Comme il est difficile de dire tout le bien que cette rencontre avec Faustino nous a apporté, par son livre ! » *Ulises – Santiago, Chili.*

Saint et pourtant jeune

Le jeune âge n'est pas un obstacle pour la sainteté. Et voir cet objectif atteint chez un jeune de 16 ans a l'effet d'une « injection de tonus », comme l'écrivent *trois jeunes de Cadix,* dans une lettre commune :

« Nous, jeunes, nous sommes devant un monde de plus en plus paganisé, avec des situations extrêmes : ou tu tombes dans les griffes du consumérisme de la vie facile, ou tu frôles les bords de l'abîme avec la drogue et la délinquance pour fuir la vie qui est en fait une mort... Nous savons maintenant qu'il faut garder l'espérance. Faustino a connu une situation encore plus difficile et il a réussi. Nous aussi, nous le pouvons. Faustino, tu nous as apporté comme une “injection de tonus” dans notre vie chrétienne… »

Il l’est certes pour les jeunes, mais aussi pour les *éducateurs*. Écoutons le témoignage de cette institutrice polonaise, de *Varsovie,* qui s’appelle aussi, par hasard, *Mónica*:

« Le livre de Faustino m’a beaucoup marquée. J’ai eu comme l’impression d’avoir rencontré personnellement Faustino. Son silence et sa simplicité m’ont ému. J’ai pensé que, en vérité, Dieu appelle à la sainteté des personnes sans tenir compte de leurs conditions de vie, de leur situation, de la période à laquelle ils vivent. La joie de Faustino, son enthousiasme, la “banalité” de chaque journée remplie par les études, la proximité avec la famille, les amis… et en même temps aussi la constance pour parvenir à la sainteté, tout cela a touché mon cœur. Dans la vie de Faustino, il ne s’est rien passé d’extraordinaire, car ce n’est pas dans des signes extraordinaires que l’on trouve ce qui fait l’essentiel de la sainteté. Pour cette raison, je parlerai de sa vie aux enfants dont je suis chargée dans mon école. »

Quelques anecdotes relevées dans les lettres nous le confirment:

« Cet été, je préparais deux petites filles à la première communion. Un jour, je leur parle de ce qu’a dit Saint Pie X, à savoir que, en avançant l’âge de la communion, nous aurons des saints parmi les jeunes enfants. Et je leur parle de Faustino. Le lendemain, une de ces petites filles me dit le plus sérieusement du monde qu'elle aussi veut être sainte, qu'elle y a beaucoup pensé ce soir-là. » *Sœur Pilar a.c.j. – Santander.*

« En plus de mon fils, j'ai avec moi un neveu qui a déjà 10 ans. Il a pris le livre et il l'a lu jusqu'à la fin avec beaucoup d'enthousiasme. Il me posait des tas de questions et me disait vouloir être saint comme lui. Cela l'a beaucoup aidé pour améliorer son comportement. » *María Ofelia – Bogotá, Colombie.*

Et pour conclure sur ce point, voici la lettre d'un théologien :

« Être enfant n'est pas un obstacle pour être saint ; car Lui aussi a été enfant, et un enfant parfait, avant de devenir un homme parfait. Et si Faustino était arrivé à l'âge adulte, sa sainteté aurait pris une autre forme. Mais Dieu, qui se manifeste à travers les saints, s'est trouvé très bien dans l'âme de ce jeune bien disposé. » *Fr. Efrén de la Madre de Dios, o.c.d. – Madrid.*

Laissons le dernier mot à deux jeunes filles de 16 ans. *Karine,* Française, dans une longue lettre nous raconte son chemin de foi, avec l'aide de Faustino :

« J'ai lu ce livre en quelques jours et il m'a beaucoup touchée, car j'ai découvert quelque chose qui me semblait très lointain, presque inaccessible : la sainteté. »

Ce que dit *Ana,* Suisse, peut résumer l'attitude que nous devrions tous avoir :

« Je sais maintenant que la sainteté n'est pas une question d'âge ou d'actions réalisées : c'est un appel que Dieu nous adresse au plus intime de notre cœur, et il appartient à chacun de nous de répondre ! »

Un saint « accessible »…. et avec Marie

P. H., 19 ans, a reçu un cadeau. Un de ses oncles, marianiste, lui a offert *Et si Dieu me parlait !* Sur le moment, il le laisse de côté, mais un jour…

« J'avoue l'avoir mis de côté, dans un premier temps, n'ayant pas trop le temps de le lire, ni peut-être l'envie. Je l'ai ressorti en janvier de ma "bibliothèque" pour enfin le lire. Et ce fut une grande grâce, que j'aimerais vous faire partager. Ce livre, et à travers lui Faustino, m'a marqué profondément. Cela m'arrive très rarement, et pour ainsi dire jamais, mais Faustino m'a touché, a touché mon cœur… J'en ai été ému jusqu'aux larmes! Quelque chose est passé, je ne sais pas quoi… peut-être comme une amitié spirituelle. Sa joie de vivre, sa simplicité, son enthousiasme m'ont marqué. Faustino est si proche de nous! J'ai lu plusieurs fois sa biographie, l'ai résumée dans un article pour le journal de ma troupe scoute, ai offert ce livre à un ami pour sa préparation à la confirmation… Je suis sûr que Faustino est un exemple merveilleux à proposer aux jeunes, car c'est un saint "accessible", qui tout simplement a voulu se lancer dans l'aventure de la sainteté, cette belle aventure qui nous conduit vers les sommets. Son entrain, sa joie, sa générosité à se donner m'ont touché et m'ont conduit à passer à mon tour "à la vitesse supérieure". Je suis certain que beaucoup seront ainsi marqués par Faustino, qui leur donnera envie de se donner généreusement là où le Seigneur les voudra.

J'ai confié à Faustino ma préparation à la consécration à la Sainte Vierge que je devrais faire, si Dieu le veut, le 3 mars... jour anniversaire de la naissance au Ciel de Faustino ! Je prends ça comme un super cadeau de la Providence, et un clin d'œil de mon nouvel ami du Ciel !

Je voulais vous confier tout ça, puisque Faustino voulait être marianiste. Priez bien, s'il vous plaît, pour que Marie soit la reine de mon cœur, et qu'en étant tout à elle comme l'était Faustino, je sois tout à Jésus. »

Sainteté de Faustino, sainteté de l'Église

De *Cuba* nous recevons ce témoignage, impressionnant si on l'examine avec attention. *Frank* dit ceci :

« Le message de ce livre a été pour moi un cadeau inespéré, un don du ciel... Dans la mesure du possible, je continuerai à faire connaître Faustino car je considère que les saints mènent à Jésus, unique chemin de vérité et de bonheur authentique. J'ai fait lire *Et si Dieu me parlait !* à ma sœur qui est chrétienne mais pas catholique. La vie de Faustino l'a impressionnée au point de l'amener à faire cette confidence :

“Après avoir lu la biographie de ce jeune, j’ai réussi à comprendre la sainteté de l’Église”. »

À travers la sainteté de ses saints – et donc de la nôtre ! – on peut comprendre la sainteté de l’Église. Quelle responsabilité nous avons là !

CHAPITRE 12

FAUSTINO, SECOURS DANS LA SOUFFRANCE

Souffrir « sans gémir »

« Au fur et à mesure qu'on avance dans la lecture du livre, l'intérêt va grandissant. Voir un être si jeune devenir un tel géant pour la force de caractère, continuant à vivre avec le poids de la maladie, sans abandonner les études ni les voyages, est impressionnant », écrit *sœur Carmen,* une salésienne de *Cordoue.* Une des choses qui émerveille le plus ceux qui approchent Faustino c'est sa façon d'aborder la maladie et la souffrance.

Un prêtre de *Saint Sébastien (Guipúzcoa)* écrit ceci: « J'ai été impressionné par la joie avec laquelle il supportait ses plus grandes souffrances, soutenu par l'amour qu'il portait à Jésus et à Marie. »

Ana María, 12 ans, de *Santiago, Chili,* dit la même chose: « J'ai surtout été impressionnée par la façon dont il aimait Dieu et comment cet amour le soutenait dans sa maladie. » Et *Pura,* religieuse espagnole travaillant au *Paraguay* d'ajouter: « ... cette souffrance acceptée en silence pour éviter que d'autres souffrent m'a fait réfléchir. » « Ce qui m'a marquée, souligne *Laurène* d'un petit village en *France,* c'est qu'il pense aux autres avant de penser à lui ; il pense que ses souffrances sont peu de choses à côté des souffrances du monde. Comme il est courageux ! »

Courageux au point que *Rose Marie B.,* médecin français parle de Faustino comme d'une bonne « prescription » médicale :

« Je suis médecin et j'ai déjà fait lire votre livre sur la vie de Faustino à des personnes gravement malades. Faustino aide et aidera beaucoup d'enfants, d'adolescents et d'adultes à vivre et aussi à mourir. »

Sœur Marie Antoinette de la Trinité, supérieure générale des Petites Sœurs des Pauvres, institut qui tient beaucoup de maisons pour personnes âgées, cherche à faire quelque chose de semblable :

« Cette biographie si édifiante m'intéresse beaucoup, car je crois, comme vous, que son exemple peut aider non seulement les jeunes, mais aussi les personnes âgées à accepter leurs souffrances avec courage et confiance. Aussi j'ai l'intention de faire connaître ce livre dans nos maisons. »

Il aide à souffrir dans la dignité

Être en admiration devant la souffrance d'un autre est une chose. Mais souffrir à son tour en est une autre, très différente. Il n'est pas facile de dire oui à la souffrance, comme l'a fait Faustino. Un oui qui va de pair avec la lutte pour la vie : faire tout le possible pour vaincre le mal d'une part, mais en même temps, s'il faut en passer par là, savoir l'accepter dans la dignité.

C'est l'objectif de *M.,* mère de trois enfants, de *Rouffach* en Alsace.

« Faustino a su souffrir dans le Christ avec une grande dignité et une grande acceptation. J'ai acheté le livre à ma tante qui a le cancer. J'espère que Faustino va l'aider de là-haut, parce qu'en ce moment, elle n'accepte pas, et elle ne peut plus se confier à Dieu. Je connais beaucoup de gens malades autour de moi ; je crois que je vais faire une petite réserve de livres. »

Il en est d'autres qui, en revanche, ont trouvé en Faustino l'aide et le soutien pour supporter leur souffrance :

« Le message du livre a été reçu, comme un encouragement à suivre, ô combien modestement de ma part, l'exemple de notre jeune ami qui montra tant de courage devant la maladie. » *D. G. – Pully (Suisse).*

« Handicapé, orphelin de père, je vis avec ma mère qui a ses cinq fils à charge et qui vend du gravier pour nous nourrir. Grâce à la lecture de *Et si Dieu me parlait !*, qui correspond assez bien à ma situation, j'avance dans la vie... Ce qui m'a le plus frappé c'est sa façon de mettre sa vie entre les mains du Seigneur en dépit de ses souffrances, sans se décourager. Et de nos jours, beaucoup se découragent devant les difficultés car ils ne reconnaissent plus Dieu. Je constate également que si les parents sont croyants, les enfants le seront aussi. Je vois que si Faustino a pu réussir sa vie, ce fut grâce à ses parents qui dès le début l'ont conduit sur les chemins du Seigneur. » *Félix P. – Kara (Togo).*

« Vous ne pouvez savoir combien sont reconnaissants ceux qui reçoivent le livre de Faustino *Et si Dieu me parlait,* surtout les frères malades, car il leur apporte la force pour aller de l'avant. À la lecture du témoignage de Faustino, ils se rendent compte que, en jetant un regard sur le passé, ils voient beaucoup de personnes qui supportent leurs souffrances avec patience alors que ces souffrances ne sont pas comparables aux leurs… » *Jorge P. – Cuba.*

« Je suis un jeune lecteur canadien. En lisant ce livre, j'ai connu toutes sortes de bouleversements intérieurs, au point de pleurer… Moi aussi, j'ai souffert à cause de la maladie, une maladie comparable à celle de Faustino. J'ai connu découragements et doutes ; je souffre encore, mais avec Dieu, tout est plus facile… Je crois que la grâce de Faustino et tous ses amis d'En-Haut vont m'aider à réaliser un mariage heureux avec mon amie D… Tous les deux, nous souhaitons une vie où nous apporterons réconfort, soutien et écoute à ceux qui nous entourent. » *B. B. – St. Georges, Québec (Canada).*

« Ma famille et moi avons donné un livre de Faustino à une personne malade qui était toujours triste. Après avoir lu le livre, elle n'était plus la même, ayant retrouvé sourire et appétit. On m'a raconté aussi qu'un homme avait connu une fin admirable après avoir lu le livre. » *J.-P. – Dijon.*

Relativiser… et rendre grâce

Les jeunes de la société d'abondance et du bien-être garanti sont bien loin de la maladie et de la souffrance dont ils semblent être préservés. Mais dès qu'une contrariété les touche, ils en font une montagne. Ils se révoltent ou sombrent dans le désespoir. À leur adresse, ce témoignage d'*Abel, de Valencia :*

« L'autre jour, au cours d'une conversation avec Emilio à propos de ma confirmation, nous parlons de ma jambe bandée. Je lui explique alors que, à cause de cette jambe et aussi de l'œil, je suis un peu démoralisé, acceptant mal ce mauvais sort que la vie m'a infligé. J'avais commencé la saison comme gardien de but pour l'équipe officielle du collège (football en salle) et je m'y étais engagé avec beaucoup d'enthousiasme. Voilà que j'ai un problème à un œil et qu'il me faut porter des lunettes ! Une fois cette question résolue, c'est le tour d'un genou… Il ne manquait plus que ça ! Je me rends compte alors que le football est fini pour moi, que ma vie va être tout à fait différente, etc. En l'espace de quelques semaines, je me sens frappé par le sort, brutalement.

Emilio me dit que certains connaissent pire dans la vie. Je ne le crois pas alors, car pour moi, le simple fait de ne plus pouvoir jouer au football est le plus grand malheur qui puisse m'arriver. Deux jours plus tard, alors que j'étais plongé dans la géographie, je m'évade... Machinalement, je me lance dans la lecture d'un livre que, par hasard, on m'avait donné : *Et si Dieu me parlait !* Et j'ai compris alors que Faustino aurait bien aimé jouer avec ma jambe, avec mon œil, car ce qu'il avait, lui, l'empêchait totalement de jouer. Ça m'a apporté un grand réconfort... Aussitôt, voilà que des portes, fermées jusqu'alors parce que je pensais que ce qui m'était arrivé était la pire des choses, s'ouvrent devant moi... La pensée que Faustino aurait essayé de jouer avec la jambe plâtrée m'a aidé. Depuis lors, je me suis mis à faire de la rééducation avec plus d'enthousiasme que jamais... Merci de m'avoir aidé à voir les choses d'une façon nouvelle, bien différente d'il y a seulement quelques heures. »

Celia, de *Almácera (Valence)*, a appris à apprécier le don de la santé :

« Je pense beaucoup à ce qui est arrivé à Faustino. Parfois, par la pensée, je m'imagine être dans sa situation lorsqu'il était malade... et je me mets à pleurer. Je ne sais pourquoi : peut-être de compassion pour lui, mais aussi de bonheur pour la chance que j'ai de ne pas être malade. »

Et ce jeune français de *Dijon*, qui, sans signer, écrit une lettre à Faustino au cours d'une retraite où il lui dit qu'il a compris ce qu'est la mort :

« Hier, le père m'a parlé de ta mort. Et, comme tu dois le savoir, il m'a demandé pourquoi j'étais aussi triste, et moi, comme un idiot, j'ai répondu que ta mort me rendait mélancolique. Et, comme la nuit porte conseil, je me suis rendu compte que ta mort n'était qu'un passage pour un monde différent et bien sûr meilleur... C'est la première fois que je fais une retraite, et je sens déjà en moi une flamme qui brûle... Grâce à toi, j'ai trouvé une réponse... »

Le tunnel de la dépression

La dépression est une souffrance bien contemporaine. Faustino a aidé plus d'un à s'en sortir. Le cas le plus typique nous est rapporté par *Annarosa,* jeune de *Lugagnano (VR)* en Italie. La mort subite de son père l'a faite plonger dans une crise existentielle profonde, une forte dépression. Voilà qu'un beau jour, un livre arrive dans sa boîte aux lettres : *Forse Dio mi parla* (version italienne de la vie de Faustino *Et si Dieu me parlait !*). Elle continue ainsi :

« Je ne savais pas qui avait bien pu me l'envoyer. Curieuse, j'ai commencé à le lire et je me suis bientôt trouvée chez moi, plongée dans sa lecture. Dès les premiers mots, j'ai senti comme une lumière qui éclairait le tunnel obscur dans lequel je m'étais enfoncée. Au fur et à mesure de mon avancée dans la lecture, je me demandais si ce qui m'arrivait était bien réel. J'avais comme l'impression que ces paroles s'adressaient à moi... Je n'oublierai jamais la lumière, l'éclairage que ce petit livre m'a apporté alors.

À partir de ce jour, j'ai commencé à méditer régulièrement les paroles écrites dans ce livre et, comme par enchantement, j'ai commencé à "comprendre" le pourquoi de tant de choses. Ce rayon de lumière qui apparaissait au fond du tunnel se faisait chaque fois plus fort, au point de me faire quitter totalement l'état d'angoisse dans lequel j'étais plongée.

Depuis ce temps de 1988, bien des années ont passé. Je n'ai jamais su comment ce petit livre qui m'a touché à un moment décisif est arrivé chez moi. Personnellement, je changerais volontiers le titre pour me l'appliquer à moi et je dirais : "Dieu m'a parlé".

J'écris tout cela, bien des années après. Je le fais enfin, car je me sens quelque peu ingrate de ne pas avoir écrit plus tôt pour remercier Faustino. »

Aide dans la vie avec la Croix

Pour *Reidel,* jeune cubain malade, habitant à *Cumanayagua,* province de Cienfuegos, la rencontre avec Faustino a donné naissance à une grande amitié :

« Pour commencer, je me présente. Je m'appelle Reidel et j'ai 16 ans. J'ai lu le livre *Et si Dieu me parlai !* La vie de Faustino m'a beaucoup fait réfléchir, et depuis que j'ai lu ce livre merveilleux, je le garde bien présent dans ma mémoire, dans mon cœur.

Pourquoi Faustino m'a-t-il fait réfléchir? Très facile. Faustino et moi, nous avons deux points communs: 1) comme moi, il était malade, même si ce n'était pas la même maladie; pour moi, c'est une fibrose quistique (FQ); et 2) lui, comme moi, aimait le Seigneur. Grâce à l'exemple de Faustino, j'ai pu améliorer certains secteurs de ma vie, car pour moi c'était un garçon génial.

La lecture de son livre m'a beaucoup ému, au point de pleurer parfois, tellement son attitude me touchait; il aimait toujours aider les autres et il a donné sa vie au Seigneur. Faustino est entré dans mon cœur et je crois qu'il n'en sortira plus. Il fait partie de ma vie.

Je suis prêt à devenir, comme on dit "des mains pour Faustino", car il a souffert et cette souffrance il l'a acceptée pour tous les malades du monde, et je pense que Faustino doit être proclamé saint: ce serait là quelque chose de merveilleux pour moi. »

« Grâce à Faustino, je n'ai pas accompli le geste fatal... »

Un religieux marianiste nous envoie cette lettre reçue d'un de ses amis, malade du cancer, dans une situation très difficile.

« Je vis des moments très difficiles et quelquefois le moral veut lâcher. Hier, j'ai failli faire un geste pour mettre fin à ma vie. Il était 22 heures quand, soudain, j'ai pensé à toi. J'avais aussi dans mes mains Faustino. J'ai crié au secours. Je sentais une grande tristesse à l'intérieur... Ce que je vis est très difficile... Les médicaments que je dois acheter sont très chers... Je ne peux arriver à joindre les deux bouts. Je ne sais pas ce que je vais faire. Je me couche et les nuits sont très longues. J'espère avoir le courage de continuer et de ne pas abandonner, mais je ne peux promettre, car je ne sais pas comment je vais passer à travers tout ça. Ami, garde-moi dans tes prières car j'en ai un grand besoin et demande à Dieu que je ne pose pas ce geste suicidaire qui me hante depuis quelques jours. Je me sens triste et malheureux; je ne me reconnais plus. Je me cherche et j'ai du mal à reconnaître celui que j'étais autrefois. Je m'accroche beaucoup à mon ami Faustino. J'ai tellement confiance en lui. Il est ma bouée de sauvetage et il fait partie de ma vie. Merci de me l'avoir fait connaître et de l'avoir mis sur ma route. Tu es un grand ami et je te garde dans mon cœur avec Faustino, car j'ai vraiment besoin de vous deux...

Aujourd'hui, je suis très triste et mon cœur souffre beaucoup; je sens une peine immense qui m'envahit et c'est très pénible. Dans quelques minutes, je vais me plonger dans la prière et demander de l'aide, car j'en ai vraiment besoin. Que le Seigneur et Faustino soient mes compagnons de route. »

Et il ajoutait dans une lettre ultérieure:

« Si je peux encore être utile, je demande au Seigneur et à Faustino de me guérir. Sinon, je leur demande de me donner la force et le courage pour persévérer jusqu'à la fin. »

« Faustino, donne-nous du courage »

Une guérison est une grâce. Mais la force de supporter la souffrance avec courage ne l'est pas moins. Il est bon de la demander pour tous ceux qui souffrent. C'est ce que fait *Isabel T., Porto Novo (Bénin).* Voici son témoignage :

« Après la lecture du livre de Faustino, je me suis mise à l'invoquer surtout pour une amie qui a le cancer du foie : que mon amie guérisse si telle est la volonté de Dieu. Si elle ne guérit pas, que Faustino lui obtienne la confiance, la sérénité et l'union totale au Christ dans la souffrance et la perspective de la mort. Confiance, sérénité, union totale au Christ, vertus que Faustino a pratiquées de façon héroïque, surtout dans les derniers moments de sa maladie. »

Cette prière peut amener d'autres grâces, parfois inattendues. Du Canada, *Jean-Charles C.* nous écrit ceci :

« Voilà un mois que Marcel Morin est mort. Le miracle, accompli par Faustino, n'est pas la guérison physique de Marcel, mais bien tout ce mouvement qui s'est dessiné autour de Marcel, durant sa maladie, chez ses amis et ceux qui l'entouraient, qui étaient plus ou moins croyants et, pour la plupart, je dirais, non pratiquants. Une atmosphère de sérénité et de paix…

D'abord, c'est tout un mouvement de prière qui s'est créé autour du malade, puis un mouvement d'entraide qui s'est développé autour de lui, entraide de service et aussi d'aide financière.

Malgré sa grande souffrance, il est parti sereinement. La veille de sa mort, il a supplié son fils de 16 ans de lui permettre de partir rejoindre le Seigneur. Pour ce garçon, c'était son point d'ancrage qui disparaissait dans sa famille affectée par le divorce et l'alcool... C'est extraordinaire les témoignages entendus durant sa maladie et après sa mort. Il y a quelque temps, j'ai rencontré sa sœur (qui est à l'origine du mouvement de prière). Elle m'a dit que, même si c'était un peu au ralenti avec les vacances, ce mouvement continuait. Dans ce qui s'est passé, je vois la main de Dieu par l'intermédiaire de Faustino. Au nom de Marcel, merci. »

« La souffrance des mères »

Les mères! Quelle capacité de souffrance! Dans la même proportion que leur capacité d'amour. Immense capacité de s'oublier pour ceux qu'elles aiment. Peut-être est-ce pour cela que Faustino est très proche d'elles. Elles entendent dans leur cœur un Faustino disant à sa propre mère: « Maman, ce n'est pas juste que tu souffres pour moi. La maladie est à moi... » Faustino leur semble tellement sympathique, bon, plein d'affection, qu'elles aimeraient le voir reflété dans leurs propres enfants... Voici trois témoignages dans ce sens.

Le premier nous vient de *Belgique,* et il reflète malheureusement la tragédie vécue par bien des familles de nos jours:

« Merci pour la photo de Faustino, que je considère comme un membre de ma famille, veillant sur mes enfants. Cependant, j'ai beaucoup de soucis avec ma fille aînée R. qui a 19 ans et qui se drogue. Elle dort le jour et sort la nuit, fume du haschich, fréquente des gens à la moralité douteuse et est très difficile avec nous.

Je prie Faustino, les saints Anges, Notre-Dame du Refuge, le bon Jésus, de nous aider. Je suis au fond du tunnel. C'est un appel au secours que je vous lance. Aidez-nous. Priez pour nous et que Faustino nous aide de là-haut et préserve notre famille et la garde unie... »

Le second nous vient du *Brésil,* d'une mère argentine vivant dans ce pays. Il illustre combien l'exemple de Faustino apporte courage dans la maladie :

« ... j'avais été opérée en juillet ; voilà maintenant deux mois que je suis un traitement de chimiothérapie avec ses effets secondaires désagréables. J'espère que le résultat sera positif et dans cet espoir je fais confiance à la médecine et à l'intercession de Faustino que je ne cesse de prier pour cela. Je supporte tout cela de mon mieux, non tant pour moi que pour mon mari et mes enfants qui doivent se faire du souci, même si, comme moi, ils ne l'expriment pas. Vraiment, quand il y a de l'amour, voir souffrir est un poids très lourd qui s'ajoute à ce qui arrive, sans se plaindre. En fin de compte, il faut vivre le moment présent et apporter du bonheur à ceux que nous aimons... Pourrais-je avoir un autre livre sur Faustino ? »

Le troisième nous vient d'une *petite ville espagnole.* Comme toujours, la maman oublie sa propre souffrance et elle prie pour son fils qui va par des chemins peu recommandés :

« Malade et sortant d'une opération aux poumons, ce qui me faisait souci, bien plus que mon corps, c'était de voir que mon fils de 20 ans s'enfonçait dans des fréquentations peu recommandables. Quand il rentrait pour dormir, l'alcool lui sortait par les yeux et le linge avait une odeur insupportable.

On m'a donné l'image de Faustino, quand j'ai été malade, et, pour me distraire, j'ai acheté le livre *Et si Dieu me parlait!* Quand je l'ai eu terminé, j'ai demandé à Faustino de toutes mes forces de sortir mon fils de ce gouffre. Deux mois plus tard, il m'annonça qu'il sortait avec une fille, d'une famille très catholique. Je me suis rendue compte que c'était quelqu'un qui n'aimait pas les fréquentations de mon fils et elle l'a amené à faire un changement radical… »

Pourquoi la souffrance ?

J'ai laissé cette question pour la fin. Elle arrive parfois dans les lettres reflétant une disposition bien contemporaine. C'est une question à laquelle on ne peut donner de réponse satisfaisante. La souffrance est un « scandale » pour beaucoup. Seul un regard de foi peut projeter un peu de lumière. *Myriam*, déjà citée, conduit ainsi sa réflexion :

« J'ai pensé que, si je ne portais pas un regard d'amour sur la souffrance, je la trouverais profondément inhumaine et contre la dignité de la personne. Il y a des jours, par contre, où la Croix de Jésus devient si transparente que, même sans rien comprendre à la souffrance, on arrive à l'accepter à genoux au pied de la Croix (comme Marie, comme Jean, comme moi), ou sur la Croix (comme Jésus). Car on s'appuie sur Dieu qui est fidèle, car Dieu est proche des cœurs brisés. Quand la souffrance a un visage, on peut y lire l'espérance, la beauté, la vie, la résurrection... J'ai lu *Et si Dieu me parlait!:* Quelle merveilleuse aventure celle de Faustino! »

Comme le dit aussi *Bărbara C.,* la foi seule permet de comprendre un peu. Jésus n'est pas venu expliquer la souffrance. Il est venu la partager et nous dire: « Prends ta croix et suis moi ». Si, comme Faustino on fait ça, on arrive à comprendre quelque chose. C'est le cas de cette étudiante, de père protestant:

« J'ai donc lu votre livre en septembre-octobre. J'ai l'habitude d'aller aux "Bons Livres" (une librairie chrétienne de Bordeaux). Je suis tombée sur votre livre par hasard et il m'a plu, alors je l'ai acheté.

Je l'ai lu très vite car l'histoire de Faustino m'a passionnée et donné beaucoup de courage. Je traversais alors une période de grande découverte spirituelle et ce livre a été pour beaucoup dans l'approfondissement de ma foi.

J'ai perdu ma mère le 7 juillet. Nous étions particulièrement liées, notamment à la suite d'une maladie extrêmement grave que j'ai eue à l'âge de 12-13-14 ans. Ma guérison est miraculeuse et les moments d'épreuve que nous avions traversés ensemble avaient créé des liens comparables à ceux de Faustino avec sa mère.

Donc, à la suite de la mort de maman, je me suis encore plus rapprochée du Seigneur et j'ai la très grande grâce de la sentir présente à chaque instant. Cette situation n'est d'ailleurs vivable que dans la foi, sinon c'est atroce de perdre sa mère. J'ai découvert qu'en fait nous vivons dans un univers immense comprenant la Terre et surtout le Ciel avec lequel nous pouvons communiquer, notamment grâce à l'Eucharistie et à la confession.

J'ai également compris que la mort nous libère de l'emprisonnement dans lequel nous retient notre corps et la Terre, et qu'il faut beaucoup lutter pour être en communion avec le Ciel quand on vit sur Terre. Et surtout, pendant cette période d'octobre, je me suis réveillée un matin avec la réponse à une question qui me tracassait depuis longtemps : "À quoi sert la souffrance ?" Et j'ai compris qu'en permettant la souffrance, le Seigneur nous fait la très grande grâce de nous permettre de participer au rachat des pécheurs comme lui-même l'a fait.

Alors, depuis ce jour, lorsque je suis malade et que je souffre, je demande au Seigneur de souffrir encore plus si cela peut l'aider à "récupérer" des pécheurs... »

En post-scriptum, elle ajoute ces lignes :

« Je viens d'acheter un exemplaire du livre pour Jessica qui va avoir 18 ans demain et qui est dans une situation familiale assez difficile. Elle a une mère formidable et un père américain un peu fou qui est parti voilà 10 ans vivre avec une femme de 10 ans plus jeune que lui… Il y a tellement de gens à qui j'aimerais le faire lire que j'aurais volontiers dévalisé la librairie, mais malheureusement il n'en restait plus qu'un exemplaire… »

Barbara, comme Faustino, a découvert un des « bienfaits » de la souffrance : en union avec la Croix du Christ, elle sert à « récupérer des pécheurs », comme elle dit. Peu de gens comprennent cela. Devant la réalité des innombrables péchés du monde, il faut des personnes qui veuillent « accomplir en leur propre chair ce qu'il reste à souffrir des épreuves du Christ, pour son corps qui est l'Église », comme le faisait saint Paul (Col. 1, 24). La prière et la souffrance unies à Jésus sur la Croix servent à l'équilibre spirituel du monde contaminé par le péché. Aujourd'hui, Barbara fait partie de la communauté de l'Emmanuel.

Il s'est trouvé à l'unisson avec Faustino

Grâce à Dieu, il y a toujours des personnes qui comprennent cette dimension de salut liée à la souffrance. De *Saint-Germain,* France, nous arrive cette lettre avec l'adresse expéditeur portant le nom : *Amiral François de P.* Une lettre très touchante, d'un homme de foi, d'un authentique chrétien. Elle n'a pas besoin de commentaires :

« La Providence m'a permis de lire le merveilleux petit livre *Et si Dieu me parlait!* nous retraçant l'itinéraire spirituel de ce garçon, Faustino, qui sur cette terre a été, à peu d'années près, mon contemporain... J'ai été totalement pris par cette lecture. Les réflexions de Faustino sont pourtant toutes simples, brèves, mais quand une âme en contact avec Dieu vous parle, inévitablement la nôtre se met à vibrer, comme si elle cherchait à se mettre à l'unisson, à se caler sur la même fréquence! et pourquoi pas?

J'ai été d'autant plus ému par le témoignage de Faustino que j'ai vécu récemment (en 94 et 95), à travers la maladie fatale de mon épouse, le même type d'épreuves que celles de la famille Pérez-Manglano. Le Bon Dieu a invité mon épouse à accepter son épreuve, puis à les offrir, et elle a compris le bienfait que pouvaient retirer d'autres âmes de ses souffrances offertes, souffrances de plus en plus terribles qu'à peine la morphine pouvait atténuer, à travers piqûres sur piqûres, tout comme en parle Faustino. Et, à la lecture de votre livre, j'ai retrouvé des moments vécus avec mes enfants autour du lit de mon épouse et de leur mère.

Merci infiniment de l'avoir écrit, merci infiniment de mettre ainsi Faustino sur notre route, car une rencontre, une seule, même brève, avec cette belle âme chrétienne suffit pour nous remettre sur la bonne voie, pour nous encourager à offrir toutes les petites peines, enfin pour nous confirmer dans la Foi, l'Espérance et la Charité. Quel bonheur!

Je commande par un autre courrier chez Fayard quelques exemplaires de ce livre, en particulier pour mon dernier fils, F.-X., qui a tout juste 16 ans, et qui sera sûrement heureux de rencontrer lui aussi notre cher Faustino. »

Une nouvelle vision, une nouvelle relation

Il n'est certes pas facile de « comprendre » la souffrance. Mais pour cela, Faustino agit comme une parabole :

« Ce qui me frappe le plus chez lui, c'est son acceptation de la souffrance. Il arrive souvent que la souffrance me tenaille et m'immobilise. Pas la douleur physique (Dieu merci, je n'ai pas eu de grands problèmes de ce côté-là), mais du côté psychologique et sentimental... Il me faudra prendre exemple sur Faustino en cela. Un frère marianiste m'a dit un jour : "La souffrance est un don de Dieu." Bien sûr, je n'ai pas compris. Je crois que Faustino me le fait comprendre... ». *J.V., Vitoria.*

Faustino, peu à peu, joue son rôle d'éducateur pour qui le fréquente dans la simplicité et la confiance. Ces lignes sont éclairantes. Elles peuvent montrer un chemin : il s'agit de passer du stade de la demande de faveurs à celui où il devient « maître de vie ».

« Ici, à *Guadalajara (Mexique)* on connaît Faustino. Pour moi, le type de relation avec lui a changé. Elle passe de celle du *gamin* qui demande d'avoir un taxi à sa portée, de retrouver un objet perdu, de terminer un travail dans les délais… à celles de l'*adulte dans la foi* qui apprend de lui à vivre sa maladie dans la paix, sans être à charge et de plus en plus centré sur Dieu. »

CHAPITRE 13

FAVEURS DE FAUSTINO (I)

Mais, Faustino a déjà fait des « miracles » ?

Que de fois on me pose cette question! J'avoue que je ne sais que répondre. Il arrive aussi que je me culpabilise presque lorsque quelqu'un me dit que Faustino « ne lui a pas fait le miracle » qu'il avait demandé. Ceux qui parlent ainsi se réfèrent à quelque chose de spectaculaire, à une guérison subite par exemple.

Je suis sûr que ceux qui ont lu ces pages jusqu'ici me comprendront si je leur dis que tout cela dépend de ce que nous appelons « miracle »... Tous les témoignages cités jusqu'à présent ne relèvent-ils pas, d'une certaine façon, du « miraculeux »? Ne sont-ils pas une preuve que Faustino, depuis le Ciel travaille dans le cœur des personnes qui le reçoivent? Mais laissons de côté le mot « miracle » et appelons ces interventions attribuées à Faustino, plus simplement: faveurs, grâces.

Ce que nous avons vu jusqu'à présent relève de faveurs plutôt spirituelles et si on y réfléchit bien, ce sont là les meilleures. Les miracles, les guérisons que faisait Jésus avaient toujours en dernier ressort, une finalité « de salut ». Chez les saints, fidèles copies de Jésus, il en va de même.

« Faustino m'a obtenu une grâce »

Beaucoup écrivent affirmant avoir reçu une faveur, sans préciser davantage. Parfois, comme *Ana,* de *Berlanga de Duero,* on ajoute : « Je fais un virement pour la cause de Faustino car j'ai obtenu une grâce. » Ou bien ils précisent un peu plus, comme *Antonio,* de *Valencia :* « L'intercession de Faustino m'a résolu chacun des problèmes liés à l'avenir de mes enfants. « Pas plus tard qu'hier, Faustino a obtenu une chose importante à une de mes amies », nous écrit *Vicenta,* de *Valencia.* Il en est qui disent : « Faustino m'a obtenu une grâce, mais ne la rendez pas publique » ; ou encore « Pour des petites faveurs reçues, nous faisons un don », comme *G. S. (Madrid).* « En très peu de temps, j'ai obtenu du serviteur de Dieu Faustino une faveur très importante pour moi, qui m'a beaucoup touchée et a fortifié ma dévotion. » *María C. (Valencia).* D'autres, en remerciant Faustino pour une faveur obtenue, donnent leur « témoignage de confiance pour qu'il soit béatifié ». *Benito R. (Madrid).* Si les béatifications ou canonisations se faisaient par acclamation populaire, nous aurions déjà Faustino sur les autels ! Mais l'Église aime bien être « très pointilleuse » sur la question, et elle a raison.

« Nous sommes quatorze personnes d'une même famille qui tenons à remercier Faustino pour la solution d'un gros problème extrêmement difficile. Dès que nous avons demandé son aide dans la prière, tout s'est résolu miraculeusement, avec une heureuse issue inimaginable auparavant. Merci, Faustino, Merci. » *C.B.G.*

« J'ai une grande dévotion à la Vierge de Lourdes, et comme je suis en dette de reconnaissance à son égard pour une faveur reçue, je me suis adressée ailleurs, à Faustino (sans beaucoup y croire) pour une autre faveur très importante. Elle m'a été accordée. Je ressens l'obligation de le faire connaître... » *Consuele (Alicante).*

Examens

Il arrive que Faustino soit remercié pour de bons résultats aux examens. « Remplie de reconnaissance et de confiance, je tiens à témoigner du bon résultat à mes examens de fin d'études, comme je l'ai promis ». *S.C.S.*

« Faustino, grâce à ton aide, nous avons pu mener à terme nos études universitaires au mieux, malgré toutes les difficultés rencontrées. Merci Faustino. » *Miguel et Clara (La Coruña).*

« Amaya devait passer un examen sur deux matières pour pouvoir entrer à l'université en octobre. Ça la préoccupait beaucoup et elle se mit à prier Faustino avec foi. Elle a réussi pour ces deux matières, et alors, contente comme tout, elle a mis l'image de Faustino dans son sac et est allée raconter la chose à ses amies. Il aurait fallu les voir se recommander à Faustino pour l'examen de septembre! Finalement, les trois ont réussi. Et ce n'est pas tout... » *Palmira (Logroño).*

« J'ai recommandé à Faustino de bien vouloir obtenir de Notre-Seigneur le succès pour un petit-fils réticent à l'invoquer. Le fait est qu'il a réussi l'examen espéré, particulièrement important pour pouvoir être admis en deuxième année à l'École vétérinaire de Lugo, à la grande joie de toute la famille. Nous sommes reconnaissants à Faustino d'avoir obtenu à notre élève l'ardeur nécessaire pour préparer l'examen ». *C. G. (Madrid).*

Dans ce dernier cas, nous avons une nuance très importante: on est reconnaissant à Faustino pour avoir suscité chez un élève « l'ardeur nécessaire »...

Opérations réussies

« *L'opération a réussi* »: *c'est une expression que l'on retrouve souvent dans les lettres de reconnaissance. En voici quelques-unes:*

« Comme un membre de notre famille devait subir une opération très délicate (tumeur au cerveau), nous nous sommes recommandés à Faustino. En dépit des faibles chances de succès que les médecins nous avaient annoncé, l'opération s'est bien passée pour la personne à la grande satisfaction de tous. » *Une famille de Valencia.*

« J'écris pour dire ma joie d'avoir obtenu une grâce par l'intercession de Faustino. Ma sœur Cecilia a été opérée à cœur ouvert: on lui a changé deux valvules mitrales. Toute la famille a beaucoup prié, ainsi que la Famille Marianiste d'Ajaccio. Tout s'est très bien déroulé et voilà Cecilia rétablie. » *Lucie S. Ajaccio (Corse).*

« En novembre, mon père, âgé de 78 ans, perclus de maladies et d'infirmités dont un emphysème pulmonaire, un asthme chronique depuis l'âge de 21 ans et 25 % de capacité respiratoire, voit son cœur flancher. Voilà qu'il faut lui implanter un régulateur cardiaque permanent.

Une de mes filles m'apporte une image de Faustino. Je me recommande à lui avec toute ma foi et voilà que tout se passe merveilleusement bien. Mon père est toujours en vie et en meilleure santé qu'auparavant, alors que personne n'osait espérer qu'il s'en sortirait. » *María Luisa T. (Valencia).*

« Mon frère a soudain découvert en lui un polype qualifié de "tumeur maligne". Il fallut l'opérer d'urgence. Tout le monde ne résiste pas à une si grave opération et ceux qui en sortent restent avec de graves séquelles. Très préoccupée, j'ai eu recours à l'intercession de Faustino. L'opération s'est bien passée. Au bout de quelques semaines suivies d'une seconde intervention, il se trouve guéri extraordinairement et aujourd'hui il mène une vie normale. » *María Pilar, San Sebastián (Guipúzcoa).*

« Après deux mois d'hospitalisation, les médecins décident que la maladie de cœur de ma fille María Luisa, de 19 ans (endocardite de la valvule tricuspide), nécessite une opération. Dans le doute, ils ne savaient pas ce qu'il valait mieux faire : mettre une prothèse de la valvule défectueuse, ce qui lui laisserait des séquelles avec un traitement à vie, ou bien enlever la partie affectée et lui faire une greffe sans conséquences majeures.

Un jour avant la date de l'intervention à cœur ouvert, un prêtre ami nous donna une image de

Faustino. Avec tout mon cœur, je lui ai demandé de faire que l'intervention réussisse et soit la plus simple possible. Il en fut ainsi. Au bout de quatre mois, un premier examen révéla que tout était parfait. L'examen suivant est dans deux ans... Chaque fois que j'ai un problème, je demande à Faustino : à ce jour, il ne m'a pas déçu. » *Josefa (Valencia).*

Une solution à des problèmes difficiles

Il y a des problèmes qui n'ont rien à voir avec la santé, mais qui touchent la vie des personnes ou de la famille :

« Nous recommandons à Faustino de nous aider pour trouver la solution dans une affaire judiciaire très compliquée ; nous manquions de pièces justificatives que nous n'arrivions pas à nous procurer, et par ailleurs nous ne savions pas comment allait réagir la partie adverse.

Au début de ce mois de mai, nous nous mettons à invoquer Faustino en prenant comme échéance le 15 du mois. Le lendemain de ce jour, l'avocat nous fait savoir que le juge a accepté la solution proposée pour trouver un compromis qui serait signé précisément le 15. Les fameuses pièces justificatives demandées, retardées pendant des mois, nous furent transmises à temps ; ainsi cette affaire qui traînait depuis plus de quatre ans, sans solution en vue, était en bonne voie. » *José Antonio S. (Madrid).*

« Je me trouvais dans l'obligation, pour des raisons à la fois familiales et professionnelles, de faire un voyage qualifié de "risqué" en raison des circonstances. Il y eut des moments où la catastrophe était manifeste, et en plusieurs circonstances je me suis trouvée en situation d'embarras, presque d'angoisse.

Alors j'ai dit la prière de Faustino, je l'ai invoqué avec mes mots à moi, avec toute l'humilité et la confiance dont j'étais capable ; j'en ai fait mon "secrétaire" et j'ai ainsi bien terminé le voyage, et atteint les objectifs. J'ai promis de rendre publique la faveur reçue (car c'en est une) et cela a été reconnu par des personnes réticentes à solliciter l'intercession de Faustino. » *C.G. (Madrid).*

« J'ai lu quelque chose sur Faustino, et tout de suite j'ai eu confiance en lui, à cause de sa dévotion au Seigneur et à sa mère. Je lui ai alors demandé une grâce considérée comme impossible : réaliser une vente tout à fait prioritaire pour moi et que l'on me disait risquer de durer un bon mois, ce qui était trop long. Je me suis recommandé à lui et la vente en question se réalisa dans les deux jours après ma demande.

Faustino m'a entendu. Je tiens à l'en remercier et à contribuer, avec mon témoignage, à sa béatification. » *Saúl, Trujillo (Pérou).*

Guérisons

« Le jeune *Eduardo B.* souffrait d'un problème à la gorge qui lui causait des crises d'asthme et une très forte fièvre, difficile à calmer. Malgré les médicaments, l'état de santé allait empirant. Nous avons décidé de le confier au Seigneur.

Avec beaucoup de foi, nous avons commencé une neuvaine avec la prière de Faustino. En l'affaire de peu de temps le gamin se trouve tout à fait guéri. Reconnaissant, je loue Dieu qui nous a laissé un médiateur avec Faustino. » *Rufino B.P., Las Mercedes (Argentine).*

« J'ai 76 ans et je suis invalide, amputée d'une jambe. Voilà qu'en octobre dernier, je me trouve avec un problème de peau sur le moignon et sur la partie droite de mon corps, avec des plaies suppurantes, un lancement et une douleur affreuse. Deux médecins m'ont examinée, sans résultat positif. Me voyant dans cet état désespéré, un neveu, Carlos, m'offre la vie de Faustino et nous commençons une neuvaine. Le dernier jour de mai, je me trouve guérie, sans douleur, sans plaie, tout ayant disparu. Je suis sûre que c'est là un miracle de Faustino. Je rends grâce et je continue à prier, car j'en ai bien besoin en raison de mon invalidité et de ma solitude. Je vous fais parvenir 500 pesetas pour la cause, le peu que je puis donner. » *Amalia (Alicante).*

« Faustino n'a aidé. J'ai un ami en Allemagne qui est malade mental. Ces derniers mois, il a souffert de spasmes faciaux très forts, et spécialement avec un clignement des yeux très gênant. Avec deux amis, je me suis mis à faire une neuvaine à Faustino et voilà que les spasmes et clignements d'yeux ont disparu. Je suis très reconnaissante à Notre-Seigneur et à Faustino. » *Otto Michael S., Vasteras (Suède).*

Nous trouvons beaucoup de guérisons attribuées à Faustino. Nous en rapportons ici l'une ou l'autre telles qu'elles nous ont été communiquées.

« Je ne me suis jamais recommandée à un saint, mais... »

« J'ai été admis aux urgences à 6 heures du matin, et on m'a opérée à une heure de l'après-midi. En raison du médicament pris et d'une lésion grave du cœur, il fallait étudier mon cas avec grand soin. Il s'agissait d'une occlusion intestinale. Tout s'est bien passé, compte tenu de mon état général avec mes 73 ans. Je ne pouvais digérer, il me fallait attendre 8 heures ou plus pour pouvoir prendre quelque chose d'autre et encore un aliment très léger tel que du poisson bouilli. Mon médecin m'a prescrit des remèdes : aucun effet. Ni lui, ni mon neveu, médecin lui aussi, ne trouvaient une solution.

Quant à moi, je priais beaucoup la Vierge, mais il semblait que cette fois-ci elle ne m'écoutait pas. *Je ne me suis jamais recommandé à un saint,* et soudain j'ai pensé à Faustino dont j'avais tant entendu parler. [...] Pendant neuf jours, j'ai prié un Notre Père. Le jour suivant, voilà que je me suis trouvée capable de digérer ce que je prenais, dans des conditions normales ; et ainsi, à partir ce de ce jour le mieux s'est développée. Je l'attribue à l'intercession de Faustino. » *María Luisa S. (Valencia).*

Accident dans un centre de loisirs aquatiques

« Le 13 août dernier, notre fils Jaime a été accidenté alors qu'il nageait dans un centre de loisirs aquatiques à Estepona. Une gamine a fait une chute sur lui, le laissant avec un traumatisme très fort au niveau de l'œil gauche. Jaime a eu une fracture du seuil orbital avec incarcération du muscle droit inférieur resté pris, pincé dans la fissure de l'os orbital fracturé. Il a eu deux interventions, en août et en septembre à l'hôpital Ramón y Cajal de Madrid par un docteur spécialiste de ce type de lésion. Après ces opérations qui eurent pour effet de libérer le muscle, avec la mise en place d'une agrafe de titane, Jaime s'est trouvé avec une diplopie marquée, cette vision double étant causée par la fibrose qui avait touché le muscle emprisonné. Il avait des difficultés pour voir normalement, lire, manger, descendre les escaliers, etc. On nous a laissé peu d'espoir d'amélioration substantielle et aucun espoir de guérison. Nous sommes allés consulter un autre centre ophtalmologique. On lui appliqua des traitements pointus. Le diagnostic fut confirmé : lésion grave et irrécupérable.

Dès que nous avons connu, par sœur Hélène (marianiste), la vie exemplaire de Faustino, nous nous sommes mis à prier tous les jours, demandant à Dieu de guérir notre Jaime. Lors du premier contrôle formel, en décembre dernier, le médecin a été surpris de constater que le muscle avait récupéré une bonne partie de sa mobilité et que la double vision avait pratiquement disparu. Selon ses propres paroles, cette forme de guérison était incompréhensible et inexplicable d'un point de vue médical et selon son expérience. Quant à nous, nous l'avons interprété et vécu comme un miracle de Dieu, qui a voulu ainsi manifester sa volonté de glorifier Faustino. » *José et Consuelo (Madrid).*

Ils avaient déjà commandé le cercueil

De Quito, nous recevons cette lettre des pères *Carlo M.* et *Edison S.,* tous deux marianistes :

« Le cinq, je fus appelé au téléphone par un ami militaire, marié et père d'une fillette – Caterine – âgée de 3 mois. À ma grande surprise, il m'invite à participer à la veillée funèbre de sa fille le samedi suivant, car il lui reste peu de jours à vivre. Elle est aux soins intensifs, affectée d'une hémorragie cérébrale sans cause apparente : les médecins lui ont dit qu'on ne peut que se résigner à attendre sa mort. Ses parents se préoccupent déjà du cercueil et des habits pour l'enterrement. En pareil cas, j'ai seulement pu dire que j'étais de tout cœur avec eux, que je prierais pour sa fille et que le lendemain je passerais avec le père Carlo pour la visiter et lui donner les saintes huiles.

Le lendemain, nous nous rendons à l'hôpital. Mais, je dois vous dire aussi que, après le téléphone, j'ai pensé ceci : “si cette petite meurt, le foyer est en péril”, car la gamine était le facteur d'unité entre les parents. Je me suis adressé à Faustino : “C'est le moment de m'aider pour que la petite guérisse et que les parents ne se séparent pas”. Nous avons prié quelques Ave Maria par l'intermédiaire de Faustino. Le lendemain on nous fait savoir que la petite se remet, sans que l'on sache comment, et à ce jour les médecins sont sans explication “claire” sur cette guérison.

Quant à nous, nous avons vu une nette intervention de Faustino. Les parents aussi le croient. Nous leur avons offert le livre *Et si Dieu me parlait!* ainsi qu'un chapelet pour qu'ils prient ensemble "notre mère du Ciel", comme faisait Faustino… »

« Lundi, Raúl sera en classe »

Julio Corazao, marianiste péruvien, a écrit ces lignes quand il était directeur du collège Santa María de Lima. Excellent éducateur, auteur de plusieurs livres, donné aux pauvres, il vient de mourir accidentellement alors qu'il portait secours aux victimes du cataclysme « El Niño ». Le témoignage qu'il a donné sur Faustino voudrait être aussi un hommage à sa personne.

« Nous sommes en 1987, au Colegio Santa María de Lima. C'est l'heure de la récréation… on m'appelle… on crie… on dit que Raúl P. est en train de mourir… Raúl est en 5e année du secondaire. Je me précipite… et je le trouve étendu dans le jardin… il respire, mais ne réagit plus… On l'emporte à la clinique Tezza… Plusieurs médecins l'examinent… le neurologue… on fait des radios… Il ne réagit pas. Le docteur dit qu'il n'a jamais vu un tel cas, et il a 30 ans de pratique. Raúl ne réagit pas. Il est dans le coma. Malgré tout, certains signes de vie se manifestent, mais d'autres tests sont sans réaction… Le docteur dit qu'il faudra plusieurs jours avant qu'il ne réagisse, si toutefois il revient… Le cas est très sérieux… Je rentre… Panchito (marianiste espagnol "très fervent de Faustino") me voit très préoccupé. Je lui parle de l'état de santé de Raúl. Il me recommande de me confier à Faustino : "Tu verras, lundi il sera au collège"... C'est impossible... il est dans le coma... J'appelle la clinique... Raúl se trouve aux soins intensifs, et il ne réagit toujours pas. Il est 16 heures. Cet après-midi, nous jouons au *basket* contre Saint Augustin... Nous gagnons, mais nous pensons tous à Raúl... Sur ce, une dame nous dit que Raúl a réagi positivement à 17 heures. À la fin du match, je me rends à la clinique avec Panchito... À 5 heures il a ouvert les yeux et a reconnu sa mère... Je n'ai même pas eu le temps de penser à Faustino... tout s'est passé trop vite... Le médecin ne comprend pas alors qu'il a examiné plus de 10000 cas... Faustino?... Je ne sais... je sais seulement que Raúl était en train de mourir, il n'avait plus de réactions. C'est alors que Panchito a dit : "Confie-toi à Faustino, lundi il sera en classe."... Lundi, Raúl était à la messe à 7h30 du matin. FAUSTINO? » 25 janvier 1987.

« Faustino, fais quelque chose ! Guéris mon père ! »

Ce témoignage nous arrive de Dakar (Sénégal). Marie Émilienne T. nous en fait part, reconnaissante à Faustino qui a sorti son père d'une grosse difficulté :

« Le livre de Faustino me captiva tellement que je dus le lire en deux jours. Tout au long de la lecture, il m'arrivait de temps en temps de prier. J'ai donc terminé ce livre le dimanche soir 9 juin et j'ai fait cette prière : *"Dieu, Père tout puissant, toi qui permets à Faustino de faire des merveilles en ton nom, fais qu'en Afrique, le nom de Faustino soit aussi connu"*, et j'ai ajouté : *"Faustino, l'Europe te connaît, peut-être aussi l'Amérique, mais nous en Afrique, nous ne te connaissons pas. Fais quelque chose pour la gloire de Dieu."*

Et je me suis endormie. Dans la nuit, à 1 h 30, ma sœur me réveille. De sa chambre elle entend mon père qui suffoque. On voyait qu'il n'arrivait presque plus à respirer. Ma mère était en voyage dans une autre région du Sénégal et elle devait rentrer le lundi matin. Nous étions donc seules, mes 4 sœurs et moi. Je tremblais, car j'avais très peur devant ce qui arrivait. Tout d'un coup, j'ai dit : "Faustino, fais quelque chose, guéris mon père !" et je récitai un Notre Père, sans bien me rendre compte de ce que je disais. Alors, j'ai senti une grande paix, un calme étonnant.

Nous conduisons mon père à l'hôpital, avec l'aide de mon oncle qui habite près de chez nous. À l'hôpital, les médecins notent une hypertension de 27 et il est reçu aux urgences.

De retour à la maison, j'allume une bougie et je prie Faustino d'intercéder pour mon père malade. À 6 h 30, je retourne à l'hôpital avec mon oncle. Mon père est très mal. Je me tourne vers Faustino encore et je le supplie. De nouveau, je sens une grande paix intérieure m'envahir. Et je passe toute la journée à renouveler ma demande à Faustino.

À 18 h 30, je retourne à l'hôpital et je constate qu'il a beaucoup d'appareils dans le nez, dans la bouche… ; ma mère, de retour, pleure doucement. Je la console, lui disant que Dieu est grand et que Faustino va faire quelque chose, mais elle n'y prête pas grande attention. Le médecin nous dit qu'il a fait un arrêt cardiaque à 6 heures du matin, et qu'il est revenu à lui grâce à un massage cardiaque, mais qu'on ne peut pas encore se prononcer. Par ailleurs, il a cet œdème du poumon.

De retour à la maison et devant la photo de Faustino qui est dans le livre, nous prions Faustino d'intercéder auprès du Père céleste, et cela pendant une semaine. Nous remarquons que mon père va de mieux en mieux. Le jeudi, on lui enlève les appareils. Le vendredi, il peut s'asseoir sur son lit, et le lundi il sort, non seulement des urgences mais de l'hôpital, pour rentrer à la maison. Et le médecin d'insister : "Heureusement, il n'y a pas de séquelle, il va beaucoup mieux ; vous reviendrez dans 3 mois pour un contrôle". Et nous avons continué à prier Faustino. Il a fait ce contrôle, il va beaucoup mieux et a même repris ses activités d'entrepreneur en bâtiment.

Je rends grâce à Dieu pour son amour, et je remercie mon frère Faustino d'avoir intercédé auprès de Jésus.

Faustino, je t'avais promis de témoigner si, par ton intercession, par tes prières, mon père guérissait. Mon père est guéri, je te remercie et je t'embrasse bien fort. Et maintenant, je voudrais te faire connaître à mes frères et sœurs du Sénégal. »

Il s'agit bien de « ce Faustino » ?

« Alors que je suis malade, mon frère qui habite à X. m'appelle. Il est diabétique et exerce comme avocat. Il croit en Dieu, mais pas en l'Église. Il m'appelle pour me demander de l'aide : il a un herpès qui lui a touché un œil si bien qu'il a totalement perdu la vue de cet œil. On lui a même dit qu'il pourrait devenir aveugle. Il est désespéré et ne cesse de me dire que sans mon aide, il ne pourra s'en sortir ; qu'il ne voit rien ; qu'il souffre terriblement. Comme je ne puis sortir, je lui dis de patienter un peu, que je ne peux me rendre à X., que la seule chose que je peux faire est de demander secours à Faustino, un jeune qui m'a déjà aidé par le passé dans d'autres cas, et qu'il veuille bien s'unir à moi dans la prière. Il était si mal alors, qu'il était disposé à faire ce que je voudrais. Nous étions le mardi 16 août. Le 17 il m'appelle plus rassuré, alors que son épouse m'avait dit que, selon l'avis de l'oculiste, s'il récupérait un peu de sa vue, ce serait très peu, en raison de la blessure dans la cornée. Je lui ai envoyé un médicament nouveau pour les herpès et des calmants pour atténuer la souffrance. Le 19, la crise était passée et son état s'améliorait. L'oculiste était stupéfait de la façon dont la cornée s'était cicatrisée. Le 21, il fut autorisé à sortir. Un ou deux jours plus tard, il m'appela de J. Ils faisaient route vers C. C'est lui qui conduisait et il s'arrêta pour me remercier de tout ce que j'avais fait, me dire qu'il ne savait pas s'il s'agissait bien de “ce Faustino”, mais qu'il voyait parfaitement. » *Ana María (Madrid).*

« Gonzalo, quel bon ange gardien tu as ! »

À Valence, ce dimanche soir, au début des vacances de Noël, Gonzalo rentre tranquillement à la maison en moto, après avoir déposé une amie chez elle. Soudain... Son père nous raconte :

« Nous vous écrivons pour vous faire part de l'accident de la route dont a été victime notre fils Gonzalo T.S.

Vers 21.30, dimanche 20 décembre 1997, en rentrant, mon fils est renversé par une voiture venant de la rue Artes Gráficas. Il est touché à la tête, avec en plus de multiples contusions sur le reste du corps, au sol avec perte de connaissance, tout en sang et dans un état général très sérieux. La police locale appelle une ambulance qui le transporte au centre hospitalier universitaire. Les amis de notre fils nous informent et nous accourons.

Gonzalo est aux urgences en train de subir des examens radio. Au moment de le transférer sur le brancard, nous le voyons qui délire, saignant par l'oreille droite, et avec des vomissements mêlés de sang.

Selon les médecins, il semble qu'il ait une fracture à la base du crâne avec vraisemblablement hémorragie interne. Le neurochirurgien qui arrive vite, à la vue des radiographies, examine le polytraumatisme du crâne et note une fracture allant du niveau de l'os frontal (du côté droit), se prolongeant par la voûte crânienne pour se perdre dans la nuque; il confirme qu'il s'agit très probablement d'une fracture à la base du crâne. Il ordonne de le transférer dans une chambre à part en prévision d'une intervention éventuelle.

Dans la chambre, les vomissements vont en augmentant et l'état général empire. Nous demandons l'avis d'un ami spécialiste en traumatologie qui, au vu de la situation clinique, confirme ce qu'a dit le neurochirurgien. Cependant, il paraît nécessaire de lui faire un examen approfondi, sans attendre des heures. Comme nous sommes dimanche, les équipements appropriés avec le personnel ne sont opérationnels qu'au complexe médical La Fe. Devant l'état du patient, les médecins demandent à ses parents la permission de le transférer. Il faut le mettre sous respiration assistée pour pouvoir le transporter avec un minimum de garantie. Un médecin anesthésiste et un cardiologue l'accompagnent.

Dans une situation si angoissante, notre fille Mercedes se souvient de Faustino dont nous avons une image à la maison. Nous lui avons déjà demandé des faveurs par une neuvaine précisément les jours avant la réussite à l'examen, lui demandant d'aider notre fils Gonzalo dans ses études, demandant également à Faustino de le protéger dans la vie. Notre fille se rappelait de cela. Et alors nous nous sommes tous mis à prier de nouveau Faustino.

Au bout d'une heure, nous recevons un appel téléphonique de La Fe pour nous dire que le Scanner éliminait l'urgence de l'opération, car il excluait la fracture de la base crânienne et l'hémorragie crânienne. De retour au centre hospitalier, Gonzalo fut mis au service des soins intensifs en observation. Il devait y rester au moins cinq jours, au cas où il y aurait des complications. Mais au bout de deux jours, l'amélioration s'avéra si spectaculaire qu'il fut transféré dans une chambre normale. Le 24 il pouvait rentrer chez lui dans la mesure où un suivi pourrait être assuré. Pendant tout ce temps, il avait complètement perdu la mémoire, au point de ne plus se rappeler de son nom, ni du nom de sa rue et de sa ville. À la maison, il récupéra progressivement sa capacité de mémoire et toutes les acquisitions antérieures.

Le 31, il se rendit chez le neurologue le plus renommé du secteur qui, après une observation approfondie affirma : « Quel bon ange gardien tu as ! » Il pensait qu'il ne resterait pas de séquelles. Il demanda un nouvel examen au scanner qui confirma les appréciations antérieures. Le 7 janvier, nous avons vu un oto-rhyno-laryngologiste célèbre qui lui a extrait un grand caillot de sang, durci comme une pierre, du conduit auditif externe de l'oreille droite, ce qui confirmait qu'il n'y avait pas de fracture du tympan ni aucune lésion. Le 26, il subissait un examen radiologique, chez un spécialiste en traumatologie : on ne trouvait plus trace de fracture, pas plus au crâne que sur le reste du corps, à l'exception d'une fracture récente et maintenant guérie au cinquième métacarpe de la main gauche, qui s'était guérie correctement sans avoir eu de traitement médical. Depuis le 18 janvier, il fréquente le collège et mène une vie normale. Voilà les faits. On peut considérer qu'il s'agit d'un phénomène providentiel, sans préjuger s'il s'agit ou non d'un fait miraculeux. »

Et la bosse a disparu

« En vous écrivant, je reste très impressionnée par ce que je vais dire. J'ai un fils de 4 ans qui a eu une grosseur dans l'aine. Le médecin pensa, d'emblée, à une hernie et nous orienta vers le chirurgien. Quelle surprise pour mon mari et moi lorsque celui-ci nous dit qu'il ne s'agissait pas d'une hernie mais d'un problème de testicules ! Il lui fallait bien une opération et c'était urgent. Nous étions bien contrariés !

De retour à Crevillente, je fais part du problème à ma belle-mère. Elle avait la prière de Faustino avec la photo, et elle me dit :"Prends-la, prie Faustino. On vient de m'apporter l'image." J'ai prié le Seigneur avec grande ferveur par l'intercession de Faustino. J'ai prié toute la nuit. Le lendemain, je suis allée rendre visite à un cousin médecin. Je lui ai montré le certificat du chirurgien. Quelle joie lorsque, après avoir vu le petit, il en vint à la conclusion que ce n'était pas ce qui avait été dit ! J'ai pensé à Faustino et, très émue, je l'ai remercié.

Mais la bosse était toujours là. J'ai amené l'enfant à une clinique et on m'a dit qu'il avait un kyste sans importance, mais qu'il fallait l'enlever. Cela nous a beaucoup tranquillisés et j'en ai été reconnaissante à Faustino. J'ai demandé le livre pour le lire et je garde sa photo sur ma table de nuit. J'ai continué à lui demander que, quand mon fils serait opéré, tout se passe bien…

Cela se passait en avril. Il y a quelques jours, en ce mois d'octobre, j'ai amené mes trois fils chez un pédiatre d'Alicante. Je lui ai fait part de ce qui était arrivé et il resta très surpris car la bosse en question avait disparu chez l'enfant. Il n'a rien qui y ressemble. Et le médecin d'ajouter : "Cet enfant n'a pas besoin d'opération. Je ne vois aucune raison de la faire."

Je suis de plus en plus convaincue que Dieu a mis Faustino sur mon chemin pour qu'il puisse faire un miracle. » *M.J.C., Crevillente (Alicante).*

« Je me trouve dans la gêne : j'ai recours à Faustino ! »

Nous laissons de côté d'autres témoignages très ressemblants et nous terminons ce chapitre avec cette lettre sympathique où une personne d'Alicante, anonyme, nous dit qu'elle a recours à Faustino, tout simplement pour tout. Et elle s'en trouve bien !

« Dès que je me trouve dans la gêne pour quelque chose, je n'hésite pas à recourir à Faustino, et il m'aide toujours. Ce fut le cas pour un de mes proches à qui il a accordé dernièrement une grande faveur. Il avait perdu des objets de grande valeur à la fois sur un plan moral et matériel, depuis plusieurs mois, et il les a retrouvés grâce à son intervention.

Quand je perds quelque chose, je l'invoque toujours : "Faustino, aide-moi !" Et il m'aide. Et mieux que ça encore, le concierge de notre immeuble a été très malade, au point que l'on pensait qu'il n'y avait pas de remède. J'ai donné à sa femme une photo de Faustino, elle l'a placée sous l'oreiller et nous avons prié Faustino. Le malade a récupéré peu à peu et il est de nouveau à son poste. » *X X (Alicante).*

CHAPITRE 14

ENCORE DES FAVEURS DE FAUSTINO (II)

Continuons à relever des faveurs de Faustino. Nous commencerons par trois qui ont trait aussi à la médecine: des enfants qui viennent au monde. Le père de Faustino, qui était gynécologue, avait l'habitude de se considérer comme un médecin comblé qui ne voyait que des visages heureux... Mais il arrive qu'il y ait des problèmes, comme dans ces trois cas:

Angoissés

« Nous étions angoissés par la naissance de mon fils. Le docteur venait de nous dire qu'il ne pouvait pas garantir une naissance normale. Je me suis alors recommandée à Faustino avec ferveur. L'enfant est né dans de bonnes conditions et il fait la joie de tous. » *María José R. – Vinalesa.*

Et l'enfant s'est retourné

« Mon second accouchement se présentait avec des complications : le bébé ne se présentait pas dans la bonne position. J'ai alors demandé au Seigneur, par l'intercession de Faustino, que le bébé change de position et que l'accouchement soit normal et rapide. Et il en fut ainsi. Je suis très reconnaissante et heureuse car j'ai eu un bébé magnifique et tout se passa comme je l'avais demandé. Maintenant, je demande à Dieu, toujours par l'intercession de Faustino, de donner la santé à mes deux fils, comme à mon mari et à toute la famille. Merci. » *Signature illisible – Valencia.*

Les enfants sont arrivés comme prévu

« En septembre, ma sœur Teresa me demande de prier pour pouvoir avoir un second enfant. Je commence aussitôt à prier Faustino. Même chose pour mon autre sœur Gabriela, qui a aussi des problèmes… Les enfants sont arrivés comme prévu : Teresa a donné naissance à Alejandro à la fin juin et Gabriela à Annalisa à la fin juillet. Nous avons invoqué Faustino pendant toute la durée de la grossesse pour que mes sœurs puissent arriver à terme, malgré leurs difficultés de santé. Et ça a bien marché. » *María Chiara – Rome.*

* * *

Certains ont besoin d'être guéris non seulement dans leur corps, mais aussi dans leur âme.

Il a fait une tentative de suicide...

« Nous avons reçu une grâce de guérison par l'intermédiaire de Faustino. Voici un mois, je reçois un appel téléphonique de M.T., m'annonçant, en sanglots, qu'un de ses neveux avait fait une tentative de suicide. Je lui propose aussitôt de faire ensemble une neuvaine à Faustino. Eh bien, non seulement P. est actuellement tout à fait rétabli, mais et peut-être est-ce là le plus important il a fait à sa tante la promesse de ne jamais retomber dans une telle tentation, lui avouant qu'il ne comprenait pas bien ce qui l'avait poussé à faire une chose pareille (avaler des barbituriques). M. T. a une grande confiance en Faustino : elle a confié son neveu à sa protection. » *M. – La Rochelle.*

* * *

Accidents de la route : un problème grave aujourd'hui. Voici deux témoignages :

Nous renversons une jeune fille

« J'ai terminé le livre de Faustino le 16 novembre. Ce soir-là, j'avais entraînement de basket à Almácera. Dans ces cas, j'y vais toujours avec des amis de l'équipe et ce jour-là, nous étions quatre. Nous n'allions pas vite ; le chauffeur est prudent. Soudain, nous avons vu une jeune fille – elle paraissait avoir autour de 25 ans – qui se préparait à traverser la route sans être sur un passage protégé. Elle aurait pu traverser entre deux véhicules en toute tranquillité, mais ce n'est pas ce qu'elle fit. Elle se mit à hésiter entre traverser ou reculer. Elle fit un pas en arrière et se trouva en plein milieu de la chaussée, effrayée de nous voir arriver sur elle. Le chauffeur ne put rien faire, tellement il nous paraissait évident qu'elle allait traverser sans problème. Il a juste eu le temps de donner un grand coup de volant sur la gauche et de freiner…

Nous percutons et renversons la jeune fille sur le côté droit. Nous la voyons heurter la partie avant de la voiture avant de frapper le pare-brise et de rebondir pour arriver sur le bord de la chaussée. Le choc est effrayant. L'impact de sa tête a fait éclater le pare-brise.

Jorge, le chauffeur, s'arrête et nous descendons aussitôt pour porter secours. Elle était étendue, saignant abondamment de la tête. Sonnée, elle tentait de se lever sans y réussir. Son fiancé qui l'attendait en voiture de l'autre côté de la route, avait déjà traversé, la prenant dans les bras. Il nous a demandé que l'un d'entre nous l'accompagne et tout en lui disant des paroles de réconfort, il la mit dans sa voiture et ils se sont rendus à l'hôpital "de La Fe". […]

La police est arrivée pour faire le constat. Jorge, effondré, disait que ce n'était pas possible. Les trois autres, ébranlés par l'accident, les jambes nous tremblaient. Nous étions anéantis… Soudain, je me rappelle de Faustino. Je lui demande de toutes mes forces que ce ne soit rien pour la jeune fille, au moins à la tête. Et Faustino m'a écouté, j'en suis sûr…

À 23h30, alors que nous étions encore à l'hôpital, l'infirmière vint nous annoncer que ça se soldait par quatre points de suture à la tête et une rupture de ligament à la jambe. Après lui avoir fait plusieurs radiographies, aucune hémorragie interne ne s'était manifestée, ni rien de grave. Seulement quelques points pour fermer la blessure. Je n'arrivais pas à y croire. Ce n'était pas possible. Le coup violent contre le pare-brise n'avait produit chez elle qu'une petite coupure. Merci mon Dieu et Faustino !

Je ne sais s'il faut parler de hasard ; je ne sais s'il faut parler de miracle. Je sais seulement que j'ai demandé à Faustino d'intervenir et qu'il l'a fait. » *Rafa – Valencia.*

« Nous dérapons, et... pas de véhicule en face ! »

« Le 1er mai, vers 17 heures, nous rentrons de Cordoue en voiture, Carlos mon mari, ma fille Patricia, ma petite fille Vanesa et moi. Nous rentrons sur Valencia et il pleut abondamment. La circulation – camions, semi-remorques, voitures – est intense dans les deux sens. On roule avec difficulté. À la sortie d'une grande courbe, notre voiture dérape ; nous nous mettons à faire des embardées d'un côté à l'autre de la route, ayant totalement perdu le contrôle du véhicule. Je porte toujours avec moi l'image de Faustino. Et voilà que, dès le premier instant, désespérée, je l'appelle : "Faustino, sauve-nous ! Aide-nous !". Eh bien, comme s'il y avait eu une barrière de chaque côté de la route, *pas de véhicule en face,* ni grand ni petit, nous pouvons immobiliser la voiture après avoir complètement traversé la chaussée, nous trouvant pour finir dans le sens opposé à notre marche. Nous regagnons notre position initiale et au moment de nous arrêter sur le bas-côté, morts de peur, pour reprendre nos esprits, *voilà que la circulation reprend dans les deux sens,* avec toutes sortes de véhicules, comme au démarrage après un feu rouge... Incroyable! J'étais hallucinée et je tremblais de peur et de joie. Mon mari, Carlos, tout comme les gamines ne pouvaient que dire: "C'est un miracle!" Alors je leur ai parlé de mon appel au secours à Faustino. Et, sur le champ, dans la voiture, nous l'avons prié pour le remercier. » *Elvira C. avec la signature de chacun – Valencia.*

* * *

« Il a trouvé un travail! »

On connaît les difficultés pour trouver un travail. Certains demandent à Faustino de les aider.

« J'ai fait plusieurs neuvaines à Faustino pour lui demander du travail pour ma fille, et voilà qu'elle a trouvé un emploi formidable. De même, j'ai demandé que soient résolus les problèmes de travail pour mon fils qui gagnait très peu et était en emploi précaire. Et ce fut accordé. Merci Faustino. » *Ángeles – Valencia.*

« Voilà quinze jours, deux jeunes se présentent à Mme Monsegu, à la recherche de travail. Celle-ci, après leur avoir expliqué un peu qui était Faustino, leur dit: "Nous allons prier ensemble avec foi, et lui demander de vous aider à trouver du travail." Cette prière terminée, voilà qu'un monsieur se présente disant qu'il avait besoin de deux personnes. Imaginez l'émotion de Mme Monsegu qui lui dit : "J'ai justement ici deux jeunes qui cherchent du travail." Depuis ce jour, ils travaillent. » *Esther G. – Ajaccio (Corse)*

« Par le biais du journal *Las Provincias,* j'ai fait connaissance avec Faustino. Après un temps long et difficile à la recherche d'un travail fixe, ayant tout fait humainement avec persévérance, pour finir, grâce à Dieu et à Faustino, voilà que je suis arrivé au but. Et je lui en serai toujours reconnaissant. » *Salvador B. – Guadasuar, Valencia.*

« J'écris cette lettre parce que je crois que Faustino nous a accordé une faveur. Nous vivions à l'étranger et ça allait mal. Mon mari était sans travail. Moi, j'en avais bien un et avec un bon salaire, mais la situation allait se dégradant en raison d'un changement permanent de personnel. Nous étions sur une voie sans issue. Et un jour, voilà qu'on nous appelle pour un travail pour mon mari ici en Espagne. » *Signature illisible.*

« Nous nous sommes retrouvés en situation précaire... »

« Par l'intermédiaire d'amies, nous sommes renseignées sur Faustino... Voici quelques jours, nous nous sommes retrouvées en situation très précaire. Nous venions de recevoir une lettre informant mon mari de la suppression de son poste de travail. Nous avons quatre enfants et la perspective était tragique pour nous. Nous invoquons Faustino avant d'appeler la personne responsable en lien avec le travail de mon mari.

Nous sommes convoqués pour le jour suivant. Nous prions en invoquant Faustino et le jour suivant, mon mari est informé que son poste de travail est maintenu et qu'on va probablement le titulariser. Nous ne doutons pas que ce soit là une grâce accordée par lui... » *Famille G. – Valencia.*

80 candidats pour un poste... et sans recommandations

« On m'a donné *Et si Dieu me parlait!* l'été dernier. Cette lecture m'a touchée très profondément.

Après cette lecture, je me suis mise à faire une neuvaine pour demander l'aide de Faustino, le petit étudiant, pour que les très longues études de ma nièce Nathalie débouchent sur un travail. Un travail qu'elle cherche depuis maintenant plus d'un an avec son doctorat scientifique, sans recourir à des recommandations et sans autre appui que son savoir-faire, sa volonté et son honnêteté. Et voilà qu'elle vient d'obtenir un contrat pour l'année qui vient, à la Faculté de Paris 6 (il y avait 80 candidats pour ce poste). J'avais promis d'écrire si Faustino me l'accordait. Voilà qui est fait. » *B. – Marseille.*

De Miami à Nazareth

Cet ingénieur du Nicaragua, établi à Miami, trouve du travail en Terre sainte, à Nazareth.

« Ma mère m'envoie le livre de Faustino. Je le lis et le fais lire à mon épouse Marcia. Nous nous sentons réconfortés dans notre situation où de sérieux problèmes de toutes sortes, notamment financiers, nous accablent. De plus, le témoignage de ma mère et de ma sœur Rosamaría sur le soutien que leur a apporté Faustino dans des moments très difficiles nous a aidés.

Je décide de prendre un jour pour réfléchir à nos problèmes et aux solutions possibles. Soudain, dans le calme de ma maison, l'idée de ce que j'ai à faire avec en plus le courage pour agir tout de suite s'imposent à moi. Sans penser davantage, je décroche le téléphone et le lendemain j'ai déjà un accord pour venir en Israël, à Nazareth, superviser une entreprise de construction, avec la clause que, au cours de l'été, ma famille pourra venir y passer les vacances tous frais payés.

Quelques jours plus tard, je suis encore amené à agir avec cette confiance et à résoudre ainsi un autre problème relatif à mon travail... Le merveilleux dans tout cela, c'est qu'il a suffi du message initial positif reçu de Faustino en lisant son livre, pour avoir la réponse à mes prières. Désormais, je fais part de mes intentions à Faustino... Mon épouse et moi, nous nous sommes donnés pour mission de faire connaître Faustino aux membres de notre famille et aux amis qui ont besoin d'être aidés.

L'aventure d'Israël fut très belle. Quand ma famille est venue, nous avons parcouru la Galilée ensemble, sur les pas de Jésus et de ses disciples. Nous sommes impressionnés par la dimension humaine du Fils de Dieu [...]

Mon séjour ici en Terre sainte touche à sa fin. La semaine prochaine, je retourne en Floride. Mais il semble qu'en janvier ou février, je reviendrai pour travailler dans une autre entreprise de construction dans le secteur de Tel-Aviv. »
Ricardo A.S. — Nazareth.

« J'ai trouvé en moi tant de courage... »

De Jaén aux Îles Canaries...

« Je suis de Jaén, et depuis huit mois tout va mal à la maison. J'avais un bon travail de bureau, mais l'entreprise a fermé et je me suis retrouvé à la rue sans rien toucher pendant plusieurs mois. Mon père aussi est au chômage depuis deux mois. Les traites s'accumulent... Toujours pas de travail. Une religieuse amie de la famille me remonte le moral et me donne le Bulletin de Faustino, en me disant de lui demander de trouver vite du travail... où que ce soit. Depuis les Canaries, une famille amie m'appelle pour me dire que sur le journal on parle de plusieurs emplois possibles... Mais la perspective des dépenses de voyage, vu ma situation financière, ne m'enchante pas. Je demande alors à Faustino si c'est bien là l'occasion que je lui ai précisément demandée. Mon enthousiasme est tel que j'emprunte l'argent pour prendre les billets (aller/retour). Deux jours plus tard, me voilà aux Canaries. Ce fut si rapide que j'ai encore du mal à le croire. Je rentre en contact avec un des postes de travail : le poste est déjà pourvu. Il reste l'autre offre. J'appelle et je suis convoqué le lendemain pour une entrevue et des tests. Je me présente. Quand je vois tout ce monde (j'étais en 46e position!), mon moral en prend un grand coup, car il leur faut seulement 2 personnes.

Au terme de l'entrevue, on me dit que "si dans l'espace d'une semaine on ne vous prévient pas, c'est que votre candidature n'est pas retenue". Je ne pouvais pas attendre tout ce temps, étant hébergé chez des amis de mes parents que je ne connaissais pas. Découragé et le moral à zéro, je me dispose à fixer la date de mon vol retour... Quand j'arrive dans la famille, tout triste, je m'entends dire: "On a téléphoné pour toi!". Quelle joie! Je rentre en contact sans plus attendre; on me félicite et on me demande de me présenter le lendemain avec les papiers nécessaires en vue d'enregistrer mon embauche.

Et voilà qu'aujourd'hui, grâce à Faustino, j'ai un travail au sein d'une entreprise célèbre en Espagne, en informatique, et cela dans d'assez bonnes conditions et avec un salaire raisonnable. » *Manuel – Las Palmas de Gran Canaria.*

« Ma vie a changé... »

« Tout a commencé l'année dernière. J'ai passé un examen en mathématiques. Après quatre ans sanctionnés par des examens successifs, je commençais à être découragée. Ma mère me parla de Faustino, j'achetai le livre sur sa vie et je décidai de le prier tous les soirs pour lui demander de réussir à cet examen final qui pour moi était essentiel, le diplôme étant en jeu. Une voix intérieure me disait d'être tranquille. Le jour de l'examen, je portais une image de Faustino. J'ai réussi.

Maintenant, grâce à cela, ma vie a changé. Déjà un mois après, j'avais des propositions de travail dans une banque. Je ne pensais pas me présenter, persuadée qu'il fallait être fortement recommandé. Pour finir, je me suis présentée, par égard pour mes parents. Non seulement j'ai été reçue mais avec une note élevée. J'avais promis à Faustino que si j'étais reçue, je verserais mon premier salaire pour qu'il soit canonisé et pour les pauvres… J'attendais la suite, mais voilà que je reçois une lettre mentionnant que mon embauche est différée. Tout d'abord, ma surprise a été grande. Intérieurement, Faustino me disait : “Attends un peu, tu as été trop vite !”. En novembre, on m'appelle pour travailler dans un des postes les plus enviés de la province, et maintenant les choses vont de mieux en mieux. Même si cela ne ressemble pas à un miracle, je crois que c'en est un. Que, à l'issue de mes études, je trouve ainsi un travail, par les temps qui courent, c'est un véritable miracle. Je vous envoie une petite contribution. Le mois prochain, je veux donner une partie de mon salaire pour les pauvres. Je sais que Faustino n'est pas indifférent à ce que d'autres profitent de ce que j'ai reçu… » *A. M. – Cozar – Ciudad Real.*

* * *

Il est clair que le travail a une grande incidence sur la vie de la famille. Il est très important de savoir bien discerner…

« La situation n'était pas bonne… »

« Mon fils et son épouse connaissaient un moment difficile sur le plan économique. Ils ont deux fillettes et ma belle-fille ne travaillait pas. Pour améliorer la situation, elle décide de chercher un emploi. Au bout de quelques jours, elle en trouve un comme aide cuisinière, travail dur qui l'empêche de pouvoir être avec ses filles la majeure partie du jour et même un peu de la nuit. Nous avons offert de les aider de quelque façon. Ils ont seulement accepté que nous nous occupions de la fille aînée. Je voyais bien que la situation n'était pas bonne pour le couple comme pour la famille. Ils n'avaient pas de temps ensemble. Je me suis adressée à Faustino, lui demandant de nous aider à trouver une solution. Au bout de deux jours, ma belle-fille m'appelle pour me dire qu'ils ont réfléchi, pensant que ce qu'ils font n'est pas bon pour eux ni pour les petites, et qu'ils envisagent de "se serrer la ceinture", pour sortir de cette situation impossible. Pour ma part, je remercie Dieu et Faustino pour la maturité dont ils ont fait preuve pour résoudre ce problème. Les choses semblent en rester là. Mais le Seigneur dans son infinie générosité et par l'intermédiaire de Faustino, fait que mon fils reçoit une augmentation de salaire quelques jours plus tard, ce qui leur permet d'améliorer la situation économique et de sortir du trou : ils font leur chemin ensemble sans pouvoir mettre de côté, certes, mais sans manquer non plus de l'essentiel. J'ai fait part de cela aux autres membres de la famille pour qu'ils comprennent l'infinie bonté du Seigneur. » *M. J. – Zaragoza.*

Travailler est important, mais le faire en y trouvant son épanouissement ne l'est pas moins. C'est ce que ces deux personnes ont demandé à Faustino.

De la corvée à l'épanouissement

« J'ai souvent recours à la protection de notre cher Faustino. Comme chacun, j'ai des petits problèmes quotidiens générateurs d'angoisse, mais j'ai toujours expérimenté combien mes invocations avaient un écho favorable. Par exemple, je lui ai demandé de faire que je sois heureuse dans mon nouveau travail et c'est ce qui est arrivé. Grâce à lui. Pour moi, devoir aller au travail était en soi une corvée permanente, et voilà que j'en suis venue à être rassurée et même épanouie dans mon travail. » *Une infirmière d'Alicante.*

« J'avais du mal à entrer en relation »

« J'enseigne dans une institution scolaire et avec la nouvelle réforme de l'éducation, on est amenés à enseigner en tandem avec un autre enseignant pour des matières réparties en de nombreux modules dans le cursus scolaire. Cette année j'étais jumelée à un collègue avec qui la relation m'était difficile. J'avais même laissé se développer en moi une forte tension à son égard. Cela me faisait perdre la paix intérieure et me rendait le travail insupportable.

J'ai demandé l'intercession de Faustino pour être éclairée et sortir de pareille situation. Ce fut radical. Tout a changé. J'ai retrouvé la paix, et la relation avec le collègue évolua vers un mieux notable. Le programme a suivi son cours pendant toute l'année, mieux que je ne l'aurais jamais pensé. D'une situation plutôt dramatique, j'en étais venue à être à l'aise... » *A. M. – Valencia.*

* * *

Les problèmes de chaque jour...

Souvent, on recommande à Faustino les problèmes qui peuvent se présenter dans la vie courante d'une famille. Cela va de la réconciliation entre frères à une intervention pour arrêter un robinet qui fuit et provoque une inondation...

Réconciliation

« Merci pour la prière de Faustino. Je la dis tous les jours, demandant la réconciliation avec une sœur. Grâce à Dieu, avant que ma mère ne meure, tous les problèmes avec elle ont été résolus. Maintenant, grâce à Faustino, l'harmonie existe entre les cinq enfants. » *J.P.E. Battle Creek – Michigan (USA).*

« J'ai pu mieux comprendre mes fils »

« Une religieuse m'a fait cadeau de *Et si Dieu me parlait!* Quelle merveille! Comprendre l'exemple de la maman de Faustino, comme mère de 3 enfants, me permet de voir clairement qu'il faut accepter les choses comme le Seigneur les dispose et non comme je désire qu'elles soient. Ainsi, j'ai pu mieux comprendre mes fils… ». *L.E.M. – Chía (Colombie).*

La sacoche fut retrouvée intacte…

« Mon mari s'était fait prendre la sacoche avec tous ses documents, cartes de crédit et une grande quantité d'argent de la société où il travaille. Cela m'a tellement angoissée que j'ai eu recours à Faustino, et cela spontanément, au point que j'ai réalisé que je m'adressais à lui seulement après coup. La sacoche fut retrouvée et elle était intacte. » *A.M.B. – Santiago, Chili.*

« Ton Faustino nous as vendu l'appartement »

« Un jour, nous avions à table un jeune ménage. Lui est facteur et son épouse attendait le troisième enfant. Ils avaient avec eux les deux autres, de 12 et 14 ans environ. Ils m'ont dit que s'ils vendaient leur appartement actuel, trop petit pour les trois enfants, ils pourraient acheter une vieille maison qu'ils avaient en vue dans le village et, avec un crédit, s'y installer et y vivre dans de meilleures conditions. Lui, faisait remarquer que son métier de facteur avec la distribution des lettres lui plaisait. Il aimait le contact avec les gens, et, en complément, il tenait une assurance et vendait des extincteurs. J'avais l'image de Faustino visible dans la pièce et je leur dis: "Pourquoi ne vous adressez-vous pas à Faustino?" Elle dit: "Il y a bien longtemps que nous voulons vendre cet appartement et... rien. Mais on va faire la demande à ce Faustino dont tu nous parles." Au moment de partir, le mari me dit: "Bon, écoute, et si tu nous aidais et si tu le demandais toi aussi...".

Le lendemain, je les appelle pour leur demander s'il y a du nouveau. C'est elle qui me répond: "Quelle rapidité!". Et moi d'ajouter: « Avec Faustino c'est habituellement rapide ». Je me suis rendue à Madrid et le jour suivant c'est lui qui m'appela pour me dire: "Écoute, Ana, comment s'appelle ton saint?". — "Il s'appelle Faustino". — "Eh bien ton Faustino nous a vendu l'appartement, et en plus, les nouveaux propriétaires nous ont permis de continuer à l'occuper jusqu'à ce que nous ayons arrangé la nouvelle maison." Ils étaient impressionnés. » *A. M. – Madrid.*

Ce lave-vaisselle qui se détraque...

« Depuis quelque temps, nous avons quelque chose qui ne va pas dans le lave-vaisselle. Un dimanche, vers 11 heures du soir, probablement en raison d'une pression plus forte de l'eau, la vanne s'ouvre seule et l'eau se met à couler à

torrents. J'étais désespérée, pensant aux dégâts qui vont nous poser de sérieux problèmes, et je n'avais personne à qui faire appel à cette heure de la nuit. Je faisais des efforts désespérés donnant des tours de clé sans succès. L'eau inondait la cuisine. Ma mère, très âgée, me passe un tournevis, mais rien n'y fait. Elle se retire et moi je reste seule à me débattre avec cette machine. Tout d'un coup, sans capituler pour autant, je laisse tout là et me mets à faire autre chose. Quand je reviens à la cuisine, je reprends le tournevis et réussis à faire pression sur la vanne d'alimentation, poussant de toutes mes forces au point que le bras me tremblait. Peu à peu, la pression de l'eau diminue jusqu'à cesser de couler. Quand je voulus parler avec ma mère pour lui dire que l'avarie était réparée, elle me dit qu'elle s'était mise en prière, demandant à Faustino d'intercéder auprès du Seigneur pour qu'il me donne la force et le savoir-faire pour résoudre le problème. Et ce fut fait. Rendons grâce au Seigneur qui a écouté la voix d'une mère lui parlant par l'intermédiaire de Faustino. »
Rosa María A. – Managua – Nicaragua.

* * *

Sainte Thérèse rencontrait le Seigneur à travers les marmites. Ne soyons pas étonnés que Faustino, fidèle disciple, puisse faire une place au Seigneur en toute circonstance, lorsque quelqu'un l'invoque avec foi.

CHAPITRE 15

FIORETTI

« Fioretti », anecdotes touchantes de notre Faustino du Ciel, ou de personnes qui l'ont « rencontré ». « Fioretti », faveurs qui concernent la vie quotidienne et qui semblent des clins d'œil délicats pour ceux qui l'invoquent en toute simplicité. À la lecture de certains de ces fioretti, on peut rester pensif, éprouver une sorte de doute, se demandant : mais est-ce bien vrai ? est-ce possible ? Or, il se trouve que oui, que c'est bien arrivé. Voici ces faits, sans ordre particulier.

1. Fred Atkinson, scout aîné

Fred Atkinson est un scout aîné. Il est veuf et habite à Santa Fe (Nouveau Mexique). Il a donné toute sa vie pour le mouvement. Il faisait partie de la Commission nationale du scoutisme catholique, pour la section des minorités. Il a œuvré pour créer des groupes scouts au sein des réserves indiennes des États-Unis : tâche plutôt délicate, pour des raisons diverses difficiles à expliquer. Il cherchait un saint jeune pour ses scouts. Un jour « apparut » une image de Faustino :

« Comment je suis tombé sur une image de Faustino, c'est un mystère. Alors que je feuilletais le *Dictionnaire des Saints*, cherchant l'inspiration pour donner aux jeunes un modèle qui puisse s'adapter à la pédagogie et aux activités des scouts, voilà qu'un feuillet tombe du livre : une image de Faustino. C'était exactement ce que je cherchais, avec en plus l'avantage qu'il s'agissait d'un jeune d'aujourd'hui... Je ne sais comment et quand cette image est arrivée dans ce livre : une véritable énigme. »

Et pour faire connaître Faustino, le voilà décidé à en faire imprimer 30000, avec texte en anglais, de sa poche. Il pense, par ailleurs, que la grande faveur qu'il faut demander à Faustino est d'avoir des vocations religieuses et sacerdotales.

« Je pense que prier pour obtenir une faveur de Faustino demande une certaine préparation intérieure, faute de quoi il y a danger de tomber dans une certaine superstition. Et, pour qui demande à Faustino des vocations, cette préparation intérieure est très facile à faire. »

Il prend contact avec les évêques du Nouveau Mexique, avec les établissements scolaires, et il parle de Faustino à la réunion nationale du scoutisme catholique à Louisville (Kentucky). Il diffuse aussi un tract ayant pour titre : « Prier Faustino pour les vocations ». Fred, qui ne connaissait pas les marianistes, est en train de devenir « des mains pour Faustino » aux États-Unis.

2. Et l'essence s'est multipliée

« Nous sommes en relation avec la Famille marianiste depuis longtemps. Voici un an et demi, nous avons reçu *Et si Dieu me parlait!* et ainsi Faustino est devenu spirituellement un membre de la famille. En toute confiance nous lui disons : "Faustino, aide-nous !" Son influence a été vérifiable en plusieurs circonstances... En voici une : pour Noël, au cours d'une excursion dans les Pyrénées, il se met à neiger abondamment. La jauge de l'essence marque le plus bas. Nous sommes sur un col de 20 km et à une distance de 40 ou 50 de la station service la plus proche. Je demande l'aide de Faustino avec foi, vu la situation angoissante. Pas de problème. Je crois que l'essence s'est multipliée. » *María Pilar et Carlos I. – Saragosse.*

3. Mon mari a agrandi sa photo

S. et B. sont de Dijon. Dès le début, ils ont été liés à la représentation théâtrale dont nous avons déjà parlé. Et Faustino les a largement récompensés :

« La vie de Faustino nous a bouleversés. Ce qui nous a frappés : vie intense, bien remplie... Pour le groupe de jeunes qui a donné la représentation théâtrale sur sa vie, mon mari a fait l'agrandissement (1,10 m × 1,40 m) de la photo de Faustino, avec des moyens modestes, à la maison, mais de bon cœur. Nous avons aimé le sourire de Faustino. Cet agrandissement accompagnait les représentations… Aide, clin d'œil de Faustino? Le lendemain du jour où mon mari a agrandi la photo, un projet très difficile qui nous tenait beaucoup à cœur a trouvé une excellente solution. »

4. Et avec Faustino!

Les religieuses contemplatives du monastère du Christ-Rédempteur, à Carabanchel, Madrid, sont très insérées dans le quartier. Elles assurent un service très important: donner une formation sur la prière pour différents groupes, y compris pour des enfants. Voici une anecdote que nous raconte *Sœur Nieves:*

« Ce mois de juin, nous avons terminé le programme de formation sur la prière… jusqu'en octobre… Une fois par mois, tout un tas de gens viennent prier avec nous *(certains de ces participants ont suivi le cours de la sœur).* C'est merveilleux de voir comment ces gosses entrent en relation avec Dieu. Admirable de noter leur capacité de communiquer avec Lui, de rester à l'écoute, de faire silence intérieurement, parlant avec Jésus au tabernacle, ou encore par le chant et la louange. Il m'est arrivé de parler de Faustino aux enfants. Faustino était un enfant comme eux, qui aimait jouer, faire des excursions, etc., et qui avait un grand amour pour le Christ et pour Marie, prenant tous les jours un moment pour parler avec eux comme on le ferait avec un ami. Il était très joyeux et serviable pour tous. Dans le prolongement de cet entretien, j'avais donné à chacun une image de Faustino, où j'avais écrit au verso : "Faustino était tout sourire. Et toi?". Et je les avais invités à placer cette image dans leur coin prière, à la maison, là où ils ont aussi une image de la Vierge et de Jésus. Ils avaient accueilli ma proposition très contents.

À la fin de la prière, au moment de partir, je dis au groupe : "N'oubliez pas, cet été de parler un peu chaque jour avec Jésus et Marie." Et un des enfants d'ajouter avec enthousiasme : "Et avec Faustino !" »

5. Les étrennes de Presen, et Faustino

« Avec l'argent des étrennes reçu pour l'Épiphanie, je pensais acheter des livres sur Faustino pour en faire cadeau, mais je crois que je ne le ferai pas. Une petite vieille à qui je rends visite a besoin d'aide pour se rendre à Barcelone. Elle a 84 ans et vit seule. Il y a un an, elle a dû subir l'ablation d'un sein et elle a été victime d'un accident de la route il y a six mois : une voiture l'a renversée et elle a eu une fracture de la jambe qui la laisse boiteuse. Je m'investis beaucoup pour résoudre ses problèmes… » *Presen L. – Palma de Mallorca.*

Ne t'en fais pas, Presen. Faustino est ravi de voir que cet argent profite à la petite vieille. Et tu auras d'autres occasions de faire connaître Faustino.

6. Du Carmel de Talence

« Savez-vous que Faustino est l'ami de notre sœur doyenne? D'abord elle l'a éprouvé en lui demandant des *petites* choses matérielles et quotidiennes… Lorsqu'on a 95 ans passés, on a bien besoin d'aide au quotidien! Et comme elle était exaucée, elle a demandé à Faustino des "grâces": le baptême pour des enfants que la famille ne se souciait pas de faire baptiser; Faustino a obtenu ainsi très vite deux baptêmes, et bien d'autres grâces. »

Sœur. M. O., la supérieure qui relate cela, nous fait parvenir une photo de la sœur devant un poster de Faustino.

7. « J'ai été touchée par le même passage que Faustino… »

Sœur María Asunta, du monastère des Trinitaires de Madrid, fait référence aux lignes écrites par Rafael Arnáiz, trappiste, (béatifié depuis par Jean-Paul II) qui ont tellement impressionné Faustino qu'il les gardait écrites de sa propre main sur une image:

« Ce jeune m'a beaucoup appris! Sa foi, son amour de la vocation, son attitude devant la maladie, sa façon de semer la paix et la joie, sa disponibilité… C'est étrange. Lorsque j'ai senti l'appel pour la vie contemplative, j'ai été beaucoup aidée par la lecture de *Un secret de la Trappe* et j'ai été impressionnée par le même passage que Faustino : "Imagine que tu es chez toi, avec plein de soins...". Moi aussi j'avais une petite santé ! Mais Dieu, quand il appelle, donne tout, et ça fait aujourd'hui quarante ans que j'ai fait profession ! Je souhaite qu'il soit bientôt béatifié ! »

8. Faustino, joie des pauvres

María Ángeles, religieuse thérésienne, est missionnaire au Nicaragua depuis de nombreuses années. Elle a découvert Faustino et elle écrit depuis Managua :

« Faustino apporte courage et joie aux malades. Nous avons offert son livre à un pauvre qui vient habituellement mendier chez nous. Il est tombé malade et a été hospitalisé. Il a emporté son livre à l'hôpital. Il l'a lu et fait lire à ses compagnons de chambre, et le livre a circulé dans le service, chacun étant enthousiasmé. Aucun de ces malades n'était triste. Faustino leur apportait courage et joie dans leur solitude, leur pauvreté, leur souffrance. Dans un grand sourire, ce mendiant m'a dit : "Faustino est notre grand ami". »

9. Il est revenu à l'Église

Le père *Otto Michael S.,* prêtre allemand, curé à Vasteras (Suède), a découvert par hasard Faustino dans la version française de sa biographie. Il a une grande confiance en lui. Les catholiques ne sont pas nombreux en Suède : « S'il vous plaît, père, priez pour nous, catholiques dispersés dans le Nord », nous dit-il.

Mais il est convaincu que Faustino peut aider les jeunes de ces pays. « Faustino est mon patron préféré dans mon travail pastoral avec les enfants et les jeunes. Il m'aide énormément avec la population jeune. »

Malheureusement, il paraît bien difficile de publier son livre en suédois. Mais comme les jeunes suédois apprennent l'Anglais et arrivent à le maîtriser assez bien, il a utilisé la version anglaise. Le nombre de catholiques va croissant avec l'arrivée de Vietnamiens et de Latino-Américains. Pour cette raison, il s'est aussi procuré des livres en espagnol. Il écrit de temps en temps pour faire part de faveurs reçues par Faustino. En voici une qui lui paraît particulièrement intéressante :

« Voici un an, j'ai demandé à Faustino d'aider un de nos jeunes de 21 ans, très pieux, mais qui a soudain abandonné l'Église à cause d'une fille non catholique. Tous mes efforts pour l'aider à rester fidèle ont été vains. Sa faiblesse ne lui a pas permis de continuer dans la foi chrétienne sans se laisser influencer par cette fille. Je prie Faustino tous les jours pour lui. Au temps de son service militaire, j'ai réalisé qu'il y avait un pèlerinage militaire d'une semaine à Lourdes. J'ai demandé à Faustino de nous donner un coup de main pour qu'il accepte d'y participer. Ma joie fut grande quand il accepta de participer à ce 96e pèlerinage militaire. Il fut fortement impressionné, et là, avec l'aide de Notre-Dame et de Faustino, après une bonne confession, il est revenu à l'Église. Un authentique miracle. »

10. De l'île Maurice

Faustino pénètre les lieux les plus invraisemblables. Savez-vous où se situe l'île Maurice? Prenez un atlas de l'Afrique, cherchez à l'est de l'île de Madagascar, dirigez-vous encore vers l'Est à 890 kilomètres et là, en plein océan Indien, se trouve Maurice. C'est une petite île: 60 × 45 km. Elle est très peuplée. C'est de là que nous écrit *Yannick*, 22 ans. Elle travaille dans sa paroisse et a lu la vie de Faustino en français. Elle dit qu'elle et son fiancé aiment beaucoup la Vierge et elle nous dit ce qu'elle fait pour Marie, chaque jour, un peu à la manière de Faustino.

« L'amour de Faustino pour la Vierge Marie m'a profondément touchée... Merci, nous dit-elle, d'avoir écrit la vie de Faustino et de nous avoir ainsi fait partager son exemple. »

Et maintenant elle aimerait introduire les « Amis de Faustino » sur l'île. Y réussira-t-elle?

11. Une maman suisse et une poutre qui cède

« Mère de six enfants, je suis consciente que, face aux influences extérieures, les mamans sont parfois bien impuissantes. Avoir 20 ans aujourd'hui et affirmer sa foi dans notre monde où la religion et la morale sont bafouées, ce n'est pas évident! Aussi, il me paraît capital de confier au Seigneur cette zone du cœur de nos enfants que Lui seul peut atteindre.

La lecture de la vie de Faustino *Et si Dieu me parlait!* m'a beaucoup touchée. Je fus fascinée par la vie de ce garçon: une vie toute simple, mais si riche du don de soi. Sûre qu'il est avec Dieu et Marie qu'il aimait tant, je sentis un climat de confiance et d'amitié se créer entre lui et moi. Je le prie régulièrement et je lui recommande mes intentions, spécialement celles qui concernent mon fils Rodolphe que j'ai placé sous sa protection, à l'aube de ses 20 ans. Je considère Faustino comme un grand frère veillant sur son cadet. Lorsque, cet été, Rodolphe est parti en voyage avec quelques copains, je n'étais pas inquiète, sûre que Faustino était du voyage.

Dernièrement, un fait étonnant m'a confirmée dans ma confiance en Faustino. Rodolphe venait de terminer son apprentissage d'installateur sanitaire. Le 9 octobre, alors qu'il travaillait au montage d'écoulements sanitaires sur une dalle au troisième étage d'un immeuble en construction, voilà qu'une poutre céda subitement. Déséquilibré, Rodolphe fut précipité dans le vide à plus de six mètres. En outre, la poutre qui provoqua sa chute lui tomba dessus. Les témoins craignirent le pire. Mais mon fils se releva aussitôt, n'ayant que quelques contusions. Alertée par téléphone, je me précipitai sur les lieux, rendant grâce au Seigneur et à Faustino.

Le médecin fut très étonné de ne constater aucune fracture. Un vrai miracle, pensa mon mari. À quelques jours de là, comme nous en reparlions à table, j'évoquai la protection de Faustino, m'attendant à quelques réflexions de scepticisme. À mon grand étonnement, aucun des enfants n'a souri. Ça m'a réconfortée de penser qu'ils y croyaient eux aussi.

J'ai laissé ostensiblement le livre de Faustino sur la table du salon. » *M. H.*

12. « Maintenant, je sais comment être marianiste ! »

Ana María R. est argentine de Buenos Aires. C'est au collège marianiste qu'elle entendit parler de Faustino, et voilà que ce dernier est entré dans sa vie tout simplement :

« Au moment de l'inscription au collège de notre fils aîné, nous sommes tous entrés avec lui. Nous avons senti s'ouvrir non seulement des portes, mais des bras, signe d'une qualité humaine particulière.

Comme mère, avec les marianistes, j'ai fait une révision de vie, et toute ma famille a pu trouver le véritable "sens de la vie" : un donner et un recevoir permanent. Et si quelqu'un me demandait ce que je reçois, eh bien, je lui répondrais que tous les jours, je reçois l'amour de Dieu : à travers les fleurs que nous voyons dans le jardin pendant le déjeuner, une délicatesse de mon mari, le sourire des enfants lorsqu'ils rentrent du collège. Sans doute, il est des jours où le sourire n'est pas au rendez-vous, car le maître les a sanctionnés ; mais il en est d'autres, comme cette semaine où l'un d'eux m'a dit : "Maman, je sais maintenant comment être marianiste... Je n'ai qu'à être comme Faustino!" Un souhait: que ces enfants qui ne sont que de l'eau, comme aux noces de Cana, deviennent, pour beaucoup d'entre eux, le meilleur vin! »

13. « Accorde-moi la grâce que tu as accordée à Faustino »

Le père Vincent G., prêtre marianiste qui nous a quittés tragiquement en 2001, au temps où il était chargé, avec sa communauté, de l'animation du sanctuaire de Notre-Dame-d'Afrique, Abidjan (Côte d'Ivoire), nous écrivait ceci:

« Hier soir, avant de quitter le sanctuaire, après une journée bien remplie d'accueil de nombreux pèlerins, j'ai relevé les troncs. Ces troncs servent sans doute à déposer des offrandes, mais aussi des intentions de prières que nous reprenons chaque samedi soir, à l'office marial. Voici une de ces intentions trouvées hier soir:

"Sainte Vierge Marie, ma mère, tu sais bien qu'un enfant ne peut apprendre à marcher tout seul. Toi qui m'as aidé à faire un premier pas, ne me laisse pas en chemin. Obtiens-moi la grâce que tu as inspirée à Faustino pour qu'il soit travailleur. Ainsi je serai un autre Faustino auprès des hommes.

Si je ne deviens pas Faustino sur terre, ma vie n'aura aucun sens.

Merci ma Mère." »

14. Un 4 août à Rocamadour

Plusieurs étés de suite, des équipes de laïcs et de religieux marianistes ont animé sur le plan pastoral le célèbre sanctuaire de Rocamadour. Le site est impressionnant avec son sanctuaire marial et sa « cité religieuse » pratiquement accrochés à une falaise de 140 m. En été le site reçoit la visite de plus d'un million et demi de touristes et pèlerins. Ils sont beaucoup plus touristes que pèlerins et ce qui attire tout ce monde est moins le sanctuaire marial que le caractère insolite du lieu. Proposer accueil et activités religieuses à des foules indifférentes n'est pas facile. Deux jeunes des fraternités, *Ch. et Ch.* nous font part d'une expérience… avec Faustino :

« Mardi, 21 heures. L'équipe d'animation du sanctuaire de Rocamadour doit assurer une heure sainte. Quel type d'animation? Un chemin de Croix, une veillée de prière, un chapelet…? Oui, un chapelet, pourquoi pas? En plus, nous disposons des livrets regroupant les pensées de Faustino sur le rosaire, alors on y va. Jusque là, les ouvriers que nous sommes ont eu le sentiment de semer, mais pas souvent de récolter… Un peu de fatigue, de lassitude… Finalement, nous n'attendons pas grand chose de cette soirée. Sans doute encore une soirée "self-service" où les gens ne feraient que passer… Mais, qui sait, il peut se passer tant de choses en cinq minutes, au hasard d'une simple petite dizaine ou d'une pensée de Faustino qui touche droit au cœur.

Mardi, 21 heures. Comme prévu, ce n'est pas la grande foule : les 5 de l'équipe d'animation et un ou deux couples qui passaient par là. Alors, on chante, on prie et on médite avec Marie… Le mouvement est continu dans la chapelle. Certains restent parfois l'espace de cinq minutes, rarement plus. Il y a bien là un couple au fond, qui va rester presque tout le temps du chapelet… Ce soir-là, nous avions choisi les mystères joyeux. Dernière dizaine… Il est un peu plus de 22 heures. Même le jeune couple est parti. Il ne reste plus que l'équipe d'animation dans la chapelle. Tous fatigués. Un dernier chant? “Marie, douce lumière…” Allez! Pour se faire plaisir, on le prend quand même!

“Marie, douce lumière, mère des pauvres et des tout-petits…” Mère des tout petits! Et voilà justement quinze gamins qui entrent à ce moment-là. Des éclaireurs étaient passés pendant le chapelet, avaient aimé les chants et étaient allés chercher le reste de la troupe. Aux dernières notes du chant, les voilà tous qui se mettent à applaudir en demandant une autre chanson. D'accord, mais alors, on chante tous ensemble! Et nous voilà repartis à chanter “Marie, douce lumière” avec les jeunes…

Tintement de clés dans notre dos. Le recteur du sanctuaire nous signifie à sa manière qu'il est dix heures et donc grand temps de fermer la chapelle. Alors, nous quittons la Vierge Noire et continuons la discussion sur le parvis avec les jeunes.

Nous parlons: Marie, le chapelet, et surtout Faustino, ce jeune garçon à peine plus vieux qu'eux et son désir d'absolu. À l'évidence, nos paroles les touchent. Quelqu'un a dû préparer le terrain. Nous leur cédons nos cinq carnets sur lesquels ils se jettent avidement…

— Mais c'est l'anniversaire de Faustino, aujourd'hui !

— Non, non. On a juste fait une veillée, comme ça, avec les carnets de Faustino !

— Si, si, c'est le 4 août aujourd'hui, et en plus, c'est mon anniversaire !

À notre tour, incrédules, nous compulsons le carnet. Eh oui ! C'était bien le jour de son anniversaire et nous n'en savions rien... Encore un coup de ce sacré gamin... et du baume au cœur pour les ouvriers. »

15. « Je ne savais pas comment payer la dette, mais... »

María Cristina, de Buenos Aires, est une mère de famille nombreuse avec beaucoup de problèmes, mais aussi une immense foi dans le Seigneur. Et aussi en Faustino qui l'a gratifiée de bien des faveurs. En voici une :

« L'autre jour, j'avais une dette de 480 A. que je ne savais comment payer. Je me suis rendue au cimetière pour en faire part à ma mère défunte et aussi pour prier Faustino. Le lendemain, incroyable, voilà que je trouve dans la rue un billet de 500 A. J'ai eu comme un frisson. J'ai senti que mes deux protecteurs l'avaient mis là pour que mon souci soit enlevé. J'ai couru payer ma dette pleurant de joie et de soulagement pour être débarrassée de ce poids. J'ai souvent des problèmes d'argent. Je travaille presque 20 heures par jour et je n'y arrive pas. Mais ils ont fait ça pour que je n'oublie pas que Dieu est toujours là à mes côtés. »

16. « Son nom me venait dans la litanie des saints »

« C'est avec une joie immense que j'ai été prier à la cathédrale de Strasbourg, après avoir terminé le livre *Et si Dieu me parlait!*

Le 25 juin prochain, c'est dans cette cathédrale que je serai ordonné diacre. J'ai été très heureux de découvrir Faustino, juste deux semaines avant l'ordination, et je ne pourrai que penser à lui le jour venu.

Je suis né quinze jours avant qu'il ne rejoigne le Père (le 23-03-63). Quand j'avais 16 ans, je cherchais à connaître un jeune saint de mon âge et j'ai regretté de ne pas en rencontrer. Bien plus tard, j'ai fait la connaissance de Dominique Savio et maintenant c'est Faustino. À eux deux, plus tous ceux de leur âge, ils devraient bien arriver à parler au cœur des jeunes, pour les amener à suivre le Christ et Marie… Je lui demande d'être le protecteur de ma vocation sacerdotale… »

Quelque temps après, dans une autre lettre, *J. L.* ajoute ceci : « Au cours de la célébration, Faustino n'a cessé d'être présent dans la cathédrale de Strasbourg. Au moment de la prostration, son nom me revenait régulièrement, dans la litanie des saints… »

17. Un visa pour l'Inde

Il n'est pas facile, pour les missionnaires, d'avoir un visa pour l'Inde. Le Père *Robert B.*, marianiste, ne réussissait pas à l'obtenir. Et pourtant, il fallait qu'il se rende au noviciat de Ranchi (Bihar). Le temps passait, et à Saint-Louis (USA), on était plus que préoccupés ! Le père Robert se confie à Faustino et voilà qu'à la stupéfaction générale, le visa attendu arrive.

18. Faustino récupère le passeport

S. M. est un sympathique marianiste du Zaïre, aujourd'hui prêtre. Au temps de ses études théologiques à Rome, il eut une aventure presque incroyable. Voici son témoignage :

« Je crois que depuis le jour de mes vœux perpétuels, où j'ai choisi Faustino comme compagnon de route, le Seigneur ne cesse de se manifester en moi. Mercredi 11 mai 1994, à 10 heures, après le cours de patrologie, je me rends à Saint-Pierre pour retirer des photos prises le 24 avril au moment où je recevais la sainte communion des mains du saint père, à l'occasion de la canonisation de 3 bienheureux dont un compatriote zaïrois, Bakandja Isidore. Au retour du Vatican, quand j'arrive à Piazza Venezzia où je dois changer de bus, je me rends compte que je n'ai plus mon porte-monnaie dans lequel sont mon passeport et mes tickets de bus. J'ai été volé ! Terrible pour moi. Je sais qu'on a beaucoup de mal à avoir un passeport dans mon pays. Pour l'obtenir, il faut être "recommandé" et payer! Je rentre au séminaire à pied sous le soleil. Occasion aussi de réciter le rosaire.

J'ai terminé la journée très préoccupé. La nuit, à 23 heures, ne dormant pas, je vais à la chapelle prier les complies. J'en profite pour parler à Faustino de ce problème, lui demandant de prier pour moi, de me faire retrouver la paix intérieure, faute de pouvoir retrouver ce que "l'autre" a pris dans ma poche… Le lendemain, jeudi 12 mai, à 4 heures de l'après-midi, je ressens le désir de refaire l'itinéraire de la veille pour chercher. À l'arrêt du bus 64, juste avant le pont sur le Tibre, je descends. Qu'est-ce que je vois? Par terre, mon passeport ouvert à la page de ma photo. Avant de le ramasser, le premier mot qui me vient à l'esprit est: "Merci, Faustino!" Grande fut ma joie. Bénissons notre Dieu! »

19. Incorrigible lecteur de vies de saint

Le père *Bernard Johnson,* trappiste et procurateur général de son ordre à Rome, a reçu la biographie de Faustino lors d'une visite à la maison générale des Marianistes. Il faut dire que le père Bernard est ancien élève des marianistes, ayant fait ses études à Saint-Mary's H.S. de Saint-Louis, aux USA. Après avoir lu le livre il nous a fait parvenir cette lettre très sympathique:

« Il y a bien des années, quand j'étais jeune moine, lors d'un chapitre de coulpes, le seul *sport* des trappistes en ce temps-là, je fus accusé par un confrère de “ne lire que des vies de saints”. L’abbé reçut l’accusation, l’appréciant à sa juste valeur, faisant remarquer que le frère Bernard aurait pu lire des choses pire! Cependant, pour remédier aux excès éventuels, je reçus pour pénitence de faire 10 minutes de lecture biblique, à genoux au milieu du réfectoire.

Incorrigible comme je suis sur certains points, je dois avouer que j’ai quand même lu *Et si Dieu me parlait!* d’un trait, et que j’ai bien l’intention de le relire, tellement l’œuvre de Dieu me paraît fascinante dans l’un de ses fils. Merci de m’avoir donné l’occasion de connaître ce jeune, lui aussi ancien élève des marianistes. »

20. Faustino : un chalet dans les Alpes

Quarante années durant, une grande société industrielle française a exploité un chalet dans les Alpes pour les vacances de son personnel. Dans un cadre magnifique, à 1 500 m d’altitude, il est à 30 km au nord-est de Grenoble. En 1994, les propriétaires le mettent en vente. Confiants en la Providence, trois amis de Lyon, laïcs catholiques dynamiques, se lancent dans l’aventure de créer une association pour acquérir et faire tourner ce chalet avec une triple perspective éducative, sociale et missionnaire. Ce groupe avait eu l’occasion de voir la représentation théâtrale sur Faustino par la publication *Famille Chrétienne* et avait invité le groupe de Dijon à venir à Lyon donner le spectacle sur la vie de Faustino. Ils en sont restés très impressionnés.

Il en résulta que l'association qu'ils avaient fondée pour l'achat et la gestion du chalet prit le nom de « Providence Faustino ». Le 12 novembre 1994, ils écrivaient :

« Nous avons associé son nom à celui de la Providence, en raison du caractère providentiel de notre aventure dont la réalisation paraissait encore bien aléatoire (voilà quelques semaines, ce n'était qu'une idée). La Providence pourvoira à la pleine réalisation de cette œuvre, et Faustino, par sa prière et son sourire aidera à garder l'objectif et la dimension apostolique aux activités qui seront organisées (centre de vacances, accueil de groupes et de familles, retraites…).

Nous avons tenu à donner à notre œuvre un patron qui soit un modèle et une aide pour les jeunes et les moins jeunes qui viendront à ce chalet pour les vacances, et ainsi Faustino pourra être mieux connu, pour la plus grande gloire de Dieu. »

L'œuvre prend forme. Des centaines de personnes ont déjà passé par là. Sur le dépliant qui présente les activités, on explique qui est Faustino et sa photo sourit au lecteur. « Faustino – dit-on – est un témoin vivant et actuel de l'Amour de Dieu. »

21. Mais à quel saint tu t'adresses ?

« Je cherchais une place dans une résidence pour un membre de ma famille. Cela semblait impossible, tout étant pris. J'ai alors prié Faustino. Quelques jours après, on m'appelle : une place s'est libérée. La mère supérieure me dit : "Mais, à quel saint tu t'adresses?" J'ai ouvert ma sacoche et je lui ai fait voir l'image de Faustino » *Carmen E. – Vitoria.*

22. Faustino en Hongrie, à la chute du rideau de fer

Un des premiers livres religieux édités en Hongrie à la chute du rideau de fer a été *Et si Dieu me parlait*. La traduction est due au père *Lazlo Nagy,* marianiste ayant longtemps travaillé avec la JOC (Jeunesse Ouvrière Chrétienne) jusqu'à ce que le régime communiste la supprime. Voici ce que Kolocsai Janos, ancien secrétaire de KIOE (JOC), écrit au traducteur :

« La lecture du livre fut pour moi un événement marquant. Le journal de Faustino reflète la transparence de son âme et la force de sa vocation... Certains passages du journal se lisent comme des psaumes. Pour les membres de KIOE, certaines expressions sont devenues familières : "Je serai pêcheur d'hommes". Et le roman de Van der Meersh, *Pêcheurs d'hommes,* a joué en son temps un rôle de stimulant et d'appel. Avec un tel livre, voilà que vous mettez entre les mains des jeunes travailleurs de Hongrie un moyen qui va bien aider et stimuler ceux qui cherchent Dieu avec sincérité. »

23. Le feu a épargné la maison de façon surprenante…

Le journal de Valence « *Las Provincias* » de mercredi 2 septembre 1992, titrait en première page : « Catastrophe écologique : le feu dévaste nos montagnes ». De fait, un gigantesque feu de forêt s'était déclaré dans la région de Torres Torres. Ce que le journal ne disait pas c'est l'intervention particulière de Faustino. *Dora,* mère de *David* nous le relate ainsi :

« Le 31 août, un feu de forêt se déclare dans tout le secteur de Torres Torres. Nous avons une maison de campagne à la montagne, près d'Algimia de Alfara. Cette nuit-là, le feu se dirige vers la maison. Sur l'initiative de mon fils David, 14 ans, grand admirateur de Faustino, nous plaçons une image de Faustino sur la porte de la maison et nous nous mettons à le prier. À trois heures du matin, voyant le feu gagner du terrain et ressentant le danger, nous abandonnons la maison et quittons les lieux. À 11 heures, nous revenons pour constater les dégâts, craignant le pire. Contre tous les pronostics, nous trouvons la maison intacte. Le feu avait dévié sur la droite à quelque 10 mètres de la maison. "Il a carrément épargné la maison", dit David. Et comme pour témoigner de son passage, il avait consumé un arbuste derrière la maison avant de se précipiter vers le ravin nettoyant tout sur son passage. "Dans la maison, pas même une odeur de fumée, ajoute David. Nous attribuons tous cette protection à Faustino." »

24. Succès d'une récollection de jeunes

Le révérend *Paul Ricks,* curé à Jackson (Californie) nous écrit :

« Notre groupe de jeunes termine une merveilleuse récollection de 3 jours... Au démarrage, le responsable/animateur des jeunes, Bob Dominik, recommanda la réco. à Faustino. Il demanda à Faustino de faire que ce soit une réussite et à l'Esprit-Saint de bien vouloir toucher chaque participant... Dans mes 20 ans de sacerdoce, je puis dire que c'est cette réco. qui a le plus mis Dieu à la portée des participants... Je ne puis "démontrer" certes que Faustino en a été la cause, mais comme prêtre je puis attester que quelque chose d'extraordinaire s'est produit. »

25. Enfants guidé par Faustino pour une prière d'adoration (mars 2003)

« Tous, enfants et adultes ont été très touchés par la vie de Faustino ; l'adoration du Saint-Sacrement nous a profondément émus : je crois que Faustino priait et nous entraînait avec lui dans sa prière... Les enfants ont tellement aimé Faustino qu'ils se sont généreusement servis en images et qu'il n'y en a pas eu pour tout le monde !

Ce qui nous a frappés dans cette "vie sans problème" de Faustino : sa présence silencieuse, son sourire joyeux, son désir de faire plaisir... Il ne prête pas attention à l'opinion d'autrui ou à son extérieur. On dira de lui : “c’était un enfant réservé, sérieux, sincère et courageux. Je ne l’ai jamais entendu se plaindre”. “Partout où il allait, il apportait la paix”.

Tout lui faisait plaisir et il avait une immense joie de vivre : ses expressions préférées : “épatant”, “merveilleux”, “Tout cela, grâce à la merveilleuse création du Seigneur !”. » *Agnès D., Poissy.*

26. Une faveur avec « signature » et tout

« Le 29 mars 1987, à 9 h 30 du matin, le pape Jean-Paul II allait béatifier 3 carmélites de Guadalajara : les 3 premières martyres béatifiées, après la persécution religieuse en Espagne en 1936. Trois carmélites… J’avais promis à plusieurs couvents de carmélites de “les représenter” de quelque façon à la cérémonie solennelle. Le Pape béatifiait aussi ce même jour Marcelo Spínola, cardinal archevêque de Séville et don Manuel Domingo y Sol, fondateur des « Operarios diocesanos ».

Je me préparai à ce temps fort par la lecture des *Nouveaux Dialogues des Carmélites à Guadalajara*. Cette perspective de participer à la cérémonie m’enthousiasmait. Comme d’habitude, nous demandons des entrées à la Préfecture Apostolique, allant même jusqu’à préciser, pour appuyer la demande, que c’était “pour le Supérieur Général et une autre personne”. Pour la première fois, plus de places ! On nous explique que les demandes sont si nombreuses que tout le monde ne pouvait pas être servi. Plusieurs autres tentatives furent faites jusqu’au samedi midi. À 3 heures de l'après-midi, dernière réponse: "Impossible, rien à faire." J'étais résigné à ne pas me rendre à la béatification, lorsque j'ai eu l'idée de demander à Faustino: "Tu sais combien j'aimerais m'y rendre. Je l'ai promis à plusieurs monastères. Arrange les choses, s'il te plaît. De mon côté, j'ai tout fait."

Vers les 5 heures, une marianiste m'appelle, me demandant un livre dont elle avait besoin. Elle me dit: "Apportez-le moi demain à la béatification." Je lui explique que nous n'avons pas de places. "Le Cardinal Gantin, me répond-elle, nous envoie parfois 2 places ou plus, au dernier moment." Mais pour cette occasion, cela paraissait impossible… À 8 heures, on nous fait savoir que, effectivement, le cardinal nous a fait parvenir 2 places!

Nous arrivons de bonne heure à la basilique Saint-Pierre. À la tribune de sainte Véronique, près de l'autel papal. Le préposé à l'accueil, sans nous connaître, nous dit: "Mettez-vous ici, père, aux premières places." Je n'avais jamais eu une telle place à la basilique! Merci Faustino!

Et en plus, Faustino a voulu comme confirmer, attester son intervention. Près de moi se trouvait un couple. Je me rends compte qu'ils parlent espagnol. Et voilà que nous lions conversation, en attendant l'heure. Je me présente: "José María Salaverri, marianiste". La réponse est immédiate. "Vous vous occupez de Faustino! Nous sommes de Valence, grands amis de la famille Pérez-Manglano. Nous avons accompagné Faustino et sa mère au pèlerinage qu'il a fait à Lourdes avec l'hospitalité de Valence Notre-Dame de Lourdes." Je n'en revenais pas.

Faveur avec signature de l'auteur. Je conserve précieusement le billet d'entrée de ce jour ». *José María Salaverri*.

***

Certainement, ces derniers chapitres auront étonné le lecteur, l'auront fait se poser des questions… Hasard? Providence? Attentions bienveillantes d'un ami du ciel? Chacun est libre de penser ce qu'il veut. Pour moi, je préfère la dernière hypothèse. N'est-ce pas là comme une conséquence sympathique, et gratuite, de la communion des saints?

CHAPITRE 16

… ET MARIE

L'amour de Faustino pour la Vierge Marie, « sa merveilleuse mère du ciel », comme il l'appelait, nous interpelle.

« Désormais, ma relation avec la Vierge est différente »

Des personnes très différentes reconnaissent que la relation qu'avait Faustino avec la Vierge les a aidés à approfondir leur propre relation avec Marie.

1. Sœur M. B., religieuse française, dit ceci :

« Grâce à Faustino, j'ai pu améliorer peu à peu ma relation avec Marie. J'ai fait observer à un prêtre que je rencontre à quel point la façon dont Faustino aime la Vierge est très christocentrique, ce qui n'est pas tellement courant. Beaucoup prient directement Marie pour obtenir telle ou telle faveur. Mais demander au Christ de "prendre part" à *son* amour pour sa Mère, et lui demander de l'aimer, "non parce qu'elle est ma Mère, mais parce qu'elle est *ta* Mère et parce que *toi, tu* l'aimes infiniment" : cette forme de dévotion à Marie n'est pas très courante. Le prêtre m'a avoué que cela l'avait fait réfléchir lui aussi. Une sorte de "lumière" due à Faustino ! »

En fait, cette façon d'aimer Marie est très marianiste, et Faustino l'a probablement appris dans le livre du père Émile Neubert *Mon idéal : Jésus, fils de Marie.* Dans son journal, Faustino parle de la « merveille » de ce livre qui l'a enthousiasmé.

2. Ce livre est aussi tombé entre les mains d'A.C., de *Saint-Dié,* élève au collège marianiste de cette ville. Elle perçoit d'autres aspects :

« Je suis en train de lire *Mon idéal : Jésus, fils de Marie,* livre que j'ai découvert grâce à Faustino. Je le trouve merveilleux, surtout dans ce passage où il est dit qu'il ne s'agit pas d'aimer Marie COMME SI elle était notre mère, mais parce qu'elle EST notre mère. Même si on y trouve un style un peu "passé", j'aime beaucoup ce livre que m'a fait connaître un marianiste du collège. »

3. Olga, même âge, habitant *Barcelone,* dit ceci :

« Quand je prie, je m'adresse toujours à Jésus. La Vierge, je la mets toujours en second plan. Je l'aime, c'est ma mère, mais je l'ai toujours quelque peu oubliée. Au temps de l'avent et au mois de mai, je me rappelais un peu plus d'elle. Mais le livre de Faustino m'a servi à découvrir la

Vierge, et depuis lors ma relation avec elle a changé. J'ai découvert sa "grandeur". Je l'aime de plus en plus, toujours plus et elle m'aide beaucoup... »

4. Carlos F. est ouvrier à *Valence*, et il est très engagé dans la fraternité de Valence « Notre-Dame de Lourdes ». Il dit ceci :

« Mon épouse m'a dit que, au cours de la conférence sur Faustino, on avait fait la présentation des 4 oui de Faustino. Pour moi, le plus important a été le oui au plan de Dieu sur sa vie... Et ce que je veux dire maintenant est difficile à exprimer, mais il est vrai que j'ai un sentiment de profonde reconnaissance devant ce "journal" qui m'a appris ceci : aimer le Père est important, mais aimer la Vierge Marie aussi. Avant de lire *Et si Dieu me parlait !* j'avais la Vierge Marie présente dans mon cœur, mais plutôt dans la foi. Aujourd'hui, penser à la Vierge revient à penser à ma mère du Ciel, et cela me conduit à me sentir près d'Elle et protégé par Elle. »

« J'aime les gens qui prient le rosaire »

Cette phrase est d'un retraité français qui s'est fait diffuseur de la vie et du message de Faustino :

« J'aime les gens qui prient le rosaire. Dans la vie, quand tout se casse la figure, il reste toujours le rosaire. »

Effectivement, beaucoup de lecteurs sont frappés par cet amour et cette fidélité de Faustino pour le rosaire. Il l'a fait découvrir à beaucoup de jeunes, et aussi chez les « aînés », beaucoup avouent qu'ils ont retrouvé un sens à cette forme de prière grâce à Faustino. Parmi les nombreux témoignages, en voici quelques uns :

« Faustino priait le rosaire chaque jour. Cela m'a beaucoup impressionnée, d'autant plus que je n'étais pas du tout portée à prier ainsi. Pas plus tôt parvenue à la fin du premier mystère, j'étais fatiguée. Maintenant, je le prie volontiers. » *Une jeune de 16 ans.*

« Faustino m'a beaucoup aidé dans mon parcours de séminaire. C'est lui qui m'a aidé à prier le rosaire couramment, ce que je n'avais jamais fait jusque-là... » *Un prêtre de Madrid.*

« Par mon épouse, j'ai découvert le livre *Le rosaire avec Faustino* Je ne suis pas un familier de la prière du rosaire, mais la façon dont Faustino a été à l'origine de ce petit livre, *Le rosaire avec Faustino,* si utile pour la méditation, fait que toute personne se sent invitée à prier avec, et cela, presque sans s'en rendre compte tellement c'est simple et naturel... Je pense utiliser ce livre avec mes jeunes pour les récollections... ». *Francisco Javier – Trujillo (Pérou).*

« J'ai commencé à prier le rosaire après avoir lu *Et si Dieu me parlait !* » *Manolo (Argentine).*

« J'ai été impressionné par son attachement au rosaire, d'autant plus que je préfère les prières personnelles. Je lui ai demandé de m'aider pour mes examens (secrétariat – langues). Tout s'est bien passé… Je me suis rendu dans une chapelle de Notre-Dame-de Lourdes, à quelques kilomètres de chez moi et pour la première fois, j'ai prié le rosaire pour remercier Faustino du bon résultat à mes examens ; mais j'ai surtout dit merci à Marie pour toutes les choses positives que je trouve dans ma vie… ». *Christel (Belgique).*

« *Et si Dieu me parlait !* Sans le moindre doute, Dieu m'a parlé à la lecture de la vie de Faustino. J'ai été touchée par son enthousiasme et sa foi pour le saint rosaire que je prie quotidiennement depuis lors. Faustino possédait la joie de Dieu et de notre mère la Vierge, y compris dans la douleur de sa maladie. » *Une mère de 3 enfants – Linares (Chili).*

« Dès l'instant où je suis devenue amie de Faustino, j'ai appris à partager mes joies et mes peines avec notre sainte mère Marie, et même parfois directement avec notre Père du Ciel. En conséquence, j'ai décidé de faire un gros effort pour prier le rosaire chaque jour, et cela en dépit de mon travail qui prend presque tout mon temps… » *Yannick (Île Maurice).*

Prier le rosaire ensemble, et avec Faustino

À *Battle Creek (Michigan)*, un groupe de dames mexicaines se réunit tous les mardis soirs depuis de nombreuses années pour prier le rosaire. Après avoir découvert Faustino et son amour pour le rosaire, elles l'ont « intégré » au groupe :

« Chaque mardi, le groupe du rosaire se réunit fidèlement devant le saint sacrement, pour prier le rosaire et la prière de Faustino. » Ces dames ont reçu le livre *Le rosaire avec Faustino*, ce qui les aide à garder bien vivant l'attachement à cette prière.

Nous avons un témoignage semblable de *France*: « *Le livre du rosaire* fait beaucoup de bien. Une dame, responsable d'un groupe de quarante, a acheté un livre pour chaque personne du groupe et me dit à quel point cela les aide à prier et à voir dans un autre esprit les mystères du rosaire. Et d'autres personnes qui ne font pas partie du groupe me disent la même chose : dans la mesure où on comprend mieux le message de Faustino, on prie avec plus de ferveur. »

Le rosaire du cardinal Pironio

Le Rosaire avec Faustino est sorti de presse en avril 1996. Sachant combien le cardinal était attaché à la figure de Faustino, je lui envoyai un exemplaire du livret avec en plus le numéro de « Zaragoza SM » où était reporté ce que j'avais dit à Valence pour la présentation du livre. Il m'a répondu une lettre très aimable. Je crois que ces lignes méritent d'être reproduites ici. Elles ont un côté confidentiel.

« Grand merci pour votre lettre du 28 mai dernier accompagnant votre dernier livre *Le rosaire de Faustino*. Je ne l'ai pas encore lu mais je promets de le faire dans les jours qui viennent. J'aime bien votre façon d'écrire, faisant part d'expériences intérieures.

J'ai lu la présentation du livre faite à Valence. Elle m'a paru très bonne. Beaucoup de bien peut être fait à travers le rosaire quotidien. Mon expérience personnelle du rosaire est celle d'une prière qui prépare toujours mes écrits et mes prédications. Quand j'ai à prêcher ou à donner une conférence, la prière du rosaire m'apporte une sérénité profonde. Je le prie, le cœur tourné vers la sainte vierge, ma Mère. Cela me fait toujours un grand bien et c'est une source de fécondité dans ma vie sacerdotale. Merci pour tout. » *Rome, 18 juin 1996.*

« J'ai ressenti comme une vague d'amour pour Marie »

Ce témoignage nous vient de *Managua (Nicaragua)*. Voici ce qu'écrit *Rosamaría :*

« La vie de Faustino remplit vraiment une mission d'évangélisation. C'est ainsi que je l'ai ressenti sur le coup de deux heures de l'après-midi, en lisant la prière qui est à la fin du livre, s'appuyant sur une prière de saint Anselme. J'ai ressenti comme une vague d'amour pour Marie. En peu de temps je suis rentrée dans le mystère de la Vierge Marie… »

Formulons un souhait : que tous ceux qui entrent en contact avec Faustino fassent la même expérience !

***

« Sa vie, un chant au Seigneur et à Marie »

« Je viens de lire les livres *Le garçon de la photo* et *Et si Dieu me parlait.* Je les ai beaucoup aimés l'un et l'autre, mais le dernier m'a vraiment émerveillée. Je ne connaissais pas Faustino et voilà que maintenant je me confie à lui. J'admire ce garçon qui a été si intègre dans sa courte vie. Cette façon si naturelle de rendre les autres heureux. Cette capacité de bien vivre la souffrance. Sa persévérance dans la prière du rosaire… Pour finir, toute sa vie a été un chant au Seigneur et à la Sainte Vierge

Il m'arrive de me demander pourquoi l'Église demande un signe pour pouvoir le mettre sur les autels. Sa vie n'a-t-elle pas été un vrai miracle? »

Oui, la vie de Faustino, dans sa simplicité a été un vrai miracle de la grâce de Dieu. Et dans sa nouvelle vie du Ciel, comme nous l'avons vu, il est en train de multiplier ses petits pains et ses petits poissons. Mais l'Église est prudente et elle demande ce « signe » qu'est un miracle. Il appartient à l'Église de juger, et il nous revient à nous de prier et d'être les « mains » qui font connaître Faustino. Ainsi pourra-t-il continuer à évangéliser et à faire du bien à tous ceux qui l'approchent.

ENCORE 2 SIGNES DE L'ACTION DE FAUSTINO AUJOURD'HUI…

1. Sur le Web, un clin d'œil de Faustino !

En janvier 2004, le site Web sur Faustino, créé à Valencia par l'informaticien Javier López López, entre dans sa 6e année. (http://www.ctv.es/USERS/jalolo/Faustino.html). Ce site est accessible en 5 langues (espagnol, anglais, français, portugais, polonais) et des milliers de visiteurs ont cliqué et trouvé ce qu'ils cherchaient : biographie – pensées – prière – bulletin – photos – publications – témoignages…

Voici un témoignage récent qui s'adresse à l'auteur du site Javier :

« Hola Javier! Comme je sais que tu es l'auteur de la page sur Faustino, je me permets de t'écrire pour clarifier un point qui m'intrigue pas mal.

Avant tout, je me présente : Je m'appelle MM, j'ai 47 ans et je suis journaliste. Je suis de la province de M. et je "connais" Faustino depuis longtemps. Je dois te dire que je ne suis pas particulièrement portée sur la religion. J'appartiens à cette catégorie de personnes baptisées sans plus, tranquillement. Je ne me considère pas pour autant comme incroyante ou quelqu'un qui rejetterait la religion, et je dois dire que la figure de Faustino comme celle d'êtres exceptionnels de ce type m'a toujours attirée. Que je t'explique: mon mari est ancien élève des marianistes et au milieu de ses documents d'école j'ai découvert un jour un livre racontant l'histoire de Faustino. Je vois très bien la couverture où on le voit de dos sur le chemin du collège. J'ai lu le livre. Il m'a beaucoup plu. Impressionnée par la personnalité d'un garçon si jeune et si… je ne sais comment le définir… vrai.

Et voilà que, après des années, par Internet, je retrouve Faustino… Je voudrais bien que tu m'éclaires sur ce qui m'est arrivé:

À la lecture de la page, je m'arrête à l'image de Faustino où il apparaît souriant, la main appuyée sur le visage. Je le regarde et je continue ma lecture, mais au bout d'un moment, je note comme un clin d'œil dans son regard, tu sais un de ces clins d'œil de complicité entre amis. Inutile de dire combien j'ai été impressionnée. Même si je connais les procédés d'animation sur le web, ce que j'ai vu m'a laissée perplexe. Est-ce que ça vient de toi, ou est-ce que…? Ne me prends pas pour une folle, je t'en prie et réponds-moi. Je parle très sérieusement et peu portée à croire des choses que je ne peux vérifier, mais… »

Et Javier de répondre:

« *Je réponds sans tarder, comprenant que tu es pressée de clarifier ce point. La photo de Faustino dont tu parles apparaît cinq fois sur le web. Quatre fois en statique et une – celle du bulletin 19 – est animée avec l'effet clin d'œil. C'est pour attirer l'attention, et je vois que ça a marché chez toi* »*!*

2. Sur les traces de Faustino

En août 2003, 187 jeunes français découvrent Valence et Faustino dans le cadre des JFM (Jeunes de la Famille Marianiste). Voici le compte rendu fait par un marianiste espagnol :

« Ils venaient de Bordeaux, de Paris, de Comar, de Saint-Dié, et de quelques autres coins de France. Pas en touristes mais en pèlerins, sur les traces d'un futur saint : Faustino Pérez-Manglano ! Arrivés à Valencia le 22 août, ils sont restés jusqu'au 28 sans que la canicule de cette période porte atteinte à leur enthousiasme. Pour ces jeunes de 14 à 30 ans, leurs animateurs parmi lesquels une bonne douzaine de marianistes, les choses étaient bien claires : ils voulaient découvrir le "secret" de ce jeune de Valencia parti au Ciel la veille de ses 17 ans, et qui avait décidé de *"ne pas être un chrétien à moitié"* et de *"dire oui à tout ce qui est bien" !* »

Les participants étaient hébergés dans le collège de Faustino, le Colegio del Pilar. Division en trois groupes selon les âges, avec des activités communes et d'autres par âge. Programme très au point, résultant d'une préparation où tout était prévu dans les moindres détails.

« Lancement » du pèlerinage à l'église Saint Étienne de Valencia où a été baptisé Faustino. Célébration très vivante et occasion pour chaque jeune de renouveler les promesses de son baptême par une démarche simple. Après cela, la plage fut d'autant plus appréciée que la chaleur était accablante.

Chaque jour, par groupes d'âge, prière du matin et du soir, groupes de réflexion, etc. Célébrations communes dans la grande chapelle; moments de détente à la salle de spectacle. Le soir du premier jour, présentation de Faustino par le père José María Salaverri. Un autre jour, présentation de photos illustrant la vie de Faustino, avec questions posées à sa mère, qui a aussi assisté à une petite représentation théâtrale de la vie de son fils… Par groupes d'âge, tout le monde est sorti pour des marches en montagne de 2 jours: Chelba, Rio Gabriel… C'est dans ce cadre qu'ils ont redécouvert l'importance de l'Eucharistie. Un soir était prévu pour découvrir le sacrement du pardon suivi d'un temps d'adoration du saint sacrement. Les prêtres « de service » sont restés « occupés » jusqu'à une heure du matin. D'autres soirs les veillées étaient animées par les jeunes. On peut dire que les organisateurs avaient prévu un programme bien étudié et équilibré pour les jeunes, et que ces derniers y ont répondu généreusement et joyeusement. Tout fut bien vécu et eut un effet tonifiant sur le plan spirituel.

Le 27, les jeunes ont été invités à faire une démarche mariale. Une soixantaine d'entre eux ont vécu un engagement à vivre pendant une année la charte des JFM*.

---

* Pour en savoir plus sur les JFM, un site: http://jfm.marianistes.com; une adresse: jfm@marianistes.com

Le 28, après le nettoyage des locaux, messe d'action de grâces et envoi en mission. Le « tous missionnaires » du père Chaminade prenait tout son sens. L'Évangile de la graine de moutarde et du levain dans la pâte récapitulait bien la semaine. Et chacun reçut des graines, en vue de les faire germer chez lui ! Ils sont repartis heureux et reconnaissants pour la qualité de l'accueil à tous les niveaux : marianistes, direction et personnel du Colegio qui se sont mis en quatre pour leur rendre le séjour agréable.

Plusieurs avaient entendu parler de Faustino, sans plus, mais pour tous, Faustino fut une découverte riche et pleine de promesses. Une fois de plus la preuve était faite que Faustino est un merveilleux instrument d'évangélisation. Il touche les cœurs. Les marianistes français l'ont compris et sont prêts à offrir cet « instrument » à pleines mains. Un exemple à imiter ! »

AU LECTEUR

Si ce livre vous a touché, si vous avez quelque commentaire à faire, si le Seigneur, par l'intermédiaire de Faustino, vous a accordé quelque grâce, si vous voulez à votre tour donner votre témoignage…, n'hésitez pas à écrire à l'auteur :

José María Salaverri
Avenida Blasco Ibáñez, 35
46021 VALENCIA – Espagne

ou à
André Vernhes (traducteur)
6, Square Laurent Bonnevay
69500 BRON

POUR EN SAVOIR PLUS SUR FAUSTINO

• ***Et si Dieu me parlait!,*** José-María Salaverri, sm, Éditions du Jubilé – Sarment, 1989, (8, Villa Poirier – 75015 Paris). (Livre complet sur la vie de Faustino. Il a été traduit dans de nombreuses langues. C'est à la suite de ce livre que le P. Salaverri a reçu plus de 1000 lettres de 40 pays différents et édité « Les Pains et les Poissons de Faustino »).

• ***Faustino, une Injection de Tonus***, Olivier Glaize, sm. Livret de 44 pages destiné aux jeunes et comprenant la petite vie de Faustino, de nombreuses photos d'archives et une réflexion pour aider le jeune lecteur à cheminer dans sa vie chrétienne. Si vous êtes convaincus que Faustino est un merveilleux moyen d'évangéliser les jeunes, ce livret est un moyen peu onéreux pour les toucher. Diffusion: Frère Olivier – 44, rue de la Santé – 75014 Paris – fr.olivier@marianistes.com – http://jfm.marianistes.com

• ***Le Rosaire – Textes de Faustino***, José-María Salaverri, sm – Éditions du Monastère de Chambarand – 38940 Roybon. (Pensées de

Faustino extraites de ses écrits – journal, notes de retraite, lettres... – et rassemblées par thèmes liés à la méditation du rosaire).

• ***Bulletin Faustino*** : Tous les ans, en décembre, sort le « Bulletin Faustino », donnant de nombreuses nouvelles... (Pour recevoir le Bulletin N° 20, décembre 2003, s'adresser à : André Vernhes, 6 Square Laurent Bonnevay – 69500 BRON. Il est aussi téléchargeable sur le site JFM : voir ci-dessous).

• **Sites Internet** : pour la France, animé par les JFM (avec en particulier un livre d'or) : http://jfm.marianistes.com

Site international : http://www.ctv.es/USERS/jalolo/Faustino.html

• **Faustino Évangélisation :** L'Association « Faustino Évangélisation » a pour mission de faire connaître Faustino auprès des jeunes pour leur donner envie d'approfondir leur vie chrétienne. L'objectif est donc l'évangélisation des jeunes grâce à des publications (en particulier des images et « Faustino, une injection de tonus ») et grâce à l'animation des Amis de Faustino (mouvement de jeunes). Pour en savoir plus : « Faustino Évangélisation » – Frère Olivier – 44, Rue de la Santé – 75014 Paris – fr. olivier@marianistes.com – http://jfm.marianistes.com

TABLE

Sarment

ÉDITIONS DU JUBILÉ

LIVRES POUR LES JEUNES

Véronique CONDROYER
Francesco DUBOUIX

Un sens à ta vie

Comment faire des choix dans ma vie si je ne sais pas ce que je veux ni qui je suis ? Comment apprendre à me connaître ? à m'orienter ? À qui demander conseil ? Qu'est-ce que l'amour ? Pourquoi la violence ? la pauvreté ? le sida ? Que penser de l'avortement ? de l'homosexualité ? de l'astrologie ? Pourquoi se marier ? Enfin qui est Dieu ? Comment prier ? Et la mort dans tout ça ?

Diverses situations pour une cohérence interne : Celle de l'Évangile. Ainsi, angoisses, blessures, interrogations, déceptions peuvent devenir des chemins vers un âge adulte heureux car nourri de sens.

Un ouvrage pour les jeunes et ceux qui s'en préoccupent.

Numéro hachette : 3599339
Prix : 20 €
ISBN : 2-86679-289-0

Amour et sexualité

Abbaye de Solesmes (Dir.)

De la sexualité à l'amour (n° 16)

Dans cette même collection : « Ce que dit le Pape » :

Aimer avec toute sa personne corps, esprit et cœur, comprendre le sérieux des responsabilités dans l'amour, image de Dieu Trinité, signification du corps exprimant le don de soi au conjoint, don et accueil réciproque etc.

Après la rupture du péché, retrouver la vérité de l'amour : Le sexe et la honte, la concupiscence dans les rapports entre l'homme et la femme etc.

Illusions et tentations : Signification et importance de la sexualité, l'"amour à l'essai ?", masturbation, homosexualité, pornographie etc.

© Éditions du Jubilé, 1991
96 pages - 110 x 180 mm - Prix TTC : 6,40 €
Collection "Ce que dit le Pape"
Code ISBN : 2-86679-081-2 - Code EAN : 9782866790813
Code Hachette : 3588373

Alain MATTHEEUWS

Guide totus des fiançailles

Voici un petit guide simple et concret qui aidera les futurs mariés et leurs familles à se préparer au grand jour !

Tour à tour, l'auteur examine :

- La préparation
- Les acteurs
- La prière et la croissance spirituelle
- Le rituel
- La liturgie du mariage
- Réponses aux questions
- Les coutumes particulières

En tout ceci, l'auteur croise une pratique pastorale déjà longue et une exceptionnelle réflexion théologique.

Un guide simple et concret pour les futurs mariés et leurs familles.

© Éditions du Jubilé, 2003
Prix 12 € - 160 pages -
Format 180 x 110 mm
Collection Guides Totus
Codification 3570223 - ISBN
9782866793593 - EAN
2866793595

La trilogie de Daniel-Ange sur l'AMOUR

Daniel-Ange

Ton corps fait pour l'amour

Un best-seller ! Daniel-Ange qui connaît si bien les jeunes a su trouver un langage radicalement différent :

« Ton corps, dis-moi, quel chef-d'œuvre ! Rien n'est plus grand, rien n'est plus beau ! Et comme si tout cela n'était encore rien, le plus fabuleux, le plus fantastique, le plus inconcevable : par ce corps pouvoir faire exister quelqu'un, une personne qui n'a jamais encore existé et qui existera toujours, toujours… (...) À la fin de ce livre, que te remonte au cœur ce cri d'une prière, que Marie et Jésus ont chantée : « Merveille que je suis ! ».

© Éditions du Jubilé, 1988. - Parution : 1988
256 pages - 110 x 180 mm
Prix TTC : 9 €
Collection Lumière, Série Lumière Vérité
Code ISBN : 2-86679-015-4 - Code EAN : 9782866790158
Code Hachette : 3587870

Daniel-Ange

Ton corps fait pour la vie

À la lumière de l'Évangile, ce livre aborde les thèmes de l'amour et de la fécondité, ainsi que celui des agressions contre la vie que notre époque a vu se développer (interruption volontaire de grossesse, manipulations génétiques, etc.). Il apporte des réponses à toutes les questions que les jeunes se posent à propos du mariage, de la famille et du don de la vie qui s'y transmet.

© Éditions du Jubilé, 1988. - Parution : 1988
264 pages - 110 x 180 mm - Prix TTC : 9 €
Code ISBN : 2-86679-016-2 - Code EAN : 9782866790165
Code Hachette : 3587888

Daniel-Ange

Ton corps fait pour un même corps ?

Homo ? Hétéro ?

Des réponses aux nombreuses questions soulevées, afin d'aider ceux — bien plus nombreux qu'on ne le pense — pour qui l'homosexualité est une véritable souffrance, et qui veulent vivre une maturation permettant un épanouissement de tout leur être.

© Éditions du Jubilé, 1997
230 p - 110 x 180 mm - Prix TTC : 8,40 €
EAN : 9782866792312 - Code Hachette : 3598752

Réussir en amour

René et Marie SENTIS

Guide pour réussir en amour

Père et mère de famille, bien intégrés dans la société, les auteurs ont multiplié les conférences et les rencontres à travers le monde. Leur diagnostic est clair : le temps des querelles idéologiques est passé : les méthodes naturelles de régulation des naissances, trop longtemps confisquées par les ligues de vertus, ressortissent surtout de l'écologie ! Les jeunes couples trouveront dans ce livre des réponses précises à des questions concrètes et des témoignages authentiques.... La collection des guides Totus est justement conçue dans cet esprit.

Vivre durablement heureux en couple ! C'est possible pour peu que chacun soit attentif à l'autre et d'abord au cycle mystérieux et beau que rythme la nature. Il ne s'agit ni de vertu ni d'idéologie mais de la forme la plus aboutie du combat écologique.

© Éditions du Jubilé, 2003
110 x 178 mm - Prix TTC : 12 €
Collection Guides Totus
EAN 9782866793623 - Code Hachette : 3570868

Alex et Maud LAURIOT-PRÉVOST

Évangiles pour le couple
La source du Bonheur

Premier titre d'une trilogie, cet ouvrage se présente avant tout comme le fruit d'une rencontre entre une réflexion, poursuivie depuis des années, sur la dimension mystique du mariage et l'expérience d'un couple, parents de famille nombreuse, engagés dans une vie professionnelle active.

Ce petit livre veut replacer le mariage dans le projet inouï d'un Dieu créateur qui a voulu associer l'homme à sa création. Beaucoup plus qu'un simple guide, le lecteur (ou plus exactement le couple), trouvera matière à une véritable révolution fort éloignée de l'hédonisme véhiculé par l'air du temps.

© Éditions du Jubilé 2003
200 pages - Format 110 x 178 mm - Prix TTC : 11 €
Collection Lumière, Série Mariage Lumière
ISBN 9782866793579 - EAN 2866793579 - Code Hachette 3570810

Grandes questions sur l'AMOUR

Philippe, Marie-Dominique

Au cœur de l'Amour

Entretien sur l'amour, le mariage et la famille

Quel est le projet de Dieu sur le couple ? Quelles sont les différences essentielles entre l'homme et la femme ? Quelle est leur vocation respective ?

Pourquoi la monogamie ? Pourquoi baptiser les petits enfants ? Pourquoi l'Église interdit-elle la pilule ou le remariage des divorcés ? Qu'est-ce que l'amour ? Peut-on aimer quelqu'un qui ne nous aime pas ? Peut-on être suffisamment lucide à vingt ou vingt-cinq ans pour faire un choix de vie définitif ? Peut-on sublimer l'instinct sexuel ? Pourquoi tous ces couples brisés, ces foyers désunis ? Comment en est-on arrivé là ? Pourquoi ce monde avec tant de souffrances ?

Voilà un aperçu des quelque cent cinquante questions que nous avons posées au père Philippe sur les thèmes de l'amour et de la vie sexuelle, du mariage, de la famille et de l'éducation.

© Éditions du Jubilé, 1987
368 pages - 155 x 235 mm
Prix TTC : 20 €
Code ISBN : 2-213-02009-4 - Code EAN : 9782213020099
Code Hachette : 358772

Gauthier, Jacques

Défis du jeune couple (Les)

Ce livre part d'une conviction : vivre heureux en couple, c'est possible et pour longtemps. Il s'agit de savoir comment s'y prendre.

Une vie de couple, ça se bâtit, c'est une œuvre à faire sans cesse ; réussir son couple, c'est prendre le risque de la fidélité en tant qu'avenir à inventer ; le couple est toujours en croissance, c'est-à-dire en apprentissage, et ses crises peuvent être vues comme des lieux de croissance ; le temps du couple, c'est aussi le temps de l'enfant : on ne naît pas parents, on le devient ; la vie de foi chez le couple chrétien et son ouverture sur le monde... Tels sont quelques-uns des thèmes abordés par ce véritable guide du couple.

© Éditions du Jubilé 1991 - Parution : 1991
190 pages - 110 x 180 mm
Prix TTC : 11 €
Code ISBN : 2-86679-076-6 - Code EAN : 9782866790769
Code Hachette : 3588324

À toutes les familles

Henry HAAS

Au nom des pères, des mères et des enfants

Un père qui s'en va, une mère déprimée, Un fils dealer, une fille fugueuse..., Médicaments, drogue, suicides, Dépressions et violences, Voilà le lot des pauvres gens. Et pourtant... l'espérance ! Aurait-il voulu pratiquer la langue de bois qu'Henry Haas en aurait été guéri par la fréquentation constante des adolescents de notre temps. Dans la tradition des guides totus, les situations concrètes, décrites abondamment et sans fard, conduisent à la source. Pour y accéder, il faut débroussailler, élaguer, creuser et l'auteur n'y va pas par quatre chemins.

Les relations avec les membres de sa famille, ses amis, ses cousins, etc. raconté avec humour.

Un bonheur.

© Éditions du Jubilé, 2003
Prix 11 €
Collection Guides Totus
Numéro Hachette 3570876
ISBN 2866793633
EAN 9782866793630

Cet ouvrage a été composé par *Atlant'Communication*
aux Sables-d'Olonne (Vendée)

Impression réalisée par l'*Imprimerie France Quercy* - Cahors
en Janvier 2004

Imprimé en France
N° d'édition : - N° d'impression : 40077
Dépôt légal : janvier 2004